新时期文学
主体性话语生成研究

(1975—1985)

王布新 ◎著

东南大学出版社
·南京·

内容简介

本书聚焦于新时期文学史的过渡状态，以对象主体即文学作品中人物的主体性以及由此建构的作为文学对象的人的主体性为研究对象，考察作为当代文学重要实践的"文学主体性"话语谱系，从多个维度还原主体性话语在此过渡状态中的艰难生成，揭示其重构个体主体性话语的现实关怀意识和文学史意义，试图在当代文学的学科视阈中索解文学自身的主体性问题。

图书在版编目(CIP)数据

新时期文学主体性话语生成研究：1975—1985 / 王布新著. — 南京：东南大学出版社，2025.3.
ISBN 978-7-5766-1760-3

Ⅰ. I209.7

中国国家版本馆 CIP 数据核字第 2024PW8738 号

责任编辑：刘　坚(635353748@qq.com)　　责任校对：张万莹
封面设计：王　玥　　责任印制：周荣虎

新时期文学主体性话语生成研究(1975—1985)
Xinshiqi Wenxue Zhutixing Huayu Shengcheng Yanjiu(1975—1985)

著　　者	王布新
出版发行	东南大学出版社
社　　址	南京市四牌楼2号　邮编：210096
出 版 人	白云飞
经　　销	全国各地新华书店
印　　刷	广东虎彩云印刷有限公司
开　　本	700mm×1000mm　1/16
印　　张	13.5
字　　数	240 千字
版　　次	2025 年 3 月第 1 版
印　　次	2025 年 3 月第 1 次印刷
书　　号	ISBN 978-7-5766-1760-3
定　　价	78.00 元

本社图书若有印装质量问题，请直接与营销部调换。电话(传真)：025-83791830

目录 CONTENTS

绪 论 从主体性视域介入新时期文学过渡状态的可能、方法与路径 …… 001
- 一、问题的提出与论题域设置 …… 002
- 二、与选题有关的重要研究成果综述 …… 006
- 三、研究视角、方法与框架 …… 012

第一章 过渡状态中文学主体性问题的文学史意义 …… 019
- 一、主体性话语的生成谱系 …… 020
- 二、马克思主义人道主义的本体性回归 …… 024
- 三、作家主体身份的重建和文学审美主体的重构 …… 027

第二章 "拨乱反正"与"新时期"：过渡语境的形成 …… 033
- 一、一段问题史：文艺界的"拨乱反正" …… 034
- 二、话语转换与文学空间的再度开放 …… 036
- 三、对核心问题"黑八论"的反拨及其限度 …… 040
- 四、"拨乱反正"的终结：在批判、引导与主体性生成之间 …… 043

第三章 从"革命英雄"到"人道主义"：启蒙话语的历史反复 …… 049
- 一、英雄的诞生：现代民族国家主体的生产 …… 051
- 二、重启人道主义：从主体的伤痕叙事开始 …… 056

第四章　革命话语的延续与反过渡——从革命小说续篇到新人的另面 ... 063
一、重塑革命者："潘晓难题"及其跨越 ... 065
二、社会主义新人的话语改造与主体扩张 ... 077

第五章　自我伤痕治愈的主体困境与冲突——以高晓声、张贤亮为例 ... 089
一、农民主体的经验危机与主体重建 ... 090
二、知识分子的创伤想象与自我救赎 ... 103

第六章　主体意识的审美自觉与道德自审——从孙犁、汪曾祺到贾平凹 ... 115
一、"芸斋小说"：重建以人为中心的"革命人"叙事 ... 118
二、汪曾祺小说：重返"中国式的人道主义" ... 126
三、贾平凹小说：从"集体人"到"改革者" ... 137

第七章　知识主体的重构：从知识青年到知识分子 ... 149
一、知青小说的身份追寻与主体重构 ... 150
二、知识分子叙事：在地的幻象与未完成的乌托邦 ... 160

第八章　寻根文学的主体追寻与文化重建 ... 173
一、否定的辩证法：现代意识与文化寻根 ... 174
二、文化的大小传统：民间再造与文化中国 ... 182

结　语　主体性的黄昏与主体性的幽灵 ... 193

参考文献 ... 198
后记 ... 208

绪 论

从主体性视域介入新时期文学过渡状态的可能、方法与路径

一、问题的提出与论题域设置

文学的主体性是当代文学话语的重要构成之一，它既是1980年代文学场域中复杂生态的重要组合部分，也是联结当代文学与现代民族国家文化想象的重要镜像参照。尤其是从1950—1970年代文学向新时期①文学的过渡阶段②，随着人文思潮的复归与高涨，文学主体性话语的高扬无疑是最激荡人心的社会文化心理呈现。主体性是由主体衍生出来的概念，主体向主体性的转化意味着哲学对"此在的人"的认知重心由先验性的实体性存在向本体论、认识论的转移。这既是西方近现代哲学的重要命题之一，也是自文艺复兴以来西方现代哲学的奠基石；这是以康德、黑格尔、马克思等为代表的德国古典哲学的重要转向，经由胡塞尔、海德格尔、萨特，到福柯、阿多诺、德里达等哲学家持续不断的思考与探究，构建了别具一格的以个体主义为思想内核的现代哲学本体论、认识论体系。将主体性哲学引入文学领域意味着对"文学"自身的质疑，主体性既意味着主客二元对立中的主体的既有属性，也表征着主体在具体语境中的存在状态。文学主体性话语在特定文学史时段被关注与重构，隐含了文学本身在此前阶段遭遇的压抑或放逐，对于1960至1970年代中期的文学而言，其显然指向了对极"左"政治环境下文学的工具论、服务论的批判与反思，揭示的是文学在这种环境中遭受压抑与扭曲的不正常状态，强调文学的主体性问题也就蕴含了文学的自我反思和重建诉求。

文学的主体性在理论话语层面引起巨大反响，起始于刘再复的《论文学的主体性》③一文的正式发表。文章将文学活动的主体分为对象主体（人物形象）、创造主体（作家）和接受主体（读者），力图从理论层面以对三者的肯定来建构

---

① 新时期作为当代文学研究的术语基本没有争议，但其具体内涵和所指称的大致时间却存在较大分歧。新时期与当代文学之间的概念辨析，参见：王宇林：《"当代文学"与"新时期文学"概念辨析》，《扬子江文学评论》2020年第3期。本书所指称的新时期是1975年前后至1980年代末。

② 本书所指称的过渡阶段，采用学者王尧的界说。参见：王尧：《论中国当代文学史的"过渡状态"——以1975—1983年为中心》，《文学评论》2013年第4期。

③ 刘再复：《论文学的主体性》《论文学的主体性（续）》，《文学评论》1985年第6期、1986年第1期。

文学的主体性。肯定对象主体就是要建立文学书写中人的主体地位和主体形象，强调人物形象的独立个性、自主意识和具有自身价值的主体精神。与此相关联，有才能的作家应当建立起良好的创作心态，按照对象主体的自身规律开展创作活动，建立并遵循文学创作活动的二律背反规则，达至充分自由的状态并肩负起社会责任和历史使命，在与客观世界外宇宙和人的精神主体内宇宙的互动之中实现精神境界的升华。在文学阅读鉴赏活动中，应当回归艺术接受的本质，即把人应有的东西归还给人，使人变成完整的、全面发展的人，通过接受主体的自我实现机制实现人的自由自觉本质，以欣赏者的审美心理结构，激发审美再创造的能动性。在刘再复对人的主体性进行的实践主体性和精神主体性以及对文学主体性的三类区分中，均隐含着强烈的现实指向性和现实关怀意识。对对象主体的地位、个性、意识及独立精神等的强调，其实际指向是1960至1970年代中期的文学把物本主义和神本主义的眼光带入文学活动当中，从而把人变成任人摆布的玩物和没有血肉的偶像。对创作主体遵循文学创作活动规则进行要求与想象，则是指向了1960至1970年代中期的文学的主题先行做法与意识形态的强制植入。对接受主体的审美心理结构和再创造能动性的讨论，则是指向了1960至1970年代中期的文学过分强调阶级分析的认识论方法与政治立场优先的要求，从而使得文学活动成为政治思想灌输的工具。

  刘再复的文章发表后，当时的政治与文学、理论与批评等不同场域由此引起了激烈的论争。尤其是以《文学评论》和《文艺理论与批评》为主要阵地的论争双方，从文学主体性的话语谱系、概念的边界以及内在的矛盾性等方面，进行了深入的探讨，这对中国本土化的文艺理论和当代文学的发展产生了不可忽视的重要影响。然而，近40年来，学术界更侧重于以80年代中后期刘再复提出文学的主体性问题作为起点，从文学理论的角度对其进行延伸性或批判性研究，而作为当代文学重要话语实践的"文学主体性"的本土化话语谱系形态及其在"'文革'文学"向"新时期文学"过渡状态中的生成状态，却没能引起研究者的重视。事实上，在1980年代的文化语境里，李泽厚、刘再复提出的文学主体性有着重要的西方哲学谱系延续和转化，自然也引起了学理内部以及文学与政治话语之间的强烈论争。尽管站在文学史论的角度上，仍有对这一论争进行学理辨析与历史化梳理的必要，但更需要追思的是，如果暂时搁置文学主体性的复杂谱系、概念的含混甚至内在的矛盾性等自足性问题之后，当代文学如何在学科的视域中回答自身的主体性问题？换言之，当代文学的主体性问题是在什么样的文学语境下提出的？它在"'文革'文学"向"新时期文学"过渡的阶段中，有着怎样特殊的话语起源性实践演进形态？它本身所蕴含的理论生长性特征在论争之后的 90 年代文学及新世纪文学中，又是以怎样的状态呈现的？

正是基于对上述所论问题的思考以及对学者提出问题的回应，本书以新时期文学文本中人物的主体性为重点考察对象。当然，笔者并不准备在十分宽泛的当代文学史时间跨度内，全面考察文学主体性话语的形态与变迁情况，而是聚焦于新时期文学史的"过渡状态"，来重点爬梳、探究在"文革"文学向"改革"文学转换过程中文学主体性话语的生成。也就是说，本书重点研究的是新时期过渡状态中文学主体性的话语，而不是哲学视域下的主体性本身。对当代文学的研究来说，刘再复建立的文学主体性内涵包括三个层面，即创造主体、对象主体、接受主体，显然对象主体是最为关键的，因为创造主体和接受主体都是人的主体位置的表现形式。因此，本书以对象主体即文学作品中人物的主体性以及由此建构的作为文学对象的人的主体性为重点研究对象，主要从话语谱系的延续与转义、文学是人学传统的复归、人道主义论争和文学创作实践等多重维度，还原主体性话语在此过渡状态中的艰难生成，揭示其重构个体主体性话语的现实关怀意识和文学史意义。

第一，将 1975—1985 年前后的这个历史时段指认为文学史的"过渡状态"，隐含着对当代文学史"局势"[①]（即布罗代尔的史学三分法）的前置性理解与把握，认为当代文学史在前三十年"革命"文学时期与后四十年"改革"文学时期之间，有着节点性的局势变化与转折；将 1975—1985 年前后理解为"过渡"阶段，通过对文学主体性生成的考察，揭示此阶段文学史与前此阶段的关联以及与此后阶段的演变；将文学主体性看成此阶段的"事件"来观察文学史的"局势"转折与变化。这样的文学史视角显然具有某种范式的意义，以此拓展的话，1940 年代的抗战文学或解放区文学与"十七年文学"时段之间，也可以理解为类似的"过渡状态"；1910 年代前后到新文化运动阶段也可这样理解。由此，将新时期文学史的"过渡状态"理解为"局势"的变化，也可能成为长时段文学史建构的"结构"转折点。当然，这只是本书研究可以扩展的价值而并不是研究的重点之一。

第二，将研究方向确定为文学主体性话语的"生成"，意味着文学主体性在此前阶段处于退隐、丧失或压抑、放逐的状态，这既是需要梳理与论析的问题，也是本研究能够开展的文学史认知前提。这当然有着较为广泛的当代文学研究的共识性基础，也仍然存在着不小的分歧，如有学者曾提出"没有'文革'文学，

[①] 此处采用布罗代尔关于历史研究三个时段的分类方式。参见：[法]布罗代尔：《论历史》，刘北成、周立红译，北京大学出版社，2008 年版。

何来新时期文学"的问题,就是对这样的共识性的质疑,同时这一问题也仍然没有得到很好的否定性回应。对此问题,本研究的基本立场是,文学史的转折与过渡,是一种基于"具体文学作品、现象、思潮、环境及文学场与其他场域关系"①的综合性认识,并不否认在局部领域、某些具体问题上的延续与继承。事实上,即使是"文革"文学,也必然是新时期文学或改革四十年来文学的精神遗产。也就是说,文学主体性的生成研究也可以理解为一种文学史建构的话语方式。

第三,在当代中国文学与文化的语境下,文学的主体性通常被作为起始于1980年代中期的文学理论话语,学术界主要研究的聚焦点在于以此时间为起点的文学主体性理论的建构、深化及其分歧、论争,并且很快在西方后现代文学理论及其思潮的影响下,将此理论转换为主体间性或主体性的退场,在理论层面上建构起文学主体性的"黄昏"。这既在一定程度上反映了文学主体性在理论层面研究的成果,也反映了文学主体性话语本身存在的问题与局限。但本研究以为,即使是在接受这样的理论研究共识的情况下,文学主体性在当代文学史"过渡状态"中的生成仍然是十分有价值的课题,而且一直未能引起研究者的足够重视。本研究的基本观点是,此"过渡状态"是当代文学史的转折期,但"局势"上的转折并不代表文学史形成了"断裂",如果把当代文学"前三十年"(约为1949—1978年)的文学整体性地指称为"革命"文学,那么,新时期以来的文学可称之为"后革命"文学,改革开放四十年文学仍然是社会主义文化想象与建构的组成。由此,当代文学就可以理解为由两种主要形态构成的社会主义文学,本研究就是要揭示两种形态的社会主义文学转换与演进的"过渡状态",形塑了怎样的文学的个体主体性,以及此种个体主体性与国家主义文学之间,存在着怎样的合谋、询唤与背离的关系。

第四,尽管刘再复建基于李泽厚主体性哲学基础上的文学主体性对当代中国的文化思想产生了广泛而深远影响,甚至被视为改革以来中国思想史的真正起点②,但其理论的贡献与存在的局限尤其是已被当代学者所指出并几乎成为共识的局限,是任何研究都不能忽视的③。因而,本研究试图突破刘再复提出的"文学的主体

---

① 参见:[法]布尔迪厄著:《艺术的法则——文学场的生成与结构》,刘晖译,中央编译出版社,2011年版。
② 丁耘:《启蒙主体性与三十年思想史——以李泽厚为中心》,《读书》2008年第11期。
③ 如夏中义就指出,刘再复将受制于历史具体性的有限能动的主体演化成了一个漫游于历史时空之外的无限能动的主体。见:夏中义:《新潮学案——新时期文论重估》,上海三联书店,1996年版。

性"的概念限定与局限,在文学史转折期的历史短时段视域中,重新梳理并试图重构当代文学的主体性的生成图景、演进形态及内部结构。本研究并不否认刘再复对"文学的主体性"话语的生成与建构作出的巨大贡献,他敏锐地发现并及时提出了这个问题,并结合当时的文学境况作出了阐释。但其在作家、文学作品与读者这样的三维视角中来使用文学的主体性概念,无疑是将文学作品解释成了作家与读者的中介,但按照朗西埃的观点,"语言,就其严格意义而言,从来就没有过这样的功能"①。本研究意图以"文学创作实践"为核心考察对象,从文学的话语转换及文学实践的角度,厘清当代文学主体性话语的生成过程及其基本状态。

第五,为表述方便,本研究在阐释新时期的相关文学史问题、文学思潮、文学现象与作家作品的过程中,使用了当代文学研究已经初步形成共识或约定俗成的术语,但对研究术语的沿用、借用,并不意味着对以这些术语而建构的文学史叙事、文学思潮研究的观点等等,不加区别地全盘接受或不加辨识地全部认同,而是报以一种反思与批判的眼光。事实上,诸如文学一体化、新时期、社会主义新人、新启蒙、人道主义、人性论、形式探索以及伤痕文学、反思文学、改革文学、寻根文学、朦胧诗等等,学界对这些文学史论述、文学思潮表述及相关问题的描述均存在不同程度的争议与分歧。同时,本研究重点在于阐明新时期"过渡状态"中文学主体性话语的生成,而不是要穷尽此阶段的所有问题。根据问题论述的需要,选择了有代表性的一些经典作品,受论题域设置与研究水平的限制,一些更为重要的作家、作品未能纳入讨论视野,这是让人深感遗憾又没有办法解决的事情。

二、与选题有关的重要研究成果综述

在新时期的文化/文学场域中,文学主体性的提出、建构及其争论,其核心目的是展开以人为思维中心的文学观念变革与文学理论重构,"'文学主体性'问题的论争之所以如此波澜壮阔地兴起并产生如此巨大的反响,不是偶然的,有着文艺自身的乃至社会的与时代的各方面的原因"②。在中国知网检索主题词"文学主体性"下,可以看到有400多篇期刊论文、200多篇学位论文及数十篇报纸

---

① [法]雅克·朗西埃:《文学的政治》,张新木译,南京大学出版社,2014年版。
② 阎国忠:《走出古典:中国当代美学论争述评》之第五章"人作为艺术的主体与本体——关于'文学主体性'的讨论",安徽教育出版社,1996年版,第301页。

刊载的文章从不同角度谈此问题,另外约有30部的当代文学研究专著以专章讨论此问题,论文数量之巨,讨论涉及领域之广,可以说在当代文化/文学研究当中实属罕见。其中,已有不少学者从主体、主体性、主体论的角度,研究新时期过渡阶段的文学史、文学思潮和作家作品,这些现有成果是本研究得以开展的"重要知识"和"镜像参照"。

首先,当代文学史的论述方式,对新时期文学主体性话语生成状况的考察至关重要,不同的文学史叙述实际上"规定"了观察其生成的视角。起步较早、影响较大的是关于当代文学是现代文学延续的"新文学"的表述,如王瑶于1983年发表的《研究问题要有历史感》[①]、樊骏于1995年发表的《我们的学科:已经不再年轻,正在走向成熟》[②]等论文,均表达了相似观点。新世纪初温儒敏、陈晓明等著的《现代文学新传统及其当代阐释》[③]明确提出作为新文学传统的现代文学,将当代文学纳入新文学传统的论述范围。学者洪子诚在上述文学史论述的基础上,提出当代文学"一体化"的整体趋势描述,指出当代文学"是'五四'以后的新文学'一体化'趋向的全面实现,到这种'一体化'的解体的文学时期"[④],"推动'一体化'的过程,主要采取的方法,是阶级、政党政治斗争的方法。或者说,把政治斗争、政党活动方式引入文学领域中"[⑤]。在这样的叙述框架下,形成了新时期文学与1960至1970年代中期文学"断裂"的文学史判断。

对新时期文学与1960至1970年代中期的文学断裂的描述,可以说是政治与文学的一种"共谋"。事实上,政治话语对新时期文学的开启就是以重返"十七年文学"开始的,如对文艺作为阶级斗争工具的否定与文艺为工农兵服务方向回归的引导,对"十七年文学"时期"毒草"的肯定和重新出版,对"十七年文学"时期的新人话语、英雄话语向新时期社会主义新人话语、新英雄话语的接续等等。在文学场域内部,"断裂说"也得到了文学批评学者与诸多作家的认可,可以说是部分批评家与作家达成的"共识",如诗人郑敏曾著长文《世纪末的回顾:汉语语言变革与中国新诗创作》[⑥],详细分析新文学以来语言在新文化时期、

---

① 王瑶:《研究问题要有历史感》,《文艺报》1983年第8期。
② 樊骏:《我们的学科:已经不再年轻,正在走向成熟》,《中国现代文学研究丛刊》1995年第2期。
③ 参见温儒敏、陈晓明等:《现代文学新传统及其当代阐释》,北京大学出版社,2010年版。
④ 洪子诚:《中国当代文学史》,北京大学出版社,1999年版。
⑤ 洪子诚:《"当代文学"的生成》,《问题与方法——中国当代文学史研究讲稿》,北京大学出版社,2010年版,第164页。
⑥ 郑敏:《世纪末的回顾:汉语语言变革与中国新诗创作》,《文学评论》1993年第3期。

延安文学时期与新时期的三次断裂，影响与塑造了中国新诗的书写形态。但新时期文学与1960至1970年代中期的文学的断裂，并不意味着对中国新文学传统的规避与拒绝；相反，不少学者试图以某种独特话语的视角如新启蒙话语、社会主义文化建设话语等建立起新时期文学与五四文学、十七年文学的内在联系。如学者贺桂梅就以"80年代文学"与"五四传统"的关系为题进行了大量学术研究，强调"重新清理80年代文学与五四传统的关系，必然是一种立足于90年代之后的中国社会/文化现实，揭示出'80年代文学'与'五四传统'之间如何彼此建构、彼此塑造的解构行为"①。学者蔡翔的专著《革命/叙述：中国社会主义文学—文化想象（1949—1966）》②从国家/地方、英雄/传奇、动员结构等多个层面对十七年文学进行再解读，虽然讨论的是十七年文学社会实践的危机及其克服，但在学理上为重新进入新时期过渡阶段的文学、"重返八十年代"提供了新的研究视角，从而也就建立起了十七年文学与新时期文学的镜像关系。

从文学史的宏观视角来看，1950—1970年代的文学与改革开放四十年的文学之间，确实在1980年代发生转折、转向，从这个角度来说断裂说是成立的。但是断裂说所生成的研究范式又可能对某些复杂的文学、文化现象形成盲视或遮蔽，尤其是这种转折与转向是如何发生的？在文学史转折的"整体"局势之下，是否存在着某种"局部"的延续？针对这些问题的回应，学者王尧提出了新时期"过渡状态"③这一文学史论述的新范式，以建立"'文革文学'与'新时期文学'的关联"来解答在文学史过渡的过程中，作家在跨越时代时的变化、探析1960至1970年代中期的话语对先锋作家甚至是新生代作家的潜在影响等等；强调"过渡状态"改变了文学史的进程，"'过渡状态'中旧的因素在消失或者转化，新的因素在孕育和生长，其中的一些因素成为文学史新阶段的源头"④。学者李杨以质疑文学史叙事偏颇的方式，在新时期文学史"断裂说"之外建立起"延续说"的文学史论述框架，以再解读的方式对1950—1970年代的作品进行重新阐释，力图揭示此时期文学中诸如道德理想主义、政治道德化、民族主义、乌托邦想象等文学性因素

---

① 贺桂梅：《挪用与重构——80年代文学与五四传统》，《上海文学》2004年第5期。
② 蔡翔：《革命/叙述：中国社会主义文学-文化想象（1949-1966）》，北京大学出版社，2010年版。
③ 王尧：《矛盾重重的"过渡状态"——关于新时期文学"源头"考察之一》，《当代作家评论》2000年第5期。
④ 王尧：《论中国当代文学史的"过渡状态"——以1975—1983年为中心》，《文学评论》2013年第4期。

的价值，从而建立起此时期文学史的"反现代性的现代性"论述范式。①

其次，在当代文学思潮与文学现象的研究中，文学主体性问题呈现为关涉文学史、文学思潮、文学的审美现代性及各种文化活动等的多重面孔。具有代表性的学者如程光炜，他从思想史、知识社会学等多个角度阐释了刘再复建构文学主体性之知识谱系的起源，即与1950至1970年代精神与思想的深刻联系，以及建立在此基础上一元化的"新时期文学"成为其文学主体性建构的话语前提，并将主体论与文学的根、新小说、向内转等一并视为1980年代纯文学观念建构的一种面向，其指向则是恢复文学的自主性②。程光炜对刘再复及文学主体性的研究，大多建立在"重返"的当代文学史研究方法之上，如在讨论当代文学学科的历史化的时候，他注意到学术研究中较多存在的关于建立主体性的阐释方法，"从'揭露伤痕'到'建立主体性'的解释逻辑，有时候还成为评价'新潮小说'的一个权威性标准"，这其实"并不是出于自觉反思而得出的结论，而是一种受到历史结论控制的学术性认同"。这种关于文学主体性生成的反思式观照方式，为"重返八十年代"与当代文学的历史化研究提供了独特的进入角度。

学者贺桂梅从福柯、曼海姆等哲学家建构的知识社会学视域中的"主体"视角，详细分析了文学主体性话语的知识谱系、历史起源及主要思想特征与精神追求，认为"笼罩在'康达的幽灵'之下的新时期主体性哲学与美学，始终是在哲学表述的层面上为'感性个体'的合法性寻找着理论依据"。这使得主体论成为1980年代人道主义思潮的转折点，当持有主体性表达的知识群体获得自身的历史和阶级意识时，主体性的历史叙述就"不再作为一种普遍的历史想象，而是作为一个特定社会阶层的知识群体的主体想象"③，为"重返八十年代"提供了另外的路径。在以启蒙视角考察新时期文学生产的"主体"与"国民"的关系时，贺桂梅提出之所以主体性哲学在1980年代中后期成为主导性表述，是因为李泽厚和刘再复在阐释主体论时的不同偏向，对应了阶级性与人性的对抗。其源头来

---

① 参见李杨关于此问题的一系列论文、访谈及相关专著，如李杨：《没有"十七年文学"与"'文革'文学"，何来"新时期文学"？》，《文学评论》2001年第2期。李杨：《"文学史意识"与"五十至七十年代中国文学"》，《江汉论坛》2002年第3期。李杨：《重返"新时期文学"的意义》，《文艺研究》2005年第1期。李杨：《50～70年代中国文学经典再解读》，山东教育出版社，2006年版。

② 参见：程光炜：《文学讲稿：八十年代作为方法》，北京大学出版社，2009年版，第11页、79页、88页。

③ 贺桂梅：《"新启蒙"知识档案——80年代中国文化研究》，北京大学出版社，2010年版，第103-104页。

自五四新文化运动所建构的个人与社会的对抗,个人作为自我创造的主体,被现代性话语纳入新型现代民族国家的总体想象当中①。

另外,白烨编著的《文学论争20年》②、程代熙主编的《新时期文艺新潮评析》③、阎国忠的《走出古典:中国当代美学论争述评》等均以专章的形式对文学主体性的生成及其话语论争进行评述。尽管大众对以上论述的褒贬不一,但文学主体性建构"文学以人为中心和目的"的想象与未来规划却是不争的事实。

再次,无论研究者对文学的主体性持有怎样的态度(诸如认同、批判或认同中带有批判、批判中带有认同或多种认知方式兼而有之等等),不可否认的是,文学的主体性作为一种研究视角、一个阐释视角,已经内化为不少当代文学研究者的学科"常识",从主体性建构或生成的角度考察新时期过渡阶段的文学史、思潮及作家作品的研究已颇具规模。学者陈晓明在《主体的确认:新时期的历史建构》一文中,描述了关于新时期过渡阶段文学的主体性研究的意义与存在的问题:

> 一个从历史阴影底下走出的个体,极力要建构(修复)一段完整的历史,使历史重新神圣化,在这个历史中,重新确认文学写作者的历史位置和角色。在反复修正的当代文学史中,中国作家对极"左"路线的控诉,对自我的表达,以及对新表现形式的追求,这一切都没有得到总体性的说明,它们之间的历史一致性,历史连续性的逻辑关系并不清晰。④

文章提及的新时期文学的主体性及其表现形式的总体性,以及由此总体性而可能揭示的1960至1970年代中期的文学向新时期文学过渡的一致性、历史连续性等问题,仍然没有得到研究者的重视和很好的解决。同时,文章还从当代中国作为第三世界文化现状出发,认为此时期文学所涉及的人性的复苏、现实主义的辉煌、作家主体意识的自觉、人的解放等,是一个被重新书写的神话,在这些文学创作冲动的初始动机中,存在着强烈的主体自我认同愿望。文章通过考察伤痕文学、改革文学、知青文学及寻根文学等主体书写状况,揭示历史的总体性连接

---

① 贺桂梅:《人文学的想象力——当代中国思想文化与文学问题》,河南大学出版社,2005年版,第88—93页。
② 白烨:《文学论争20年》,华中师范大学出版社,1998年版,第128-149页。
③ 程代熙:《新时期文艺新潮评析》,河南大学出版社,1997年版,第29-33页。
④ 陈晓明:《主体的确认:新时期的历史建构》,《表意的焦虑:历史祛魅与当代文学变革:当代中国文学的变革流向》,中央编译出版社,2003年版,第3页。

和建构的人为性、虚构性以及神话特征。学者杜书瀛较早将刘再复的"文学主体论"研究引向1960至1970年代中期向新时期过渡阶段的研究,在《文学主体论的超越和局限》中,提出主体性针对的是1960至1970年代中期政治对人的主体地位的扭曲与践踏,文学主体性是新时期文艺学历史链条上既无法回避也抹杀不掉的重要一环①。年轻学者杨庆祥从新时期文学制度重建的角度,在新时期文学话语起源的意义上阐释主体论在此过渡阶段的意义与局限,认为主体性话语参与了政治话语对新时期文学的认知与规划。从新时期文学的发生开始,各种力量就参与着对它的规划与建构,这一过程是一个不断将自我历史化的过程,从而肩负着为新时期文学命名、定位的任务,也为新时期文学建构了自身的传统②。

学者郑鹏的《中国当代文学的主体性》③从哲学谱系学的角度,考察了主体性哲学在西方现代哲学演进脉络中的形态,以及在新时期复杂的政治、文化场域中对主体性哲学的接受、阐释与转化情况,认为新时期的主体性问题其实是建立在批判、遗忘和转化前三十年时期各种话语问题基础上的,正是通过主体性这样的角度,知识分子才开始真正学会了用自己的语言进行文学反思和研究,学会了用自己的方式去把握新的文学现象和文学问题。学者王达敏的著作《中国当代人道主义文学思潮史》④详细讨论了新时期文学关于人性、人道主义、人情味、异化等话语的冲突、碰撞与选择过程,以"人性本位的世俗人道主义"生成界定此时期的启蒙思潮,并具体阐释了张贤亮、刘克、戴厚英等代表性作家的作品,细察其研究所调用的文学话语资源与运思方式,文学主体性话语的诸多表征深刻内化其中。学者王宇的博士论文《性别表述与现代认同》将主体性话语、性别话语融合应用到20世纪后半叶的经典小说文本解读之中,认为新时期叙事中的个人主体话语,很大程度上是一种知识男性的主体身份建构;新时期文学"文明与愚昧的冲突"实际上是知识分子主体话语建构的一个有关空间的寓言,即外来者进入落后传统空间的启蒙故事,从而勾勒出当代文学叙事中关于现代主体(包括民族国家主体与个人主体)的身份建构脉络。

此外,也有不少学者从文学的主体性视角,研究现当代文学中其他历史时段的文学。比较有代表性的如学者李祖德的《"农民"与主体性和历史的生产》⑤,

---

① 杜书瀛:《文学主体论的超越和局限》,《文艺研究》2001年第1期。
② 杨庆祥:《"主体论"与"新时期文学"的建构》,《当代文坛》2007年第6期。
③ 郑鹏:《中国当代文学的主体性》,河南大学出版社,2011年版。
④ 王达敏:《中国当代人道主义文学思潮史》,上海人民出版社,2013年版。
⑤ 李祖德:《"农民"与主体性和历史的生产》,辽宁教育出版社,2012年版。

学者谢保杰的《主体、想象与表达：1949—1966年工农兵写作的历史考察》[1]等等。在对新时期过渡阶段的具体作家作品研究当中，还有大量的学术论文从不同角度、不同层面揭示了文学主体性的生成样态、具体表征与价值意义，因本研究的正文论述部分已进行不少篇幅的引用与论述，此处不再重复进行述评。

三、研究视角、方法与框架

在讨论近代日本的话语空间时，竹内好以"战争的二重性格"来解释日本近代战争的思想基础与话语空间结构，试图以战争的两面性即战争背后隐含的"近代的超克"的现代性追求，建立理解战争和近代日本话语空间结构的分析范式。柄谷行人则对此提出疑问和批评：

> "战争的二重性格"是指，对日本来说，第二次世界大战一方面是对亚洲的侵略战争，同时又是把亚洲从西方列强手中解放出来的战争。换一种说法，这既是"太平洋战争"同时也是"大东亚战争"……然而，这二重性格的"分解"本身很危险。因为，这是不可能分开的，不能肯定一面而否定另一面。竹内的理论也非常危险。他以前的民族主义论当中也充满了这样的冒险[2]。

竹内好对日本现代战争二重性格的区分，实际上是建立了太平洋战争与"大东亚战争"这一二元对立的分析范式。在这分析范式之下，对亚洲各国的侵略战争使日本成为西方式帝国主义；但"大东亚战争"也被理解为为了建立亚洲主义的"东方共同体"，以此来抵抗西方帝国主义的现代性入侵。柄谷行人则以倒置的方法对其理论逻辑进行了解构与批评，即建立亚洲主义的"东方共同体"用以对抗西方帝国主义，却使其自身成为帝国主义。在竹内好的分析逻辑中，实际上是将战争的二重性格进行了对立分析，而柄谷行人则注意到了二重性格对立基础上的统一，即日本战争的侵略本质本身。

本研究关注的并不是对日本现代战争本身的阐释或两位学者的思想分歧，而

---

[1] 谢保杰：《主体、想象与表达：1949—1966年工农兵写作的历史考察》，北京大学出版社，2015年版。

[2] ［日］柄谷行人：《近代日本的话语空间》，《历史与反复》，王成译，中央编译出版社，2018年版，第65页。

是深刻注意到在进行主体性话语的生成分析时，是否也像柄谷行人所分析的那样，建构了明显的或潜在的二元对立分析方式，以及使用这种分析方式应当注意的问题。显然，本研究无意建立先在的二元对立分析话语，并以此结论预设去生搬硬套新时期过渡阶段的文学场域研究。但又必须承认，在当代中国现代性的视域中考察当代文学的主体性话语生成，必然会在具体的研究阐释中涉及与主体性话语相对的另外的话语，也就是说，在对文学的主体性话语的具体分析阐释中无法完全绕开二元对立思维。事实上，二元思维作为人类思维的一种重要机制，基本上可以理解为现代哲学文化的核心，以此思维分析文化政治场域中的话语或许不失为一种有效的范式，在二元话语中建立的对比性差异正是阐释活动的起始。在阐释分析中既要注意到事物彼此相对的两个层面及其相互排斥又相互转化的关系，又应当注意二元对立之偏正结构而可能导致的一元化倾向，从而形成话语分析的逻格斯中心主义或强制阐释。这或许正如解构主义所指称的，是诸多二元对立支撑了阐释的结论，二元对立的设置很可能是一种深刻的洞见，同时也可能走向洞见的另面，即是一种明显的遮蔽。

如果我们承认文学的主体性话语是新时期文化场域构成的一个部分，那么，对其话语生成的考察就将是具体的、历史的，而不是本质主义的、超历史的。也就是说，既要注意到文学主体性话语的表征，又要注意到文学主体性话语与新时期过渡阶段政治文化语境的关系。正如福柯所说："构思主体性的出发点不是主体的普遍和先有理论，主体性不与本初或是基本的体验相联系，主体性不与具有普遍价值的人类学相联系。主体性被构想成在主体和自身真相的关系中自我建构和自我转变。"① 学者陶东风也提出："主体性、人的自由与解放、人道主义等理论与概念，也是1980年代出于某种目的的话语生产。"② 考察新时期文学主体性话语的生成，可能潜在地设置了革命话语与主体性话语的二元对立，以及个体主体性话语与现代民族国家的集体主体性话语、文学主体性与文学工具性，革命主体与道德主体、文化主体等等诸多的二元对立。

由此，本书采用的研究方法是一种综合式的研究阐释方法，既建立文本细读与知识社会学视野的联系，也建立批判意识与二元对立分析的联系。在具体研究中，可能无法绕开学者们已有的许多成果尤其是已经成为"共识"的术语、观点和论述，但本研究尽可能以问题为先导，采取一种反思性、批判性的症候式阅读

---

① ［法］米歇尔·福柯：《主体性与真相》，张亘译，上海人民出版社，2018年版，第17-20页。
② 陶东风：《80年代中国文艺学主流话语的反思》，《学习与探索》1999年第2期。

分析方法，以重返历史现场、史料重读与作品再解读的方式进入具体研究阐释，将主体性的生成还原为一个关于文学话语的问题、一个关于文学史中时段过渡与转折的问题。尽管也认为新时期过渡阶段是文学主体性的生成过程，但并不回避文学话语、文学现象、文学作品的多义性、可疑性或矛盾性，充分注意到主体性问题之于当代文学的特殊意义，即其一直是当代文学尤其是"新时期文学"进行自我塑形和自主建构的重要维度，且至今仍处于"未完成"的状态。从文学的"内部"看，在新时期以来不同时段的具体作品中，文学的主体性问题呈现着不同的形态和生长性表征；从文学的"外部"看，当代文学与政治、文化、经济、社会等诸多场域之间呈现既冲突、反叛又合谋、共生的复杂状态，使得主体性始终得以成为一个"问题"。

首先，在新时期初始阶段及1980年代前期的特殊文化语境里，文学主体性既是一个根本性的文艺理论问题，又是一个当代文学话语的实践问题，它既与政治社会领域的思想解放、文艺界的拨乱反正等思潮紧密关联，又是文学话语空间的重新开放、知识分子社会身份的重新确立与主体确认，以及文学向自身本体回归的实践紧密关联。因此，对当代文学主体性在1975—1985年前后的过渡状态中，复杂而艰难的生成状态及其自身存在的问题进行研究，对于更加深入地理解和重估当代文学的主体性问题具有重要的意义。

其次，在新时期的特殊语境里，文学的主体性的来源既是"文学是人学"的本土化传统的重新延续，也与李泽厚提出的主体性哲学紧密相关。将主体性哲学引入文学领域意味着对"文学"自身根本性的质疑，蕴含了自我反思和重建诉求。因此，对文学主体性的生成形态进行研究，对于理解此阶段的人道主义、伤痕、反思等文学思潮，具有重要的启发意义。文学重新在传统与西方的碰撞中迎来自身的现代性问题，但因为受到1957年以来近20年的极"左"思想的影响，当代文学在此过渡状态中，要重新完成自身主体性的确立必然要经历复杂艰难的历程。

最后，厘清文学主体性的生成形态，也能够为理解新时期文学的起源性问题，提供一种新的阐释视角。从新时期文学起源性的角度上看，无论是断裂说、接续"十七年"说、接续"五四"说，还是在西方文学及其理论的深刻影响下生成的，都是一种难以让人信服的理论论述。其根本原因就在于，新时期文学虽然重建了"十七年文学"时期的文学制度，文学话语空间也在与政治话语的合谋共生下逐次打开，但文学新的"二为"方针取代旧的"二为"方向，并未能带来政治话语对新时期文学"接续十七年传统"与"重塑社会主义新人"的双重引导。

因此，简单地从话语谱系的延续角度看过渡阶段文学与"十七年文学"的关系，并不构成新时期文学与"十七年文学"的关联性。而五四时期社会政治无序的话语空间，则促成了文学的主体性张扬与介入现实、疗救大众的文学表征，这与新时期文学的处境正好相反，因而新时期文学接续"五四"文学的说法也不能够成立。文学的过渡阶段完成后即文学的主体性初步确立后，1980年代中后期以来的文学表征已基本超出了"十七年文学"时期的革命现实主义范畴。

本研究重点着眼于此过渡状态中文学主体性话语的生成，以主体性为视角，厘清其赓续的话语谱系来源及其在外部语境变化中，自觉进行吸收、转化与扬弃的本体性回归演进历程，努力为"重返八十年代"与重释当代文学史提供一个新的视角与阐释的可能。本书由绪论和八个独立章节组成。绪论部分对研究问题、论题域设置、研究角度、方法与框架作出解释，对与本研究有关的重要研究成果作了简要述评。

第一章重点论述文学主体性问题的文学史意义，认为文学的主体性是新时期过渡阶段文学话语的重要构成，将主体性哲学引入文学领域意味着对"文学"自身的质疑，蕴含自我反思和重建诉求。并从话语谱系及其转义、人道主义论争和文学创作实践三重维度，考察并还原了文学主体性话语的艰难生成，揭示其建构个体主体性话语的现实关怀意识和文学史意义。

第二章选择新时期过渡状态中的文艺界的拨乱反正为考察对象，以重返历史现场与史料重读的方式，将其重新放置到1975年至1983年前后文学史的"过渡状态"中加以考察，对其发生的时间范围和历史进程提出新的看法。重新厘清文艺界"拨乱反正"的历史过程，既对新时期文学史的论述有着重要影响，也对反思文学史分段研究及其理论局限具有范式重构的借鉴意义。

第三章以革命英雄到社会主义新人的文学形象谱系演变为观察视角，论述新时期初期启蒙人道主义话语的历史反复。"革命英雄"可以说是"社会主义新人"塑造中最为典型的概念，"新人"本身即蕴含着以"旧人"为颠覆对象的革命性因素，对左翼文学中"革命者"形象被提纯与强化的同时，也导致文学形象多样性与多种可能性的丧失，文学作为"时间性"概念的基本真实性问题遭到压抑。正是基于这样的历史境况和现实反叛诉求，新时期文学从"伤痕叙事学"开始就包含了浓厚的启蒙人道主义诉求。

第四章在革命历史小说、新历史小说、新革命历史小说形成的文学史叙事中，选择被忽略或遮蔽的过渡阶段的革命小说续篇与新人塑造的另面作为考察对象。文学史的叙述往往会筛选、删除掉一些无法纳入叙述框架的文学质素，在新时期的革命历史小说续篇当中，如何在这样的两难语境中重塑革命者形象，尤其是新塑造的革命者应当承继怎样的革命理想主义精神，持有怎样的应对现实的革命优良作风，应当以怎样的态度投身到由革命向改革转换的时代浪潮当中，以及在这些作品探索中隐含的反过渡诉求，是本章关注与研究的主要问题。

第五章以归来者作家代表高晓声与张贤亮为例，讨论"五七族"作家在新时期文学叙事中，涉及的自我伤痕治愈的主体困境与冲突。"五七族"作家从接受改造到复出归来，参与着知识分子"从耻辱到力量"转化的过程。他们在此阶段的文学叙事基本是从行动主体的失语状态写起，以行为主体遭受价值认同危机及其解决，重新确认对象主体的农民身份或者革命干部的合法性。区别在于高晓声选择了前者，而张贤亮选择了后者。

第六章以孙犁、汪曾祺与贾平凹为代表个案，考察在此过渡阶段中明显区别于那些声泪俱下的伤痕叙事。孙犁、汪曾祺文学叙事中的历史重访与重述显得平淡而厚重，有着强烈的皈依传统倾向，注重以道德自审来重构革命历史与历史反思，以自由文体的探索、文学博物的重视、日常生活的重建等路径抵达审美主体的审美自觉。贾平凹此时期的文学叙事与他们则明显区别，代表作品从集体人到改革者的叙事既表现了对改革现代性的赞同与向往，又对现代性对乡村的冲击表现出了矛盾的态度，并在矛盾与危机的解决探索中找到了商州文化乡土的中心视角，这成为其后续大量经典小说叙事的基本坚持与主要表征。

第七章聚焦此阶段知识主体重构的文学叙事，从讲知青故事与讲故事的知青两者互文性阅读视角，探究知识青年在新时期文学叙事中艰难的身份追寻与主体重构，尤其是他们身上所具有的格瓦拉式的革命理想、缓慢而不乏深刻的觉醒意识，以及幻灭感和迷惘痛苦的精神状态。与此对照的是在1950—1970年代发表作品的作家，他们通常来自左翼文学或革命文学的序列，他们对乡村"在地"叙事的追求混杂了身份建构、主体意识等多重诉求。尤其值得关注的是，这些诉求本身具有临时性、策略性的特征，当文学的主体性被重新确立之后，这些诉求本身又成为困扰作家们的新的问题。

第八章以寻根文学的理论探寻与文学创作实践为研究对象，透视文学主体性视域中寻根文学的主体意识，提出面向传统文化的寻根有着明显面向现实寻找文化认同的意图。寻根作家经由寻找自我的方式，试图在民间文化传统当中重新寻找审美观照的路径，从而在文化传统再造中重构其自身的文化身份认同。作品是否具有现代意识与对待传统文化的姿态，是判断寻根文学作品的最核心要素。《远村》和《我的光》等代表作品对乡村的再造与想象集中体现了重建文化中国的诉求与可能路径。乡村再认与乡土意识再造的过程，同时也是知识分子自我启蒙、寻找与重构文化主体的过程，寻根作家共同构成的文化中国的文学地理学版图，隐含了深刻的身份寻找与文化认同危机，因而也就增加了当代文学现代性进程中的文化祛魅表征，展现了寻根文学思潮带动文学独立、独特、自信走向世界的目的。

结语部分通过本书的回顾总结，从三个层面概述本研究课题拓展研究的可能与价值。认为对新时期文学主体性话语生成的过渡性场域的考察，以及对某些具有代表性的文学对创作对象主体的想象与实践的爬梳、分析与阐释，新时期文学建构个体主体性的目的是以复杂、矛盾甚至碎片化的面貌呈现的。文学主体性的确立也意味着新的话语霸权的形成，新时期文学过渡状态终结之后，随着现代性的重启，其片面性、绝对性的弊病也就逐步显示出来。尤其是主体性话语赖以存在的革命话语退隐之后，主体性的生成也就意味着话语的生产的完结。

第一章

过渡状态中文学主体性问题的文学史意义

文学的主体性问题是当代文学话语的重要构成之一，在当代文学尤其是革命文学向新时期文学过渡的特殊历史语境中，建构文学的主体性话语既是对文学前此阶段现实处境的深刻反思，也是文学进行自我塑形和自主探索的重要维度。文学的主体性经由刘再复的《论文学的主体性》等文章提出，是20世纪80年代文学场中的重要文学事件，在学界产生了很大反响和激烈论争。尤其是以《文学评论》和《文艺理论与批评》为主要阵地的论争双方，从文学主体性的话语谱系、概念边界以及内在矛盾性等方面进行了深入探讨，这对中国本土化的文艺理论和当代文学发展产生了不可忽视的重要影响。然而，30多年来，学术界更侧重于以1980年代中后期的"论争事件"作为起点，从文学理论的角度对其进行延伸性或批判性研究，使得作为当代文学重要实践的"文学主体性"本土化话语转换形态，及其在革命时期文学向新时期文学过渡状态①中的生成状态遭到研究者的忽视。

尽管文学主体性话语是借用和转化了西方哲学的理论资源，但与其他文学理论话语相比，文学的主体性具有更为明显的本土化表征和现实关怀意识。也就是说，在新时期的特殊语境里，文学的主体性话语既与李泽厚等提出的主体性哲学紧密相关，也是文艺界"拨乱反正"语境下对"文学是人学"传统的重新接续。它既与政治社会领域的思想解放、文艺界的人道主义、伤痕文学、反思文学等思潮紧密关联，又与文学话语空间的重新开放、知识分子社会身份的重新确立以及文学向自身的本体性回归等实践紧密关联。由此，搁置作为文学"事件"的文学主体性的相关论争，重新将文学主体性话语放置到1975—1985年前后的文学史过渡状态中加以考察，即将研究视角由对"文学主体性是什么"的追问转向对"文学主体性如何生成"的探索，从话语谱系及其转义、人道主义论争和文学创作实践三重维度，考察并还原文学主体性话语的艰难生成过程，可以揭示其重构"个体主体性"话语的现实关怀意识和文学史意义。在新时期文学话语起源性的意义上重新理解此问题，可以为"重返八十年代"和重释当代文学史提供一个新的维度。

一、主体性话语的生成谱系

主体性是由主体衍生出来的概念，是西方近现代哲学的重要命题之一。主体

---

① 王尧：《论中国当代文学史的"过渡状态"——以1975—1983年为中心》，《文学评论》2013年第4期。

向主体性的转化意味着哲学对"此在的人"的认知重心由先验性的实体性存在向本体论、认识论转移,这是以康德、黑格尔、马克思等为代表的德国古典哲学理论的重要转向,并伴随着新文化运动以及马克思主义进入中国的政治社会与思想文化领域,对当代中国的文学与思想文化产生了重要影响。将主体性引入文学领域,是对文学基本属性的整体性追问与反思,也就意味着对文学本身作为不证自明的存在状态的质疑,蕴含了深刻的自我反思和自身合法性重建的诉求。正如萨特所言:"当我们谈主体性的时候,我们会看到,我们谈的是某种内在的活动,某种系统,某种内在性的系统,而不是与主体性的直接关系。"[1]

对当代文学而言,洪子诚提出的文学的"一体化",可以帮助我们更好地从总体上理解和把握"十七年文学"和"70年代文学"的基本"局势"[2],也应当作为讨论"70年代文学"向"新时期文学"过渡的话语基础。按照洪子诚的论述,"推动'一体化'的过程,主要采取的方法,是阶级、政党政治斗争的方法。或者说,把政治斗争、政党活动方式引入文学领域中"[3]。而左翼文学对文坛进行规训与惩罚所依据的理论,就是模仿苏联充分意识形态化的"社会主义现实主义"[4]。在极"左"的政治话语体系下,其主要表现为庸俗政治社会学与简单机械决定论(如阶级论、斗争论与血统论等)。因而,文学的主体性就是在"70年代文学"向"新时期文学"过渡的特殊语境中产生并成为一个"问题"的。它是对当时文学界"拨乱反正"的艰难历程,以及从伤痕文学开始一直延续到1980年代中后期的关于人、人性及人道主义话语争论的一个整体性回应与理论性总结,并试图对未来的文学革新与发展提供一种新的可能。对文学主体性的重申,也就意味着主体性在"过去的时态"中处于被压制、遮蔽或潜隐的状态,同时也反映了新时期文学"以人为思维中心"进行话语重建的基本路径。所以,它既是一个文学理论问题,也是一个话语实践问题。

新时期文学主体性的重构,是在对现代民族国家的想象与认知,以及对集体

---

[1] [法]萨特:《马克思主义和主体性》,《什么是主体性》,吴子枫译,上海人民出版社,2017年版,第25页。

[2] 此处借用的是布罗代尔关于"中时段"历史研究的概念。参见:[法]布罗代尔:《论历史》,刘北成、周立红译,北京,北京大学出版社,2008年版,第30页。

[3] 洪子诚:《"当代文学"的生成》,《问题与方法——中国当代文学史研究讲稿》,北京大学出版社,2010年版,第164页。

[4] 周扬:《坚决贯彻毛泽东文艺路线》,《周扬文集(第二卷)》,人民文学出版社,1985年版,第61页。

主体性的反叛与再反思过程中得以深化的,是针对当时"拨乱反正"语境而提出的面向"文学是人学"的个体主体性的追求。李泽厚对康德哲学及主体性问题的重新阐述,为主体性哲学话语进入当代文学领域提供了理论支撑。在著名的会议论文《康德哲学与建立主体性论纲》中,李泽厚重新讨论了人性、人道主义的问题,提出"人性便是主体性",康德哲学的功绩在于"第一次全面地提出了这个主体性问题","现在的问题是要用马克思主义哲学来分析康德所提出的问题,作出符合时代精神的回答";以人的情欲合理化为主的自由感受"和认识论的智力结构、伦理学的自由意志构成主体性的三个主要方面和主要内容"。[①] 李泽厚在《关于主体性的补充说明》中,从主体性认识论的另面提出主体性在"工艺—社会结构"和内在的"文化—心理结构"方面的两个双重性,以"理性的内化的普遍智力结构"对"自由直观的个体创造能力"进行补充,主张主体"回到感性的人,回到美,回到历史"[②]。他在《关于主体性的第三个提纲》中又进一步重申,面向"消除异化",以生、性、死之感性结构为内核的"心理本体的人性建设"[③]而达成的主体性的主观面论述。从李泽厚的阐释中,可以看到1980年代初关于"要康德还是要黑格尔"议题的发生语境及其话语转义的大致理路,以及建构"情本体"中暗含的强烈的"现实关怀"的意味。尽管有学者提出,西方哲学对现代"主体"的思考源于康德看起来是个误解,以康德哲学来建立"主体性论纲"也未必是成功的[④],但我们不能脱离新时期的具体历史语境,进而否定李泽厚的康德哲学研究产生的影响和对新时期文学/文化重建的推动作用。

刘再复依据李泽厚的理论话语支撑,通过"话语转义"的方式将具有"现实关怀"精神的主体性问题引入文学领域。按照海登·怀特的解释,"话语转义"就是要"在人们通常认为没有联系的地方……建立起某些联系,从而产生修辞格或思想"[⑤]。1981年,刘再复发表了《主体感受在取材中的支配作用与神魔题材

[①] 李泽厚:《康德哲学与建立主体性论纲》,中国社会科学院哲学研究所编:《论康德黑格尔哲学纪念文集》,上海人民出版社,1981年版,第3页、第14页。

[②] 李泽厚:《关于主体性的补充说明》,《中国社会科学院研究生院学报》1985年第1期。

[③] 李泽厚:《关于主体性的第三个提纲》,《实用理性与乐感文化》,生活·读书·新知三联书店,2005年版,第236页。

[④] 此处采用邓晓芒的观点。参见邓晓芒《重审"要康德,还是要黑格尔"问题》,《华中科技大学学报(社会科学版)》2016年第1期。

[⑤] [美]海登·怀特:《导言:转义学、话语和人类意识的模式》,《话语的转义——文化批评文集》,董立河译,大象出版社,2011年版,第2页。

的人间性》① 一文，以"主体"术语置换"作家艺术家"来分析文学中艺术内容的真实问题，该文章可以被视为从主体角度进行文学阐释的早期尝试之一。1984至1986年期间，刘再复先后在《文学研究思维空间的拓展》《文学研究应以人为思维中心》《新时期文学的突破和深化》等文章和会议发言中，从不同角度和层面阐释文学的主体性问题。尤其在《论文学的主体性》② 中，刘再复提出"文学的主体包括作为对象主体的人物形象，作为创造主体的作家和作为接受主体的读者和批评家"，并从"创造主体性"、"对象主体性"和"接受主体性"三个方面对文学的主体性进行了详细阐述，提出文学活动应以"人"为思维中心，强调文学这三重"主体性"在本质主义意义上的自在自为状态，呼吁文学上的人道主义。值得注意的是，1985年刘再复发表《文学的反思和自我的超越》③ 一文，以"文学的反思"与"反思的文学"相对照来描述文学创作上的热情涌入文学研究领域的情况，并强调文学研究的反思者"有自己的心灵，有强烈的自我价值感"，"我们开始看到反思者自身的形象，而且似乎看到他们是在着意塑造自身的形象"。由此可知，文学主体性的提出，也是对1975年到1980年代中期的文学创作与探索实践的总结。以此为基础的主体性重建，就具有了明确的自主意识和文学自省意味。

在李泽厚和刘再复"互文式"的阐述中，有两个共同点需要注意：一是都以坚持马克思主义为前提进行的，或者说都是以马克思主义为理论支撑的；二是对"文学是人学"和人道主义进行了重申。前者与新时期主流政治话语保持了表述上的同向，具有浓厚的"拨乱反正"时代意味，其指向是既往的历史中被严重歪曲和误用的马克思主义。礼平、王斌在反思红卫兵时期自己创造的口号时，指出将"老子英雄儿好汉"这样的继续革命话语称为"山沟版的马克思主义"④，就是比较典型的马克思主义被歪曲和误用的例证。理解这点对深刻认识主体性生成的前史、引起的争论和1980年代末之后的转向有着重要意义。对于后者，对人性的呼唤以及对人的尊重，是对之前"继续革命"时期政权压抑人权、阶级性取代人性、极权主义压制人道主义等的控诉与反叛。其指向则是从现代民族国家建立到1970年代逐步走向极端化的文化/历史虚无主义实践，并试图唤醒一度被

---

① 刘再复：《主体感受在取材中的支配作用与神魔题材的人间性》，《人文杂志》1981年第4期。
② 文章分两期刊出。分别是，刘再复：《论文学的主体性》，《文学评论》1985年第6期；刘再复：《论文学的主体性(续)》，《文学评论》1986年第1期。
③ 刘再复：《文学的反思和自我的超越》，《文艺报》1985年8月31日。
④ 礼平、王斌：《只是当时已惘然 〈晚霞消失的时候〉与红卫兵往事》，《上海文化》2009年第3期。

左翼话语淹没的中国新文学传统中的人道主义精神，用以支撑新时期文学的合法性重构，并为文学的未来发展寻求话语支持。

二、马克思主义人道主义的本体性回归

从李泽厚、刘再复的相关论述中可以看出，作为文学摆脱政治规训而借义的诸多话语之一，文学的主体性既是文学进行自我确证的一个角度，也是反叛既往历程中的政治意识形态话语的手段。从被提出或成为一个"问题"开始，它就与新时期国家意识形态、新启蒙、个人主义，以及知识分子、纯文学等话语复杂地纠缠在一起。尤其是关于马克思主义人道主义的相关争论，几乎裹挟了上述各种话语的论争。这场争论既是控诉与反思"继续革命"政治话语的重要组成部分之一，也是面向新时期，文学与思想文化领域进行理论重建的一个重要实践，其中既包括对爱国主义、亲情、人性、异化等主题的讨论，也包含了对人的自由、独立价值以及个体尊严的肯定。从这个方面看，文学主体性的提出，又可视为这场争论在文学方面的话语理论总结。福柯在分析"知识—权力"关系时强调："理论并不表述、说明或服务于实践的应用：理论就是实践。""理论是关于特殊部分的，是局部性的，不是包括一切的。这是一种反对权力的斗争，其目的在于揭露和彻底摧毁最难发现和最为阴险的权力。"① 依据福柯的提醒，我们有必要以重回历史现场的方式，对这场论争的历史形态及其演进形式作一种"切片式"的回顾，厘清这场争论中政治与文学各自的话语谱系以及不断变化的内在分歧，以便更加清晰地理解新时期文学主体性的话语来源，以及与此紧密关联的相关表述。

毛泽东的《在延安文艺座谈会上的讲话》提出以"马克思列宁主义"为思想指导的文艺"为工农兵大众"②服务的方向，是理解文学主体性在当代文学前30年处境的重要语境。其中，周扬无疑是贯穿始终的重要左翼文艺理论家之一。早在1932年左翼作家联盟与自由主义文人、"第三种人"进行文艺自由辩论的时候，周扬就围绕文学的真实性问题与苏汶进行商榷，从作家身份立场角度对苏汶

---

① 陆炜:《知识分子和权力 法国哲学家 M. 福柯和 G. 德勒泽的一次对话》,《哲学译丛》1991 年第 6 期。
② 毛泽东:《在延安文艺座谈会上的讲话》,《毛泽东选集》(第三卷),人民出版社,1991 年版,第 849-852 页。

关于"文学是现实生活的反映"①的主张进行质疑。以阶级划分的理论对社会现实的具体所指进行话语转换，强调作家"不单是生物学的存在，而是社会的，阶级的存在。……阶级斗争的参加者"②。"十七年文学"期间，左翼文艺上升为新国家意识形态话语的构成之一，在文艺为工农兵大众服务的规定下，无产阶级与资产阶级、歌颂与暴露、进步与落后、改造与专政、主流与支流（逆流）等二元对立的政治性话语统摄文学领域，文学之于政治的工具性逐步取代了文学的主体性。随着极"左"文艺话语的演进，文学中的人道主义被等同于资产阶级人道主义，文学对人性的书写被置于阶级性的对立面。尽管如此，在政策放松的间隙，仍有少量理论文章谈及文学的主体性问题。比如"双百"方针期间，钱谷融发表了《论"文学是人学"（关于现实主义问题的讨论）》，以苏联文艺理论为思想资源，重提"文学是人学"理论，提出"把人当作人"，"要把人当作文学描写的中心"，"而人道主义则是我们评价文学作品的最低标准"。③文章将文学反映现实置换为"文学是人学"隐含着现实观照意涵，在当时的语境下，文学所反映的所谓"现实生活"已经被转义为无产阶级革命及其阶级斗争，也即"文学对现实'本质'的被迫失语"④。强调文学对人的关注，无疑是对文学反映的这种"政治—革命"现实的质疑。这里涉及的作家的基本权利、人的情感和个性以及人道主义的文学评价标准，是对当时文学的主体性处于被压制状态的一种反应，和对主流政治话语设定的文学要求有限度的背离。既可以看出其与"五四"新文学中人道主义传统的精神联系，也成为了新时期伤痕、反思文学等回望和召唤的精神资源。当然，这样的声音很快遭到有组织地政治批判，批判文章于1958年以《"论'文学是人学'"批判集（第一集）》⑤为名结集出版，关于"文学是人学"的声音很快销声匿迹，并成为1960年代中期到1970年代末期的话语禁忌之一。

1970年代中期之后，关于人道主义的讨论很快成为热点，在文学/文化、哲学、政治领域引起广泛关注和讨论，这既是对政治上否定继续革命与推动思想解放的呼应，也是为新时期文艺界"拨乱反正"作思想理论准备。与文学创作上的伤痕、反思文学重新叙述人情、人性的人道主义话语相呼应，哲学界先后于1980年

---

① 苏汶：《论文学上的干涉主义》，《现代》1932年第2卷第1期。
② 周起应：《文学的真实性》，《现代》1933年第3卷第1期。
③ 钱谷融：《论"文学是人学"（关于现实主义问题的讨论）》，《文艺月报》1957年5月号（总53期）。
④ 许子东：《重读〈"论'文学是人学'"批判集（第一集）〉》，《华东师范大学学报（哲学社会科学版）》2017年第49卷第4期。
⑤ 新文艺出版社编辑部：《"论'文学是人学'"批判集（第一集）》，新文艺出版社，1958年版。

召开"德国古典哲学讨论会"、1981年召开"纪念康德、黑格尔学术讨论会",广泛讨论人性、人道主义以及主体性等主题。与此同时,中国社会科学院哲学研究所编译出版了《关于马克思主义人道主义问题的论争(译文集)》[①],该著作翻转被扭曲化、庸俗化的马克思主义思想的意图十分明显。与"十七年"时期略有不同的是,主流政治话语也参与了面向新时期的人道主义话语建构。1981年出版的《人是马克思主义的出发点——人性、人道主义问题论集》"编者的话"中,提到人性、人道主义问题"应该是马克思主义必须研究的一个重要问题","但二十多年来,在我国这个问题是一个重门深锁的禁区","现在应该是对这个问题拨乱反正的时候了"。[②] 但文学与政治在"拨乱"上的话语相似性,并不能弥合在"反正"方向与实践上的裂隙与分歧。文学对新中国既往历程中不人性、不人道的控诉,以及对科学精神、文艺民主的提倡,需要在"局部"的范围内进行。按照周扬的提法,"文艺反映人民的生活,不能与政治无关"[③],"即使是在社会主义条件下,……在某些局部情况下,糟蹋人才,埋没贤能,侵犯人格尊严的情况,并不是不会发生的"[④]。这里周扬表述的文学反映的"现实生活"已经不再是政治革命,而是体现人道主义的日常生活。值得一提的是,由王元化、王若水、顾骧共同起草,周扬审定的会议报告《关于马克思主义的几个理论问题的探讨》,尽管措辞谨慎地对文学文化界的人道主义给予了部分认同,但仍然引起质疑和批评,并直接成为"清除精神污染运动"[⑤] 的导火索。

由此可知,新时期文学主体性的生成及其呈现状态,与其所"借镜"的政治话语有着紧密的关联,也即文学的主体性是在对政治话语的反思、反叛与背离过程中得以确立的。文学的主体性在生成阶段与人道主义话语之间的复杂纠缠,呈现出文学与政治之间的复杂关系,并在"80年代"文学场域中占有着重要地位,这是理解文学主体性被正式提出的关键话语前提和基础。

[①] 中国社会科学院哲学研究所《哲学译丛》编辑部编译:《关于马克思主义人道主义问题的论争(译文集)》,生活·读书·新知三联书店,1981年版。

[②] 人民出版社编辑部:《人是马克思主义的出发点——人性、人道主义问题论集》,人民出版社,1981年版。

[③] 周扬:《继往开来 繁荣社会主义新时期的文艺——在中国文学艺术工作者第四次代表大会上的报告》,中国文学艺术界联合会编《中国文学艺术工作者第四次代表大会文集》,四川人民出版社,1980年版,第37页。

[④] 周扬:《关于马克思主义的几个理论问题的探讨》,《人民日报》1983年3月16日。

[⑤] 参考罗银胜:《周扬传》中的第二十四章《文章风波》,文化艺术出版社,2009年版,第400-424页。

三、作家主体身份的重建和文学审美主体的重构

在"70年代文学"向"新时期文学"的过渡状态中，与"继续革命"时期文学界在公共场域中的集体性"失语"相比，作家（主体）的"缺乏"（断层）是摆在文学走向"新时期"面前的重要现实性问题，也是当代文学主体性在生成阶段的基本现实状况。在现代民族国家建立的初期，政治限定下的文学环境不断变化导致了作家群体身份的改变，以知识分子为主体的作家构成逐渐被符合社会主义民族国家想象的为"工农兵"服务的作家代替。其中既包含了应时而生的新作家，也包含了对"旧社会"过来的"老作家"的改造。但"作家"的"阶级身份"是小资产阶级，是"改造"或"专政"的对象。其结果就是演进到"继续革命"期间，"作家"的身份被取消和"个人"的写作权被剥夺，为工农兵服务的作者变成了"工农兵作者"。1970年代中期之后，随着国家政策的调整和文学环境的改变，"胡风反党集团"等历次文学冤案事件，以及"继续革命"时期历次风暴中遭遇打击的"黑五类"分子等陆续得到平反，老作家群体"归来"，红卫兵/知青作家群体、民间作家群体由"地下"逐渐转为地上，他们成为过渡期作家的主要构成。作家主体构成发生变化，作家的身份也随之发生转化，作家群体重新获得书写的基本权利。但"继续革命"时期极端的文化虚无主义实践所带来的作家创作内生动力的严重消耗、文学创作传统延续性的断裂以及文学书写空间的极度狭窄化，决定了文学面向"新时期"的"拨乱反正"及主体性的生成要经历一个相当长的过渡阶段。

从1976年10月粉碎"四人帮"到1978年，虽然文学的拨乱反正仍是在"两个凡是"的政治语境下进行的，文学创作也基本上仍然处于停滞状态，但以《人民日报》《红旗》《解放军报》《光明日报》等为主要阵地展开的文艺批评，尤其是对"纪要"和"文艺黑线专政"论的批判，一定程度地扭转了极"左"的文学话语，并确立了新的政治意识形态所允许的、有限度的文学话语基本权利，为文学的主体性生成提供了"前史"阶段的基本话语空间。1977年8月召开的中共第十一次全国代表大会上的政治报告，提出"历时十年的我国第一次无产阶级'文化大革命'，就以粉碎'四人帮'为标志，宣告胜利结束了"；"我国现有的知识分子，……他们中的绝大多数是愿意和努力为社会主义事业服务的"。同时指出，他们中"站稳了无产阶级立场的知识分子还是少数"，但是大多数人经过改

造,"已经有了不同程度的进步";对毛泽东关于知识青年上山下乡的指示,"必须坚持贯彻执行"。① 只有把这样的文艺政策作为此过渡阶段的历史背景,才能更好地把握"70年代文学"的边界,以及之后文学"拨乱反正"中对继续革命的控诉与反思的下限时间跨度。在"四人帮"被打倒后,贺敬之在《中国的十月》中这样写道:"一九七六年——/中国的十月。/历史的巨笔,/将这样书写:/无产阶级继续革命的/又一重大战役,/文化大革命/新的光辉的一页!"②这是这一阶段文艺界公开发声的一种代表。同样,徐迟于1977年12月发表的《清算"文艺黑线专政"论》③中强调"'四人帮'的'文艺黑线专政'论流毒深广。教育界起来揭发,文艺界也来批它。要认真地清一清、算一算了"。这也可以作为这一阶段文艺界参与新的政治意识形态话语重建的一种方式。1978年4月《人民日报》发表的关于"文艺工作者政策"的新闻颇具文学史的意义,指出"声讨'四人帮'罪行,伸张革命正义,落实干部政策,文化部为大批受迫害文艺工作者平反,这样做大得人心,大快人心"④。在开启事件平反与人的平反、文艺工作者重新获得合法身份的同时,可以看出政治/文艺话语的某种裂变与转向。1978年底,邓小平在中央工作会议上的讲话《解放思想,实事求是,团结一致向前看》,提出解决过去遗留下来的一系列重大问题,"我们要创造民主的条件,要重申'三不主义':不抓辫子,不扣帽子,不打棍子"⑤。在这样的政治话语前提下,借毛泽东诞辰八十五周年之际,《文艺报》发表《"百花齐放、百家争鸣"方针和艺术民主——纪念毛主席诞辰八十五周年》一文,强调"文艺本身的特点和规律决定文艺创作必须实行民主。……写什么,不写什么,怎么样写,都应由作家自己来决定"⑥。至此,当代文学主体性的重构才在相对正式的意义上开始展开。

  从文学创作实践的状况上看,从1978年一直延伸到中国作家协会第四次全

---

① 《中国共产党第十一次全国代表大会文件汇编》,人民出版社,1977年版,第36页、第64页、第65页、第73页。
② 贺敬之:《中国的十月》,《诗刊》1976年第11期。
③ 徐迟:《清算"文艺黑线专政"论》,《诗刊》1977年第12期。
④ 《声讨"四人帮"罪行,伸张革命正义,落实干部政策,文化部为大批受迫害文艺工作者平反》,《人民日报》1978年4月21日。
⑤ 邓小平:《解放思想,实事求是,团结一致向前看》,《邓小平文选(第二卷)》,人民出版社,1994年版,第144页。
⑥ 本刊特约评论员:《"百花齐放、百家争鸣"方针和艺术民主——纪念毛主席诞辰八十五周年》,《文艺报》1978年第6期。

国代表大会之间,可以视为文学的主体性从复苏到基本生成的阶段。以红卫兵/知青文学、朦胧诗、改革书写等为主要面向的文学创作,主要围绕着控诉与反思极"左"政治的"拨乱"以及文学如何书写现实生活的"反正"两个面向而展开。其中主要体现的是"闯禁区"的艰难探索,其既包括控诉与反思的时间/领域、政治话语、改革书写、生活书写等禁区,也包括作家展现的政治立场、文学观念、题材领域、表现手法以及文学活动等禁区。尤其是主流政治话语"拨乱反正"的不断深化、反复,以及在内涵、外延方面的游移甚至不无矛盾的态度,更加剧了文学创作的难度。从第四次文代会上提出"艺术民主"到第四次作代会对"创作自由"的倡导,其间夹杂着数次对《在社会的档案里》《人妖之间》《飞天》《苦恋》《离离原上草》《车站》等作品的批判,对文学题材、写真实、歌颂与暴露、"干预生活"、社会影响等的批评,以及对朦胧诗的崛起、形式创新探索、现代派、写人情/人性等的激烈论争。

知青文学无疑是此阶段文学书写的典型代表。红卫兵以及知识青年是1960年代中期到1970年代末期最具时代性的称谓,这群"和共和国一同降生的一代青年,从小被灌输了似懂非懂的阶级斗争、路线斗争观念、理论",继续革命时期"完全被极'左'话语包围和左右,成为被政治野心家们操纵的傀儡"[①]。他们中的写作者如何经由文学进行继续革命历史反思和自身经历评判,如何进行自我(主体)重认、伤痕疗救以及精神自省,是透视当代文学面向"新时期"主体性生成的重要窗口。以《在社会的档案里》(1979年)、《公开的情书》(1972年)、《晚霞消失的时候》(1980年)为代表的早期作品,主要书写的是1960年代至1970年代高层腐败、传统伦理丧失、世俗观念恶化、问题青年等社会问题,具有明显的控诉与反思的时代特征。作家与作品中的人物呈现为明显的对应关系,在高干子弟出身、红卫兵身份、继续革命经历等方面存在诸多重合,在具有自传色彩的文本中,他们与对家庭的决裂、对红卫兵经历的反思、对格瓦拉式革命精神的追寻等之间的错位与矛盾,构成了文本深刻的叙事张力和反思主题,体现了精神主体缓慢而不乏深刻的觉醒意识,以及觉醒之后的幻灭感和迷惘痛苦的精神状态。"我往哪走?跟谁走?"构成了深刻的红卫兵经历的精神叙事,以及主体逐渐清醒而走向自我启蒙的过程。它既是一次身体、暴力、情感叙事的历史重访,又是一次精神内伤的自我疗救。正是在这样意义上,有学者将其称为"那个

---

① 杨健:《1966—1976的地下文学》,中央党史出版社,2013年版,引言第3页。

时代里的精神奇迹和思想传奇"①，极力彰显其"思想性"表征及其文学史上的地位。以《这是一片神奇的土地》（1982年）、《我的遥远的清平湾》（1982年）、《大林莽》（1984年）为代表的作品，则可以看作是知青文学精神叙事的深化与延展。经过前期略显简单化的控诉、暴露与愤懑情绪表达之后，叙事主体力图摆脱主流政治话语的牵扯而将其虚化为模糊的故事背景，"时时作为审美的主体存在着"②，将现实生活的书写笔触深入主体的心灵世界。这些故事中的叙述者不再是简单的受蒙蔽者、受害人形象，而是试图从知识青年的群体意识中挣脱出来，通过重述个体记忆中的垦荒、放牛和勘察等独特生活经历，及具有个人独特性的对爱情、对当地农民亲切情感等的真实表达，展现知青岁月中的坚定信念、理想激情和不服输的精神，以及在追寻理想、激情的历程中遭遇摧残与幻灭的历程，深刻蕴含了对知青生活的重新审视，对青春理想主义的追忆，以及对人的宿命性命运的追思，标识了个体主体意识的觉醒和文学主体性的初步确立。

值得注意的是，在此"过渡状态"中的文学书写，仍然大体上是围绕着"社会主义现实主义"的框架进行的。安敏成在分析鲁迅的小说时指出，鲁迅对现实主义有着深刻的自我批判，"他暗示现实主义，可能会使作家屈从于他们打算谴责的社会残暴，在形式上描写压迫者与被压迫者间关系的现实主义叙述，有可能会被压迫逻辑俘获，最终只成为压迫的复制"③。从这个意义上可以说，在长达近十年的"过渡状态"中，新时期文学虽然基本完成了主体性的艰难生成，但要真正走向自觉、成熟，还有着漫长的过程。

需要提出的是，"80年代文学"的主体性追求主要呈现为一种"非政治"的意识形态的话语建构，背离政治话语的控制和干扰是文学主体性生成最基础然而又是最艰难的过程，这不仅需要依靠作家、评论家的努力与探索，也需要依赖政治话语对"社会主义文化想象"及其相应的"文学政策"的方向性调整。据此，1984年底到1985年初召开的第四次作代会则具有转折性的历史意义。会议确定的"创作自由"文艺政策，既是前此阶段权力博弈的一个阶段性结果，也为文学多元局面的打开提供了体制性的动因。从中国作协的机关刊物《文艺报》于1983年正式预告

---

① 何言宏：《正典结构的精神质询　重读靳凡〈公开的情书〉和礼平〈晚霞消失的时候〉》，《上海文化》2009年第3期。
② 鲁枢元：《审美主体与艺术创造》，《文艺报》1983年第5期。
③ 安敏成：《现实主义的限制：革命时代的中国小说》，姜涛译，江苏人民出版社，2011年版，第80页。

"今冬将召开第四次作协会员代表大会"①,到正式召开已经延迟了整整一年的时间,且原定开幕式时间临时推迟了一天。按照"亲历者"李辉的记述,"几年后,内幕渐次披露,原来围绕此次作代会的召开和人事安排,高层其实有过一场政治博弈"②。翻阅《文艺报》当时的报道可以看到,国家领导人胡耀邦、万里、习仲勋、谷牧、胡启立等出席,而主管意识形态的胡乔木、邓力群缺席。胡启立在"祝词"中对"党对文艺的领导确实也存在一些缺点"进行了简要检讨,并提出"创作自由"的方向性政策。③ 巴金在"开幕词"中表示"一个姹紫嫣红的繁荣局面开始出现在大家的面前"④;王蒙在闭幕词中说"中国社会主义的文学的黄金时代是真的到来了!"⑤;年轻作家贾平凹感慨"交替的日月!新年开始,那春天不是就来了吗?"⑥;前一年还受到批判的年轻女作家、编剧张辛欣也真诚地说出了参会"感到一种心理上的困难"⑦。还可以作为参照的,是会议上的几个"花絮",一个是以贾植芳为首的"胡风分子"按年龄列队走进会场;一个是致周扬的慰问信公开张贴并获得了300多人的签名;再一个就是贺敬之、欧阳山等人落选了理事会。

在这样的语境中,"1985年"成为具有历史性转折意义的年份。以寻根文学为代表的文化寻根思潮达到高潮,以马原、残雪、刘索拉等为代表探索形成的先锋小说率先强势出场,倾向于政治抒情与时代精神担当的朦胧诗开始向后现代主义转向;与此同时,1985年也是文学研究"'方法论热'的大年"、标志着"文学观念的重要变化"⑧。尤其是1985年底、1986年初刘再复的《论文学的主体性》的发表,某种意义上成为文学主体性正式确立的宣言与标志,当代文学也正式踏上了主体性重构与追寻的漫长历程。与"五四"时期相比,文学主体的"感时忧国"⑨ 精神已经被1980年代的后格瓦拉时代背景所消除,而转向个人主体以

---

① 闻婉:《今冬将召开第四次作协会员代表大会》,《文艺报》1983年第8期,第26页。
② 李辉:《绝响:八十年代亲历记》,生活·读书·新知三联书店,2013年版,第185页。
③ 胡启立:《在中国作家协会第四次会员代表大会上的祝词》,《文艺报》1985年第2期,第3页。
④ 巴金:《我们的文学应该站在世界的前列——中国作家协会第四次会员代表大会开幕词》,《文艺报》1985年第2期。
⑤ 王蒙:《社会主义文学的黄金时代到来了——中国作家协会第四次会员代表大会闭幕词》,《文艺报》1985年第2期。
⑥ 贾平凹:《冬天的温度》,《文艺报》1985年第2期。
⑦ 张辛欣:《我想》,《文艺报》1985年第2期。
⑧ 朱立元、刘阳军:《1985:文艺学美学方法论年的文化记忆》,《社会科学战线》2016年第1期。
⑨ 参考夏志清:《现代中国文学感时忧国的精神》,《中国现代小说史》,刘绍铭等译,香港中文大学出版社,2001年,第459-478页。

及作为现代民族国家想象构成部分的个体的追寻。如果说"'五四'文学中'改造国民性'的主题把文学创作推向国家建设的前沿，正是体现了国家民族主义对文学领域的占领"①，那么，"80年代文学"恰好翻转了这一精神。现代民族国家建立后，无论是对知识分子的思想改造、文艺"大跃进"还是继续革命，都严酷地压制、消解了文学的主体性存在；重新建立文学的"个体主体性"精神，以书写"人的存在"为根本任务的文学本体论价值，以及以虚构、先锋、形式革新等为核心的文学性追求，成为当代文学主体性的主要面向。值得注意的是，1985年之于文学主体性确立的转折性意义，并不能掩盖1978年至1985年从"艺术民主"到"创作自由"提法下一直持续的新时期社会主义文化政策话语阐释权的争夺，以及与之相适应的对文学的挤压与批判。因而，1980年代的所谓"文化热"，只能从政治、文化、艺术、哲学等领域全民集体性"拨乱反正"的现象上而不是精神自觉及其达到的"高度"上去理解；所谓文学与政治的"蜜月期"，也只有在最基本的"三不主义"的意义上才能够成立。

当然，由于当代文学的主体性在"过渡时期"生成的特殊话语环境，及其借镜"政治话语"而得以确立的现实性因素，其话语本身特别是"未来面向性"方面也存在一些问题。比如一些学者对刘再复从抽象、固定的意义上确定人性、人道主义，从"实践主体性/精神主体性"角度区分人的主体性等方面的批评，无疑是说中了文学主体性在建构之初所具有的非政治性的"意识形态"性质，对其批评也具有一定的学术反思价值。同时，在其后的建构过程中，尤其在1990年代消费主义浪潮来临的背景下，文学的主体性追寻又呈现了既"高扬"又"弥散"的复杂状态。② 对其复杂性进行详细阐述已经超出了本书的论述范围。需要强调的是：1985年之后，文学的先锋性探索以及实验性书写，可以视为主体性的一场精神漫游，无论文学处于怎样的状态，主体性都以一种"在场"或"不在场的在场"的方式存在。主体性对文学独立性精神的肯定，对文学在保持自主性的同时，重构与文化、历史、政治等话语场域健康关系的指向性，以及对文学书写"人的存在"及"存在世界"的目的性限定，确保了文学主体性的"幽灵学"③ 价值。

---

① 刘禾：《语际书写：现代思想史写作批判纲要》，上海三联书店，1999年版，第192页。
② 此处采用洪治纲的观点。参考洪治纲：《主体性的弥散——对90年代文学的一种反思》，《扬子江评论》2007年第2期。
③ 参见[法]雅克·德里达：《马克思的幽灵：债务国家、哀悼活动和新国际》，何一译，中国人民大学出版社，2016年版。

第二章

"拨乱反正"与"新时期":过渡语境的形成

一、一段问题史：文艺界的"拨乱反正"

"拨乱反正"是1970年代中后期一段时期政治上的中心话语。1990年代末期以来，随着部分党史资料的解密以及当时亲历者、党史研究者研究的深入，其作为政治话语的性质、时间跨度、具体指向、历史进程、历史意义等相关问题得到了深入阐释。相比之下，作为文学"事件"的文艺界"拨乱反正"却没有得到学界足够的重视。从目前的研究现状来看，对文学/文艺界的"拨乱反正"描述主要有两种代表性的观点：一种是大致被界定为1976年到1978年之间，作为"'文革'文学"向"新时期文学"的过渡阶段，认为"伤痕文艺"的许多作品"在总体上，不但是对''文革'文艺'的否定，也与'十七年文艺'挥手告别"[①]。另一种是大致被确定为1970年代中后期到1980年前后，被纳入政治"拨乱反正"的叙述框架，讨论的下限时间是从四次文代会的召开到新的文学"二为"方针的确定[②]。这两种观点都是围绕文学与政治的关系展开论述的，文艺界"拨乱反正"被当成政治场域中"拨乱反正"的一个组成部分，对政治"拨乱反正"的阐释结果被默认地等同到文艺界"拨乱反正"上。且在论述方法上都以"拨乱"为中心，对"反正"仅仅作了粗略的方向性表述。

问题也随之而来：政治"拨乱反正"、文艺界"拨乱反正"与文学界"拨乱反正"，是三个互相关联又发生在不同场域的"事件"，如果说从场域重构的角度看，后两者具有某种同构性的话，那么后两者与前者就具有明显的差异。文学/文艺界"拨乱反正"虽然是在政治"拨乱反正"的整体语境下展开的，双方具有某种同向的性质，但在实际的演进过程中又并不同步，且双方常常呈现为既合谋共生又相背离反叛的复杂关系。同时，由于文学/文艺作为人的精神活动与创造所具有的特殊规律，文学/文艺界的"拨乱反正"要更为长久、艰难与繁复。如果仅仅按照政治"拨乱反正"来描述文学/文艺界的"拨乱反正"，在凸显新时期政治与文学特殊关系的同时，则遮蔽了后者的独特性和两者之间的差异性，无法

---

① 王彬彬：《"十七年文学"：红线黑线有异，实行专政则一——一九七六—一九七八文艺界的"拨乱反正"》，《当代作家评论》2012年第6期。

② 参见：徐庆全：《文坛拨乱反正实录》，浙江人民出版社，2004年版，第321-334页。杨志今、刘新风：《新时期文坛风云录》（上），吉林人民出版社，1999年版，第1-16页。

很好地解释1980年代前期的诸多文学论争、作品批判等事件及其内在关联，也不能对当前文学史之于"新时期文学"的不同论述作出进一步评价。如何理解文学/文艺界的"拨乱反正"，实际上构成了当代文学史叙述的"一段问题史"。

文学/文艺界的"拨乱反正"首先是一个时间的概念，其大致上、下限时间范围的确定，对相应文学史的论述有着重要影响。本文试图将文学/文艺界的"拨乱反正"从政治场域中剥离出来，从文学场域重构的角度，以文学制度重建和文学话语实践为视点，重新将其放置到1975—1983年前后的文学史"过渡状态"中加以考察，这将对进一步理解"新时期文学"或"80年代"文学本身具有一定的启发意义。其次，文学/文艺界的"拨乱反正"又是与当代文学分段研究紧密相关的一个文学史的问题。当前文学史关于新时期文学的起源有"断裂"说[1]、重叙"五四"说[2]和接续"十七年文学"说[3]等多种不同叙述方式，在形成一些学科共识的基础上，文学史论述又存在很多分歧。学者王尧指出，文学史的分段研究"在阶段性的特征被强调以后，'过渡状态'的意义被过滤掉，'过渡状态'自身的文学史意义在文学史著作中的叙述也往往被省略"[4]。也就是说，被省略的"文学史"往往处于"被压抑"的状态。如果搁置文学史家文学观念与价值判断的个性差异，需要追问的是：文学史"过渡状态"的"隐微"[5] 意识如何呈现？在这个意义上，以重返历史现场与史料重读的方式，重新讨论新时期文学/文艺界"拨乱反正"问题，就为我们重新清理与反思当代文学史相关论述，提供了一个症候式的观察点。

---

[1] 参见：洪子诚：《中国当代文学史》，北京大学出版社，1999年版，第225页。
[2] 参见：陈思和：《中国当代文学史教程》，复旦大学出版社，1999年版，第189页。贺桂梅：《挪用与重构——80年代文学与五四传统》，《上海文学》2004年第5期。
[3] 代表性文章有：李杨：《没有"十七年文学"与"'文革'文学"，何来"新时期文学"？》，《文学评论》2001年第2期。程光炜：《新时期文学的"起源性"问题》，《当代作家评论》2010年第3期。
[4] 王尧：《论中国当代文学史的"过渡状态"：以1975—1983年为中心》，《文学评论》2013年第4期。
[5] 这里是借用施特劳斯的意见，见陈建洪：《论施特劳斯》，华东师范大学出版社，2015年版，尤其是第四章"政治哲学、隐微论与文明理想"，第41-60页。

二、话语转换与文学空间的再度开放

从词源学的角度看,"拨乱反正"具有"向后看"和"向前看"的双重能指①。在中国当代的特殊历史语境里,无论是在政治领域还是在文艺界,"拨乱"和"反正"的具体所指都相对复杂,两者在时间跨度和具体内涵方面的调整、修改以及差异性,反映了多方权力格局的复杂矛盾与话语权争夺的艰难博弈过程。与"十七年"时期政治对文学进行单向度的规约不同,新时期文学/文艺与政治话语之间展开了有限度地双向互动,为文学的复苏打开了基本话语空间。从1975年毛泽东为电影《创业》批示到1978年底党的十一届三中全会召开前后,是政治上"拨乱反正"的权力博弈阶段。文学/文艺界的"拨乱反正"则在保持与政治话语同声同向的前提下,逐步以调整/修改"拨乱"与"反正"具体所指方式,获得了有限度的文学话语权。前者为后者提供了政治合法性保证,后者则成为前者博弈的舆论合法性依据。

据当时的亲历者考证,1976年10月10日前后的"新隆中三策"②是"文革"结束后最早的"拨乱反正"的基本方向;10月25日"两报一刊"发表社论,将粉碎"四人帮"定性为"无产阶级反击资产阶级进攻的具有决定意义的胜利"③,这也成为此时基本的政治话语基调。文艺界的"拨乱反正"首先从呼应揭批林彪、"四人帮"的罪行开始,从话语策略上看,最初"反正"的指向是要返回到"文化大革命"的政治思想路线上。此时为数不多的文学创作,如柯岩《我站在天安门前》④、贺敬之《中国的十月》⑤等,注释政治话语的意图比较明显。由于"文革"之于毛泽东与"四人帮"的紧密关联,文艺界的"拨乱反正"

---

① 引自:《春秋公羊传·哀公十四年》"君子曷为为《春秋》?拨乱世,反诸正",意为治理乱世,回归孔子所认为的尧舜理想时代,具有明显"向后看"的意味;而《汉书·高帝纪下》有"帝起细微,拨乱世反之正,平定天下",意为结束了混乱局面,使政治社会回归安定局面,又具有明显"向前看"的现实指向。
② 沈宝祥:《亲历拨乱反正》,山东人民出版社,2014年版,第206页。
③ 社论:《伟大的历史性胜利》,《人民日报》1976年10月25日。
④ 柯岩:《我站在天安门前》,《诗刊》1976年第11期。
⑤ 贺敬之:《中国的十月》,《诗刊》1976年第11期。

第二章
"拨乱反正"与"新时期":过渡语境的形成

首先从毛泽东与"四人帮"关于文艺政策的分歧入手,采取"话语切割"① 的方式进行。11月5日《解放军报》发表《围绕电影〈创业〉展开的一场严重斗争》,将毛泽东1975年在张天民来信上的批示作为揭批的主要理论依据,双方分歧被描述为"革命文艺路线和'四人帮'的反革命的修正主义文艺路线的激烈斗争"②。类似同质性的大量揭批文章在各级报刊展开。值得注意的是,11月20日《人民文学》发表的《黑白颠倒,野心毕露——批判"四人帮"扼杀〈园丁之歌〉的反党罪行》③,揭批溢出了毛泽东关于电影《创业》批示的理论依据,将揭批时间范围扩展到了《园丁之歌》遭遇批判的1973年,在当时特殊的政治氛围下,具有话语言说范围的突破性意义。

从1977年2月"两报一刊"发表社论《学好文件抓住纲》④到8月中国共产党第十一次全国代表大会宣布"文革"结束,标识了政治话语博弈的某种妥协。随着恢复高考制度的落地和学术刊物的出版印刷逐渐列入国家计划,教育界针对"两个估计"的反拨开始启动,将"拨乱"内容推到了1971年的"全国教育工作会议"。1977年9月,邓小平在谈到教育战线"拨乱反正"问题时,提出"拨乱反正,语言要明确,含糊其词不行,解决不了问题"⑤,推动"拨乱反正"走向深入。文艺界在这政治话语的支持和教育界的先行示范下,开始将揭批的矛头指向"四人帮"炮制的"文艺黑线专政"论,"拨乱"的上限调整到了1966年前后,"反正"的方向则修改为"十七年"时期的所谓"文艺红线"。

如果说前此阶段"两报一刊"对"三突出"等文艺理论进行批判,仅仅是突出揭批"四人帮"罪行的话,那么对"文艺黑线专政"论的批判则陷入了两难困境。这不仅因为"文艺黑线专政"论是《林彪同志委托江青同志召开的部队文艺工作座谈会纪要》(以下简称《纪要》)的核心内容,其覆盖的时间范围包括从1930年代起的全部阶段,包含了文学、电影、戏剧等几乎全部文艺领域;还因

---

① 窦金龙:《"拨乱反正":过渡期的文学批评——以1976—1978年〈人民日报〉为中心的梳理》,《当代作家评论》2017年第2期。
② 杜书瀛、杨志杰、朱兵:《围绕电影〈创业〉展开的一场严重斗争》,《解放军报》1976年11月5日。
③ 洪广思:《黑白颠倒,野心毕露——批判"四人帮"扼杀〈园丁之歌〉的反党罪行》,《人民文学》1976年第8期。
④ 社论:《学好文件抓住纲》,《人民日报》1977年2月7日。
⑤ 邓小平:《教育战线的拨乱反正问题》,《邓小平文选 第二卷》,人民出版社,1994年版,第71页。

为《纪要》是经毛泽东亲自修改定稿的，且与此前1963、1964年的"两个批示"密切关联，要想在不触及毛泽东权威的情况下实现"拨乱反正"几乎是不可能完成的。1977年10月，《人民文学》《人民日报》编辑部分别召开座谈会①，以"话语移植"的方式将《纪要》与毛泽东的关联割裂，开展对"四人帮"炮制"文艺黑线专政"论是"全盘否定毛主席革命路线在文艺战线的主导地位，为他们篡党夺权阴谋服务"②的定性批判。为了规避"两个凡是"的禁锢并通过中央审查，《人民日报》又在"编者按"中提出"十七年文艺""受到刘少奇的反革命修正主义路线的严重干扰和影响"，以"无中生有"的话语方式将"文艺黑线专政"论替换为"文艺黑线"论③。尽管造出"文艺黑线"折射了文艺界"拨乱反正"此时的无奈，也为进一步开展揭批工作增添了新的难度，但毕竟将毛泽东后期全盘否定的"十七年文艺"切分成了红线、黑线两个部分，为政治话语的进一步反拨提供了先导性支持，也为反拨《纪要》和"两个批示"撬开了话语裂隙。由于政治话语的限制，此阶段"文艺黑线专政"论的具体所指即"黑八论"的核心问题被悬置。

在虚设的"文艺黑线"论获得政治认同后，1977年底批判"文艺黑线专政"论得以公开进行，大量文艺刊物连续复刊，"拨乱"以零敲碎打的方式逐步扩展。《人民文学》《诗刊》分别在1977年12期设置批判"文艺黑线专政"论栏目，以"红线压倒黑线"的话语策略，开展"文艺黑线专政"论批判。其中严文井的文章绕开"十七年"问题，对《纪要》中指称的黑线起点——"30年代文艺"——进行论辩，具有"拨乱"时间上的拓展意义。随后《人民日报》借"《人民文学》题词"事件发声，指责"四人帮""任意打棍子、扣帽子，把大批作家打成'黑线人物'，搞乱了文学队伍，把大批优秀作品判为'毒草'，炮制公式化、概念化的'三突出'之类的模式，实行文化专制主义"④，将其罪行从文艺理论扩大到文艺政策、作家队伍、文学作品等领域，具有"拨乱"内容上的拓展意义。1978年初《人民文学》刊发揭批文章《"题材决定"论与阴谋文艺》⑤，最早在正式意义上涉及"文艺黑线专政"论的核心内容。文中提及1962年《文

---

① 参见张光年：《文坛回春纪事》（上），海天出版社，1998年版，第41—46页。
② 座谈会正式报道时间推迟，见：《坚决推倒，彻底批判"文艺黑线专政"论》，《人民日报》1977年11月25日。
③ 徐庆全：《文坛拨乱反正实录》，浙江人民出版社，2004年版，第70—73页。
④ 《华主席为〈人民文学〉题词》，《人民日报》1978年1月17日。
⑤ 罗晓舟：《"题材决定"论与阴谋文艺》，《人民文学》1978年第2期。

艺报》的《题材问题》专论，对题材与主题、题材与作家的世界观、题材的多样性等各个方面，进行理论逻辑层面的反拨，其不仅将反拨时间提前到了1962年，还为后来批判的展开提供了先期话语实践示范。

从1978年5月关于"真理标准"的争论到年底党的十一届三中全会的召开，思想解放和以经济建设为纲的方向转变，标识了政治上对"两个凡是"反拨的完成。文艺界的"拨乱反正"开始转向"文艺黑线"论，"拨乱"上限扩展到作为整体的"十七年"时期，"反正"方向修改为"十七年"时期的"文艺为工农兵服务"。此时段，"十七年"时期的文学体制得以部分恢复，包括文艺界在内的干部问题开始大量平反，被列为"毒草"的文学作品平反问题浮出水面，知青上山下乡制度宣布停止，在相对正式的意义上为文学场域的生成，打开了前提性的话语空间。5月11日《光明日报》刊发署名"本报特约评论员"文章《实践是检验真理的唯一标准》后，迅即被《人民日报》《解放军报》以及全国各级报刊转载，形成声势浩大的真理标准大讨论。邓小平《在全军政治工作会议上的讲话》中提出对"拨乱反正，打破精神枷锁"①给予支持。文艺界也召开第三次全国文联第三届扩大会议，恢复全国文联、作协等的工作，复刊《文艺报》，重建了新时期基本的文学体制架构。

同年10月，恢复后的中国作协首次召开所属"三刊"编委会联席会议，以真理标准质疑"文艺黑线"论，提出"17年有一条刘少奇的反革命修正主义路线，完全与事实不符"②。与此同时，一景四幕话剧《于无声处》在上海市工人文化宫上演，引起社会史无前例反响③。11月16日《人民日报》刊发《中共北京市委宣布　天安门事件完全是革命行动》，以妥协的方式为"天安门事件"平反。据事件亲历者黎之回忆，未经批准的"11月17日《人民日报》第三版全文发表了《天安门诗抄》前言和部分诗选。18日《人民日报》第四版整版发表天安门群众活动的照片"④，为政治上对"两个凡是"的反拨营造了足够的舆论氛围。从"天安门事件"平反、《天安门诗抄》出版到思想解放的正式提出，对"两个凡是"的反拨已不可阻挡。年底邓小平在中央工作会议上指出"因为民主集中制受到破坏，党内确实存在权力过分集中的官僚主义"，"我们要创造民主的

---

① 邓小平：《在全军政治工作会议上的讲话》，第119页，《邓小平文选　第二卷》，人民出版社，1994年版。
② 张光年：《驳"文艺黑线"论》，《人民日报》1978年12月19日。
③ 周玉明：《文汇报报道话剧〈于无声处〉的前前后后》，《新闻记者》2008年第10期。
④ 黎之：《回忆与思考——〈天安门诗抄〉出版前后》，《新文学史料》2001年第2期。

条件，重申'三不主义'"①，标志着政治上对"两个凡是"反拨的实际完成。12月底，周扬在座谈会讲话中明确提出，"十七年"期间"我们是努力执行党和毛泽东同志的文艺路线的"，"从来没有执行过一条与党和毛泽东同志的文艺路线相对立的路线"②。"十七年文学"作为整体被重新纳入"为工农兵服务，为政治服务"的革命文艺路线上，标志着文艺界对"文艺黑线"论反拨的完成。

三、对核心问题"黑八论"的反拨及其限度

政治方向性核心话语确立后，从党的十一届三中全会到1981年前后，是政治上"拨乱反正"的定性完成期。邓小平明确提出"我们现在讲拨乱反正，就是拨林彪、'四人帮'破坏之乱，批评毛泽东同志晚年的错误，回到毛泽东思想的正确轨道上来"③，成为政治上"拨乱反正"的定性概括和评价。而《关于建国以来党的若干历史问题的决议》则是对历史问题进行全面清理的结论，"标志着党在指导思想方面的拨乱反正已经完成"④。如果说前一阶段政治与文学/文艺话语是互相依靠的话，那么，此阶段双方的双向互动则转变成了文学针对政治极"左"话语的闯禁区实验和文学批判论争。文艺界的"拨乱反正"围绕《纪要》涉及的几乎全部主要问题逐次展开，作为整体的"十七年"时期及"十七年文学"被拆解，"拨乱"指向的时间涵盖"30年代"至"文革"结束期间，"反正"方向则是促成新的文学"二为"方针的确立。

文艺界要从理论层面清理《纪要》，必须抓住其对文学/文艺界的核心定性即"黑八论"问题。《纪要》将"黑八论"定性为"现代修正主义的文艺思想和所谓三十年代文艺的结合"的"文艺黑线专政"⑤。关于"黑八论"的话语来源，《新中国文学词典》解释为："新中国成立之后文艺理论界流行着一些危害文艺生机

---

① 邓小平：《解放思想，实事求是，团结一致向前看》，《邓小平文选 第二卷》，人民出版社，1994年版，第144页。
② 周扬：《关于社会主义新时期的文学艺术问题——1978年12月9日在广东省文学创作座谈会上的讲话》，《人民日报》1979年2月23日。
③ 邓小平：《对起草〈关于建国以来党的若干历史问题的决议〉的意见》，《邓小平文选 第二卷》，人民出版社，1994年版，第300页。
④ 朱红勤：《拨乱反正的历史进程及意义》，《山西师大学报（社会科学版）》2010年第11期。
⑤ 洪子诚主编：《中国当代文学史·史料选（下）》，长江文艺出版社，2002年版，第521页。

的观点,一部分文艺理论工作者针对这些文艺观点以及由这些文艺观点造成的不良文艺现象,先后提出了一些弥补或纠正的见解,如现实主义开放性,现实主义深化,写真实,去陈言主创新,摈模仿重创新,人物多样性,风格多样化等等。"① 这样对《纪要》的理论批判就要分为三个时段和层面:1930 年代的"黑线"源头、十七年期间的"黑线"专政和"文革"期间的文艺政策。首先,经前一阶段的揭批和反拨,对"文革"期间文艺政策的否定性评价已基本成形,因而对此否定仅仅是时间问题。其次,所谓"30 年代"文艺延续而来的"黑线"源头,主要是"四人帮"在"文革"初期为打倒周扬等文艺界当权领导、夺取掌管文艺界话语权的政治措辞,并无根本性的文艺理论指称,如果抛开"两个口号"论争双方的理论分歧及宗派主义争斗,也构不成"拨乱反正"的主要话语,事实上《三十年代"两个口号"论争资料集》② 于此前的出版,对此已形成政治性的初步结论。因而,"黑八论"涉及的"十七年"时期的具体所指,成为话语反拨的中心。

转发现代民族国家建设历史上权威领导的讲话,并抽离具体语境对其重新作出解释,是文艺界"拨乱反正"的惯常策略之一。对《纪要》根本理论基础的反拨,就是在转发 1952 年陈毅关于部队文艺工作讲话③、1961 年周恩来"新侨会议"讲话④的理论支持下进行的。"写真实"论被《纪要》列为"黑八论"之首,不仅因为其涉及 1954 年对《红楼梦研究》的批判、1955 年撤销冯雪峰《文艺报》主编职务及胡风反革命集团等文艺领域的政治大事件,更是因为"写真实"关系到如何理解文艺政治性与文艺真实性的问题。《纪要》将其定性为以真实性对政治性的替代而彻底否定,并重建了"三突出"等所谓文艺理论话语。如何对此进行反拨,即如何清除其中的极"左"话语,如何重新认识文学与政治的关系,也就成为否定《纪要》的根本性问题。"写真实"虽然与胡风的"主观战斗"、冯雪峰的"主观力"等主客观对立统一的社会主义文学理论主张有关,但在《纪要》及"黑八论"出笼的时候,胡风、冯雪峰已被打倒,并不构成"四人帮"夺权的现实需要。其实际指向源头,应为李何林的《十年来文学理论和批评

---

① 潘旭澜:《新中国文学词典》,江苏文艺出版社,1993 年版,第 1147-1148 页。
② 《中国现代文学史》昆明教材会议编,《三十年代"两个口号"论争资料集》,一九七八年八月,无出版社。
③ 编者摘要:《陈毅同志谈文艺创作和批评》,《文艺报》1979 年第 1 期。
④ 周恩来:《在文艺工作座谈会和故事片创作会议上的讲话(一九六一年六月十九日)》,《文艺报》1979 年第 2 期。

上的一个小问题》。李何林提出"概念化地表现一些正确的政治观点,并不等于思想性就高"[①]等主张,正代表了1956—1957年"干预生活"事件前后,文艺界部分人与左翼(极"左")文艺不同的社会主义文艺观点。"新侨会议"提出的"民主作风"问题,为文艺界反拨文艺"工具说""从属说""服务说"提供了话语合法性支撑。1979年《文艺报》第4期报道"文学理论批评座谈会"情况[②],明确反对将文艺简单化地仅仅当作阶级斗争的工具。同时期的《上海文学》刊发《为文艺正名——驳"文艺是阶级斗争的工具"说》,质疑"文艺创作的公式化和概念化",提出"必须对'文艺是阶级斗争工具'这个口号进行拨乱反正的工作"[③]。随着1979年5月3日中共中央批转解放军总政治部的指示正式撤销《纪要》,反拨得到了事实上的政治认同。但关于"写真实"之"真实"的具体历史和现实指向及其政治限度,文艺界对此问题在学理上的清理与重建才正式开始。

"现实主义——广阔的道路"论指向的话语源头是1956年《人民文学》发表的《现实主义——广阔的道路》一文[④]。据秦兆阳回忆,这篇文章是在当时"文艺界特别是一些老作家,包括茅盾、冯雪峰这样一些老同志在内,的确对实行'双百'方针有一种急于要'放'的情绪,对刊物的'放'并不满足"[⑤]的情况下写成的。因文章涉及社会主义现实主义定义的缺点、文艺为政治服务及教条主义等问题,被列为"黑八论"第二位。与此相联系的是"中间人物"论、"现实主义的深化"论、"时代精神汇合"论,其话语源头大都出现在1959—1962年之间,主要涉及的是文艺与生活的关系问题。而反"题材决定"论、反"火药味"论、电影界的"离经叛道"论,则是在强调文艺与政治关系的基础上,针对小说、戏剧和电影创作的题材问题而提出的。因而,对此反拨涉及重新认识文学与生活关系以及文艺题材问题。作协"三刊"等率先刊发文章进行了讨论,[⑥]顾骧

---

① 李何林:《十年来文学理论和批评上的一个小问题》,《文艺报》1960年第1期。
② 李业:《总结经验,把文艺理论批评工作搞上去!——记文学理论批评座谈会》,《文艺报》1979年第4期。
③ 《上海文学》评论员:《为文艺正名——驳"文艺是阶级斗争的工具"说》,《上海文学》1979年第4期。
④ 何直:《现实主义——广阔的道路——对于现实主义的再认识》,《人民文学》1956年第9期。
⑤ 秦兆阳口述:《我写〈现实主义——广阔的道路〉的由来》,秦晴、陈恭怀记录整理,《新文学史料》2011年第4期。
⑥ 代表性的文章有:威方:《艺术是属于人民的——谈天安门诗歌运动的历史意义》,《文艺报》1979年第1期。丹晨:《表现思想解放的时代》,《人民文学》1979年第2期。朱先树:《生活与诗情》,《诗刊》1979年第2期等。

对社会主义文学"忠于生活的真实,忠于时代的人民"①的提法则带有总结性的意味。与文艺界的理论讨论相比,文学界在创作上则表现得更为活跃,以《剪辑错了的故事》为代表的控诉小说,以《飞天》《小镇上的将军》为代表的暴露小说,以《公开的情书》《晚霞消失的时候》为代表的红卫兵小说,以《人妖之间》为代表的报告文学,以及以《苦恋》《女贼》《在社会的档案里》为代表的电影剧本等相继发表。同时,低稿酬制度的合理化调整探索正式展开②,文学/文艺界的创作空间进一步打开。

第四次文代会的召开,对文艺界"拨乱反正"的深入展开具有"继往开来"的意义。周扬的大会报告提出"文艺是社会生活的反映","文艺反映人民的生活,不能与政治无关,而是密切相关,只要真实地反映人民的需要和利益,也就必然给予伟大的影响于政治"③,对文艺与政治、文艺与人民生活的关系重新作了描述。夏衍的闭幕词则重点对文艺界的"个人恩怨、宗派情绪"等予以提醒式批评,强调"安定团结"④,实际上为思想解放所坚持的"三不主义"设定了底线和界限。1980年7月《人民日报》发表社论,提出并解释"文艺为人民服务、为社会主义服务"的总口号,"这个口号是在文艺界贯彻党的十一届三中全会方针,解放思想,拨乱反正,总结革命文艺运动历史经验的基础上提出来的,为我国社会主义新时期的文艺工作指出了正确的方向"⑤。尽管政治内部在清除极"左"思想中仍存在"左"和"右"的争论与博弈,但总体上文艺与政治的关系得到了重新确立。同时也必须注意的是,政治对文艺批判等事件的定性仍是"必要的",但实际被"扩大化了",致使"黑八论"指向的具体内容停滞在学理层面讨论,其中一些问题又成为新的禁区和话语禁忌。

四、"拨乱反正"的终结:在批判、引导与主体性生成之间

文艺"二为"方针的确立,并不意味着文艺界"拨乱反正"的完成。政治、

---

① 顾骧:《真实·人民·社会主义文学》,《人民文学》1979年第10期。
② 参见纪文:《全国文联和国家出版局召开会议座谈稿酬问题》,《中国出版》,1979年第7期。
③ 周扬:《继往开来,繁荣社会主义新时期的文艺——在中国文学艺术工作者第四次代表大会上的报告》,《文艺报》1979年11、12期合刊。
④ 夏衍:《中国文学艺术工作者第四次代表大会闭幕词》,《文艺报》1979年11、12期合刊。
⑤ 社论:《文艺为人民服务、为社会主义服务》,《人民日报》1980年7月26日。

文艺内部仍有相当的极"左"力量存在，政治与文艺的常态关系也并未完全确立，仅仅用当前文学史描述的"历史的因袭"来解释，似乎有化繁为简之嫌。四次文代会之后随即召开为期 22 天的剧本创作座谈会，会期之长以及胡耀邦对会议目的的解释，让人体会到"对文艺工作的历史、方针和文代会的某些问题，有不同意见"①的特别含义。从文代会上邓小平对"向前看"的要求，周扬对"十七年文学"的重新肯定，及胡耀邦对发扬艺术民主、坚持"三不主义"所作的限定可以看出，文艺界无论是对"拨乱"的限度还是"反正"的方向都存在分歧。之后一段时间里，关于人情、人性和人道主义等思潮的论争，关于《在社会的档案里》《飞天》《苦恋》《离离原上草》《在同一地平线上》《车站》等文学作品的批判，均是政治之于"十七年"时期文学的暧昧不明、话语言说范围和禁忌的具象化反映。

假设文艺界的"拨乱反正"需要确定大致完成时间的话，那么至少要延展到 1983 年底前后。1984 年第四次作代会的筹备与召开可以视为关键性的时间节点，它既是"过渡状态"中文学"拨乱反正"历史性话语的终结，也是文学主体性初步生成，进而走向重建的新起点。回顾这一阶段的文学批判事件，可以看到文学创作在"拨乱反正"话语的掩映下，不断触及现代民族国家建设历程中的诸多敏感区域，引发对于诸如知识分子、官僚主义、"干预生活"等问题的争论。如果说对伤痕文学的批判是指向"文革"控诉与反思，对朦胧诗的批判是指向抒情诗如何政治道德化的话，那么，对《飞天》《在社会的档案里》等的批判就指向了极权的官僚主义、政治的信仰危机和青年犯罪等社会问题。尤其是对《苦恋》的批判②，引发了几乎贯穿 1980 年代的"反对资产阶级自由化"问题。批判的展开方式与各方的态度，为后续大量的文学批判提供了某种范式。

接续"十七年文学"的革命现实主义传统，是政治话语对文学"向后看"反正方向的引导尝试之一。在革命现实主义理论框架下，文学如何"干预生活"再次成为争论的焦点。按照於可训的解释，"干预生活"是在接受苏联清理"无冲突论"思潮影响下，对 1949 年以来文学创作公式化、概念化倾向的反拨，"是当代文学回归现实主义传统的一个重要标志"③。这样，"十七年文学"以 1956 年为

---

① 胡耀邦：《在剧本创作座谈会上的讲话》，《剧本创作座谈会文集》，四川人民出版社，1981 年版，第 1 页。
② 参见徐庆全：《〈苦恋〉风波始末》，《南方文坛》2005 年第 5 期。
③ 於可训：《当代文学关键词：干预生活》，《南方文坛》2000 年第 2 期。

第二章 "拨乱反正"与"新时期":过渡语境的形成

界分为了"1949—1956年""1957—1966年"两个阶段。前一阶段到1956年才由"干预生活"思潮向现实主义传统回归,而1957年春夏之交起,这股思潮就陆续遭到了强烈而持久的批判,那么,剩下的只有"干预生活"这一年多时期可以成为新时期接续的资源。以这一年多的思潮与创作代表整个"十七年文学",既经不起学理上的追问,也无法面对"80年代"文学创作的具体问题,无法弥合的话语困境正是作品批判的理论根源。翻阅当时的文学/文艺期刊,可以发现几乎稍微引起社会关注的作品都能引起争论和批判。抛开《解放军报》《时代的报告》等某些意识形态批判式的文章不谈,像程代熙《现实主义的真实和作家的同情》等文章观点就具有代表性,"作者没有对他们所着力描写的各自主人公的思想和行为作出明确的是非判断,就是没有对这些社会现象作出明确的说明,因而也就在不同程度上失之于真实"①。"是非判断""作出说明"基本概括了新时期重掌文坛话语权各方的主要理论共同点。指向"十七年文学"革命现实主义传统的"反正"方向引导,成为伤痕、反思及知青小说等"向后看"文学难以实践的话语修辞。

重塑"社会主义新人",是政治对文学"向前看"反正方向引导的另一种尝试。社会主义新人仍是沿用了"十七年"时期现代民族国家对人设置的一个概念。"社会主义新人要不讲面子,勇于做公开检讨,把国家放在家庭之上;还应自始至终地完全献身于推动无产阶级革命事业"②,而知识青年正是"文革"时期"社会主义新人"塑造的典型。随着"文革"的结束,对知青上山下乡运动的反思与知青回城的现实难题复杂纠缠③,实际上形成了对"文革"塑造"知识青年——社会主义新人"运动历史的否定。新时期文学如何面对过往"新人"塑造的历史教训,应该接续什么样的话语理论,成为"新人"重塑的首要话语难题。事实上,即使是1956年"干预生活"时期,揭示生活矛盾和书写人情、人性的文学资源,在与"80年代"文学重塑社会主义新人的话语接续尝试中,同样难以实现政治意识形态预想的目标。比如《人到中年》中的陆文婷被认为是知识分子"新人"形象,但她忍辱历史与献身事业的高尚品质并不能解决面对现实的窘迫问题。带着历史伤痕的陆文婷们是历史与现实的双重失败者,自然担不起投身

---

① 程代熙:《现实主义的真实和作家的同情》,《文艺报》1980年第5期。
② [美]徐中约:《中国近代史:1600—2000,中国的奋斗:第6版》,计秋枫、朱庆葆译,世界图书出版公司,2013年版,第506页。
③ 参见叶辛:《论中国知青上山下乡运动的落幕》,《社会科学》2007年第7期。

现实改革的"新人"主体任务。再如《祸起萧墙》中的傅连山是工业题材"新人"形象代表,但与其说他是投身"四化"建设的开拓者"新人",不如说他是现实体制的批判者与对抗者。小说涉及的官僚主义、政治腐败等尖锐问题是意识形态话语禁忌,自然也难以形成"新人"的书写谱系。而像《公开的"内参"》《在同一地平线上》等描写现实生活中青年情爱观念的小说,更是引起了很大争议,成为"清污"运动的文学批判范本。

在这样的语境下,重新观照1980年代前期文学创作的"形式探索"问题,或许能够揭示"形式"之外的"探索"意义。形式探索固然与西方现代主义文学及理论大量译介相关,但更不容忽视的原因,却是文学创作在接续革命现实主义时遭遇困境而产生的一种自觉性尝试。文学负载过多的社会批判功能,以及在此话语下造成的对"人"的压制,都刺激着文学对"真实性"等本体问题的思考。安敏成在《现实主义的限制:革命时代的中国小说》中指出,"在现实主义真实性诉求当中,有一点十分重要,那就是它假定了作品直接产生于对生活的描摹,而非源于其他作品"①。形式探索首要的诉求就是切断文学作品与现实生活的直接联系,既隐含了"去政治化"的诉求,也预示着文学书写中"人"的觉醒。其中,对虚构、审美、语言等文学性的追求,成为文学"反正"的重要探索方向,这也构成了后来被称为"纯文学"的重要内涵指向。同时,图书发行"一主三多一少"及"二渠道"等体制的改革②,以及专业作家制度的逐步完善,为文学"拨乱反正"的完成提供了更为自主的书写空间。胡启立在第四次作代会上的讲话,对党领导文艺工作做了三个方面的检讨③,既表明文艺界权力各方的争斗博弈暂时告一段落,也代表着文学场域的初步生成与文学主体性的初步确立。1985年起出现的先锋文学,正是文学由前期形式探索走向主体性自觉的重要表征。文学以切断与现实生活直接联系的方式,来摆脱极"左"政治话语的牵扯,重构了以"个体主体性"为中心的文学话语。新的文学发展方向的确立,也标识了文学"拨乱反正"在相对正式意义上的完成。在这样的论述框架下,重新理解所谓"新时期文学"的起源问题,可以看出不同的文学史论述背后,在价值指向与研

---

① [美]安敏成:《现实主义的限制:革命时代的中国小说》,姜涛译,江苏人民出版社,2011年版,第9页。
② 参见宋木文:《出版体制改革的历史回顾》,文章分为上、下两部分,分别刊发于《中国出版》2006年第5期、第6期。
③ 胡启立:《在中国作家协会第四次会员代表大会上的祝词(一九八四年十二月二十九日)》,《文艺报》1985年第2期。

究方法上的差异。

由此可知，新时期文学虽然在话语形式上接续了"十七年文学"传统，但革命现实主义终究未能成为后续文学的发展主流。而仅从人性、民主、自由等文学话语延续上，建立起新时期文学与五四传统的联系，也是难以实现的探索。毕竟，五四时期文学对建立独立自主的现代民族国家的诉求与1980年代文学场域的实际情况有着本质差异，五四时期政治无序、公共话语空间开放的背景，与新时期文学之于现代民族国家建设以及个人遭遇压制的环境已有根本性的不同。早先立足于"80年代文学与五四传统"研究的学者，在后续研究中对此已有足够的认识[①]。事实上，1985年与先锋文学紧密相联的"寻根文学"与"现代派"文学思潮，正是在意欲突破"五四新文学""十七年文学"传统局限的基础产生的。文艺界"拨乱反正"终结之后，当文学创作脱离了革命现实主义的限定，政治、文化界对文学的政治性批评也逐渐撤离了文学场域。《人民日报》等党媒以及政治高层领导人直接关注、介入文学批判事件的情况逐渐成为过去。包括"拨乱反正"阶段在内的策略性话语，也不断被重新清理、修正和解构。在文学作为社会主义文化想象构成的前提下，政治与文学的常态化关系被重新确定。文学在重建自身合法性的同时，也取得了文学主体性在事实上的确立。

在这样的意义上，将1975—1985年前后的文学"拨乱反正"阶段，界定为文学史的"过渡状态"，实际上是重构了当代文学史论述的另一种反思性研究范式。一方面，对"新时期文学"之于"50—70年代文学"的断裂性表征的叙述，在把握了文学史整体性局势特征的同时，又可能对转折期新旧文学之间的关联性以及两者之间的"过渡状态"造成忽略。另一方面，从新时期文学起源的角度上看，仅仅将"过渡状态"中某些文学现象、文学表征与"十七年文学""五四文学"建立关联，并建构出相应的"接续十七年说""重叙五四说"等文学史论述框架，在把握了文学话语延续性的重要特征的同时，又可能存在以"过渡状态"的某些特征来替代"80年代"文学状况的某种偏颇。就是说，文学史家建构"80年代"的分段叙述，对于构建当代文学史的论述框架不失为一种有力的尝试，以"80年代"作为视点确实能够揭示当代文学的一些重要属性。但同时，将"80年代文学"作为整体并试图阐释其与"50—70年代文学""90年代文学"的差异，又可能带来对"80年代文学"内部某些转折性表征的忽略。在构建

---

① 贺桂梅、徐志伟：《重返80年代，打开中国视野——贺桂梅访谈录》，《现代中文学刊》2012年第3期。

"80年代文学"整体想象的时候，又遮蔽了对1985年前后文学巨大异质性的讨论，比如先锋文学的文学史价值。正如上文所论，从文学/文艺界"拨乱反正"这一"事件"的视角，可以看到"1985年"在当代文学史（而不是政治史、思想史）上具有的重要转折意义。当代文学史如何在建构分段研究的同时，又能有效注意到分段研究本身的局限，尤其是如何确定分段的标志性文学"事件"，或许是重返"80年代"等文学史研究应该予以重视与反思的问题。

第三章

从"革命英雄"到"人道主义":
启蒙话语的历史反复

在 20 世纪 50—70 年代的文学视野下,"革命英雄"可以说是"社会主义新人"塑造中最为典型的概念。"社会主义新人"是适应现代民族国家建设对于社会主义文化想象与重构的重要追求,"新人"本身即蕴含着以"旧人"为颠覆对象的革命性因素,它既是对"五四"新文学传统"为人生而艺术"与"为艺术而艺术"人物形象的双重扬弃,又是对 1930 年代以来左翼文学中"革命者"形象的提纯与强化。"社会主义新人"从早期的革命者到新的人物、正面人物、英雄人物再到革命英雄的演进形态,展现的正是国家意识形态对文学形象塑造的引导与规约过程。在"革命英雄"的成长机制中,几乎始终伴随着对"旧人"形象的批判与压制。一方面是对从旧时代中走来的"异己"作家、作品的否定,如对《武训传》、胡适派文人及以《红楼梦》为代表的古典文学的批判;另一方面是对新的文学书写中出现的具有"非革命"表征而注重个人趣味的人物形象的拒绝,如对《我们夫妇之间》《红豆》《在悬崖上》等的批判。"社会主义新人"的塑造从英雄人物发展到革命英雄,意味着依附于民族国家的个人主体向国家主义集体主体的靠拢与主体性让渡,揭示的正是"国家主义的兴起是现代性的重大悖论之一"①的个体主体性悲剧。在 1960 年代中期"两个批示"的政治文化氛围中,"革命英雄"也在"革命辩证法"的逻辑下,被更能代表"兴无灭资"意识形态的"无产阶级英雄"所取代,"革命英雄"的文学表征与成长机制也成为"文革"极"左"文学形象生产与理论建构的话语来源。由此不难看到,"当代文学"在"为工农兵服务"的指引下,以反现代的现代性方式进行现代民族国家主体的再生产,"新人"塑造逐渐偏离反映现实生活的方向而不断靠近意识形态,这也是国家意识形态滑向极"左"的整体性氛围的构成部分。政治意识形态对文学规约的纯粹化追求,尤其是超出文学论争之外的暴力手段的介入,导致文学形象多样性与多种可能性的丧失,"革命英雄"作为历史主体的"人民"形象逐步成为抽象的概念,其生活、情感的基本面向被取消,文学作为"时间性"概念的基本真实性问题遭到压抑。正是基于这样的历史境况和现实反叛诉求,新时期文学从"伤痕叙事学"开始就包含了浓厚的启蒙人道主义诉求,与此相联系的主体性、人的自由与解放、

---

① 参见[美]马泰·卡林内斯库:《现代性的五副面孔》,商务印书馆,2002 年版,第 347 页。"国家主义的兴起是现代性的重大悖论之一:历史地看国家主义是现代性的产物,需要民族国家的体系才能滋生,它的内在逻辑决定了它必然会发明一种反现代神话,并竭力鼓吹回到原始种族的前现代状态——于是大量运用现代衰朽的修辞('颓废'和'堕落'是关键词语)和复活的修辞(有'复兴''再生''苏生'等关键词语)。"

人道主义等理论与概念,也就"是1980年代出于某种目的的话语生产"①。

一、英雄的诞生:现代民族国家主体的生产

对文学塑造人物进行颠覆性的想象与重构,是文学寻求现代性的基本目标和革新承诺。从严复、梁启超等建立的"新民"理论,到左翼文学建构的"革命者"形象,均可以看出新的人物与时代政治文化的紧密联系。新的人物通常会被赋予超出同时代公众认知的理想精神与行动能力,也就必然要承担进行政治社会变革的历史使命。尽管晚清、"五四"、"三十年代"等不同的历史时期和文学/文化阶段,新的人物可能具有不同的文学表征,但其超出文学审美本身的意义旨归,却基本可以和建立现代民族国家的宏大目标关联。在这样的视角下,"革命英雄"在中国当代文学史中就具有特殊的含义,是现代民族国家迈入社会主义建设时期(即思想文化进入继续革命阶段),对"新的主题,新的人物,新的语言、形式"进行想象与实践探索的标志性结果,"新的主题、新的人物象潮水一般涌进了各种各样的文艺创作中"②。从政治意识形态向文学发起"多多表现新的人物"③开始,由延安文艺整风运动和延安文学实验所建立起来的文学标准与相应规范,成为"'当代文学'的直接渊源"④。而马克思主义的"新人"理论也伴随着苏联"社会主义现实主义"文学理论的输入成为"当代文学"的理论基础和话语资源。

"当代文学"对"新人"塑造的追求,其源头可以追溯到1930年代左翼文学的某些文学主张,尤其是对人物"属己"与"异己"属性的界定,被1942年以后的延安文学实践所继承与发展。毛泽东《在延安文艺座谈会上的讲话》提出:"要使文艺很好地成为整个革命机器的一个组成部分,作为团结人民、教育人民、打击敌人、消灭敌人的有力的武器,帮助人民同心同德地和敌人作斗争。为了这个目的,有些什么问题应该解决的呢?我以为有这样一些问题,即文艺工作者的

---

① 陶东风:《80年代中国文艺学主流话语的反思》,《学习与探索》1999年第2期。
② 周扬:《新的人民的文艺》,《周扬文集》(第一卷),人民文学出版社,1984年版,第513页。
③ 何远:《多多表现新的人物》,《文艺报》1949年,第6期。
④ 洪子诚:《"当代文学"的概念》,《文学评论》1998年第6期。

立场问题，态度问题，工作对象问题，工作问题和学习问题。"① 由此不难看出政治对文学的规约与想象，具有显在的启蒙理性诉求。一方面，要求文学/文化与建立现代民族国家的革命性追求同频共振，强调作家的立场和分清楚敌我身份，具有强烈的民族反抗精神。这种文学认知与规训要求被延续到新中国成立后的冷战阶段，其中包含了国家主义视野下对作家及作家塑造"新人"的主体意识的要求。另一方面，文学在呼应现代民族国家建设的同时，能否以西方文化为镜像进行反现代性的文化现代性重建，成为政治衡量文学的重要标准，也就是在这个意义上，"当代文学"被称为"国家文学"②，文学及其对"新人"的塑造，需要不断与政治上继续革命理论的展开进行匹配，以适应政治话语的变迁与对文学的新要求。

《新儿女英雄传》可以看作"当代文学"英雄生产的过渡性作品，郭沫若在序中这样写道："这里面进步的人物都是平凡的儿女，但也都是集体的英雄。……读者从这儿可以得到很大的鼓励，来改造自己或推进自己。"③ 从小说人物作为群众革命动员典型的普适性角度看，这个描述无疑是十分准确的，"进步的人物"经由自觉、进步、自我牺牲的改造或推进，抵达"平凡的儿女""集体的英雄"的新社会标准。小说发表后受到部队干部和广大群众的欢迎，但其中的平凡人物（牛大水、小梅与张金龙）在情感婚姻方面的纠葛描写以及平凡人物的革命成长历程的缺失受到质疑④，读者对农民向革命战士成长过程中个人婚姻的关注，被认为是损害了社会主义现实主义的真实性。延安文学时期对资产阶级人性论的批判延续到了"十七年文学"初期，个人情感、日常生活等人情、人性因素，逐渐被定义为资产阶级的基本属性而遭遇否定。需要注意的是，这里虽然以"集体的英雄"来指称牛大水、杨小梅等人物，但作者的创作意图并非要塑造冀中抗战史的宏大历史背景下的革命英雄典型人物，对于"平凡"人物如何"进步"以适应新社会的塑造，显然是创作潜在的主要目的。

1950年，《文艺报》开始设置专栏讨论"关于写新人物""关于创造新英雄人物"问题。"讨论"作为政治规训文学的一种策略，既是对当时文学创作与评论的观察，也是现代民族国家进入新的历史阶段文学发展方向的规划，革命战争

---

① 毛泽东：《在延安文艺座谈会上的讲话》，《毛泽东选集》（第三卷），人民出版社1991年版，第850页。
② 吴俊："新中国文学70年"的几个文学史问题》，《小说评论》2019年第5期。
③ 袁静：《郭沫若序》，《新儿女英雄传》，1949年版，序第1页。
④ 竹可羽：《评"新儿女英雄传"》，《人民文学》1949年第2期。

第三章
从"革命英雄"到"人道主义":启蒙话语的历史反复

年代的英雄如何从过往的革命历史走进当代现实存在着多重困境。其一,平凡的人物能否真正成为革命的英雄?牛大水成为"集体的英雄"的故事,仅仅是在革命战争的特殊年代,唤醒群众的斗争意志进而支持其加入革命的动员方式,当政治语境从革命战争转入继续革命的国家建设年代,平凡的英雄显然无法成为继续革命征程中的典型英雄人物形象。其二,正是在这样的话语逻辑下,开展"创造新英雄人物问题的讨论"就具有了明显的引导性意图,无产阶级/资产阶级绝对对立的阶级论的限定性,决定了超越阶级的人情、人性的丰富性必须让位于英雄的政治品格和革命精神,因而在1950年代中期《铁道游击队》《林海雪原》《烈火金钢》等小说以及少剑波等革命英雄大量产生。其三,革命战争年代的英雄人物在文学叙事中应当具备哪些品格、精神,这些品格、精神如何能转化到现实语境下的"社会主义新人"身上?保尔·柯察金式的"有缺陷的英雄",及其所具有的崇高的理想、坚强的意念、革命的激情、对社会主义憧憬及革命正义感等等,成为英雄塑造的探索方向。

小说书写及其人物塑造,主题思想、语言艺术以及能够吸引读者的故事性应该是基本的创作追求。既然平凡的英雄在成长为革命集体英雄的过程中,普通人所具有的婚姻情感纠葛、有别于革命精神与品质之外的人性因其资产阶级属性而遭到拒绝,那么,故事的可读性就需要寻求人情、人性之外的质素替代,《林海雪原》或许就是这样的探索。曲波作为很早就参加革命的作家,在其他跨越时代转折的作家遭遇身份合法性危机的情况下,自然有更为合法的身份和责任进行革命文学、革命英雄的想象与书写。小说对英雄主人公的设定已经不同于革命战争年代用于群众动员的牛大水,少剑波已经是解放军小分队的负责人,虽然只有22岁,但却是智勇双全的英雄形象。尤其是小说对"剿匪"这一现代性的革命主题的设定,显示了小说对英雄人物的政治性追求。但如何将革命主题这一严肃而崇高的使命描述成群众喜闻乐见的故事,仍是此时期文学"为工农兵服务"方向上对小说的"政治性""文学性"以及两者关系方面需主要思考的问题。《林海雪原》开篇写的就是国民党残匪"作恶多端"的非正义性,用以确立解放军剿匪的革命合法性,而少剑波的姐姐遭遇残害的私人性情节的植入,使得现代革命战争叙事与明清以来的侠义小说传统之间有了接续,很好地保留了剿匪故事的传奇性与可读性,剿匪与复仇的合二为一"将政治使命转述为一个道德化的中国故事"。① 在特定的历史语境下,对革命历史进行本质化的建构和对继续革命时代

---

① 李杨:《50~70年代中国文学经典再解读》,山东教育出版社,2006年版,第11页。

精神的想象具有某种同质的意味，《林海雪原》以传统的民间传奇元素替代表征资产阶级的人性，以超群的个人智慧建立起小说故事的传奇性与可读性，体现的正是政治规定性前提下的文学性问题，即文学作品在讲述革命历史故事的时候，在承担证明革命历史合法性与当代现实合理性的根本性任务的前提下，如何创造性地探索新的叙述形式与故事结构方式，从而达成小说叙事的政治性与文学性的统一。1963年出版的具有浓厚官方色彩的《十年来的新中国文学》将之称为"革命英雄传奇"，"一方面它比普通的英雄传奇故事要有更多的现实性，直接来源于现实的革命斗争；一方面它又比一般反映革命斗争的小说更富于传奇性，使革命英雄行为更理性地富于英雄色彩。……但作者在描写全书中心人物少剑波时，某些描写却存在着弱点，多少损害了他的形象"[①]。描写存在的弱点具体指什么？少剑波式的革命英雄被塑造成年轻却又身经百战的小首长，杨子荣对其的评价是指挥千军万马就像挥动自己的两只拳头一样。这势必带出两个问题：一是政治浪漫主义的想象将英雄人物传奇化之后，传奇人物本身即意味着他具有超越常人的属性与特征，这必然引起传奇人物的革命真实性问题。二是这样的传奇英雄人物本身所带有的个人英雄主义色彩，能在怎样的程度上为当时的政治意识形态接纳，突出英雄个人的智慧与改变局势的一己之力又怎样能具有普适性、典型性与代表性？

　　从当时的批评家对小说的肯定可以看出《林海雪原》在新英雄人物塑造方面探索取得的成功，并且他们注意到小说文本的民族风格而加以肯定。[②] 但对于少剑波过于传奇与过人智慧的渲染与铺排叙述也引起了不少批评，被认为其个人英雄主义的形象影响了共产党集体智慧与人民群众力量的表达[③]。工农兵作家在进行面向过去的革命新人想象及面向新的生活世界的建构时，遭遇塑造集体英雄代表与个人主义英雄的两难困境，"为自我所属群体寻找历史地位的冲动，又被批评家诟病为'个人主义'"[④]。剔除英雄人物身上的个人性特征，并非对英雄本身的否定，而是对革命政党集体性形象与表征的建构诉求的表达，以此来确认革命的起源性话语及其合法性。在这样的意义上，有学者将这类革命历史小说概括

---

① 中国科学院文学研究所编写组：《十年来的新中国文学》，作家出版社，1963年版，第33-34页。
② 侯金镜：《一部引人入胜的长篇小说——读〈林海雪原〉》，《文学研究》1958年第2期。
③ 何家槐：《略谈〈林海雪原〉》，《文学研究》1958年第2期。
④ 参见姚丹：《"革命中国"的通俗表征与主体建构：〈林海雪原〉及其衍生文本考察》，北京大学出版社，2011年版。

为"在既定意识形态规限内讲述既定的历史题材,以达成既定的意识形态目的:它们承担了将刚刚过去的革命历史经典化的功能,讲述革命的起源神话、英雄传奇和终极承诺,以此维系当代国人的大希望与大恐惧,证明当代现实的合理性,通过全国范围内的讲述与阅读实践,建构国人在这革命所建立的新秩序中的主体意识"[①]。不仅如此,革命的起源性话语还需要对继续革命时代的现实表达提供精神资源,面向过去的革命英雄的党性表达始终有一个坚实的"阶级性"前提,那就是革命英雄如少剑波、杨子荣等需要识破阶级敌人座山雕的计谋并战胜他,少剑波所代表的解放军与座山雕所代表的残匪斗智斗勇构成小说叙事的二元模式。这一模式其实也是同时期其他红色经典小说如《铁道游击队》《烈火金钢》《平原游击队》等的通用模式,作为胜利者的自我表达与历史建构,以英雄(自己人)与土匪(敌人)的对立与斗争描述革命战争时期的历史基本没有问题,必然取胜的历史事实所隐含的历史发展逻辑也很好地契合了革命的终极承诺。但是,面向现代民族国家建立后的继续革命现状,如何将这一叙事模式与话语逻辑移植到对现实生活的想象与书写当中,就成为必须探索与解决的问题。"属己与异己"可以看作是对"英雄与土匪"的转化,但随着现代民族国家建设的推进与深入,阶级敌人的现实存在与实际力量必然逐渐趋于贫弱与消失的状态,如果要沿用这一模式就需要虚设阶级敌人。虚设的阶级敌人的不确定性,正是后续《金光大道》等作品脱离文学真实性表达的根源性问题,这既是继续革命时代氛围的真实写照,也是与此相适应的文学创作的真实现状。

在面向革命历史的英雄向面向现实生活的英雄转化的过程中,对个人式英雄的批评催生了更加强调与坚持党性的"革命英雄"人物形象,《创业史》中的梁生宝就是比较典型的代表。在讨论梁生宝之前,有必要回顾一下 1980 年代以来评论界对此小说评价的改变,这一变化主要集中在梁三老汉身上,与梁生宝这一典型环境中的典型英雄人物相比,梁三老汉属于典型的中间人物,其对婚姻家庭的追求与付出,对做回四合院瓦房主人的愿望及其实现等等,既符合 1980 年代对"中间人物论"的反拨、反叛,也因其更具底层性、个人性的行为与心理特征而不断引起批评家的共鸣。但在我们考察当代文学主体性话语生成的视域下,仍然需要更加重视对梁生宝的考察。梁生宝的历史出场是在 1929 年的陕北大饥荒时期作为逃荒者出现的,逃难的母子二人被梁三老汉接纳表面上看是一种没有选择的选择,而实际上却是逃荒者与最底层农民的结合。作为面向现实生活的革命

---

① 黄子平:《"灰阑"中的叙述》,上海文艺出版社,前言第 2 页,2001 年版。

英雄主体，其个人的历史出生显然是与共和国同根同源的，但其没有家族来源的无根状态本身也是一种隐而不彰的旧世界隐喻，从而具有进行彻底革命的理由，并可以成为创造以"低层机构"①为典型特征的新历史的主体。梁生宝在继承梁三老汉未竟的事业中开启了自身的创业史，时时处处展现社会主义新人的特征即底层群众视角和集体主义思想，经过与蛤蟆滩乡村的旧有势力的争斗，逐渐从乡村权力的边缘走向中心，完成动员农民群众参加合作组的共产党使命。值得注意的是，梁生宝战胜郭世富和郭振山两位"能人"的开端是冒险购买新稻种并取得成功，新稻种所代表的技术信仰暗示了作者对建设新的生活世界的"现代"想象；而作为无产阶级的革命英雄，剔除了自身的个人性生活需求、情感需求等因素之后，仍无法在保证自身阶级性属性的前提下，成为新的技术知识的拥有者、支持者与传播者，否则极有可能成为新的技术官僚而从"低层机构"转入到技术拥有者的"高层机构"。这一革命的现代性悖论隐约地揭示了在梁生宝所处的继续革命时代与无产阶级革命阶段，无产阶级自身没有能够自主形成真正的"无产阶级"主体意识。这既是其于1966年代中期开始被批判的原因，直至"三突出"原则的炮制问世，也成为"文革"结束后拨乱反正的主要针对对象。

二、重启人道主义：从主体的伤痕叙事开始

无疑，新时期文学是由"揭批"的语境开启的。仅从文学创作来看，以文学作品来参与揭批或表达作家的态度，作家的创作就需要面对创作的观念前提转化问题。如前所述，在1960至1970年代中期期间，塑造革命英雄形象必须设置一个与之对立的阶级敌人或落后分子形象，通过讲故事的方式论证革命英雄的政治品性与革命精神，致使文学作品成为意识形态的注脚。整体来看，文学的批判现实主义传统遭遇搁置而转向了歌颂现实主义，成为时代政治的阐释与想象。以发表于1975年的《红瓦》②为例，知识青年不相信边疆的土不能烧瓦的所谓现实，通过自己的钻研、学习与努力，终于找到不能烧瓦的更为本质的原因，即阶级敌

---

① 这里借用的是黄仁宇关于"高层机构""低层机构"的解释。参见：黄仁宇：《中国大历史》，生活·读书·新知三联书店，2007年版，第324-333页。
② 刘戈：《红瓦》，《屯垦新篇》，黑龙江人民出版社，1975年版。本文引自《红瓦——知识青年上山下乡短篇小说集》，农村读物出版社，1976年版。

人宋思贵的有意阻挠，最终克服重重困难烧成红瓦。宋思贵这一人物设置是1960至1970年代中期文学非常典型的叙事范式，现实生活中他曾经试验过烧瓦，没有成功并得出是土质不行的结论，而随着革命英雄姜明斗争的开展与深入，宋思贵被挖出原是山东曲阜的一个恶霸地主，解放时隐瞒成分逃到黑龙江的。历史身份的阶级敌人在现实生活中一直暗中搞破坏，最终被揪出并打倒，论证"千万不要忘记阶级斗争"与"抓革命，促生产"的重要性，红瓦本身就具有鲜明的象征意义。但这样的创作观念前提、话语方式给揭批文学的创作带来诸多困难。首先，革命英雄的对立面即阶级敌人从"异己"变成了"属己"中的少部分，尽管揭批的指涉对象需要随着拨乱反正语境的变化而不断调整，但在1976年至1978年前后，揭批的对象无论是"四人帮"还是后来指涉的1960至1970年代中期掌握权力的极"左"干部，都是曾经属于革命队伍又被革命再确认的阶级敌人。显然，揭批文学既无法为这些曾经的革命队伍中的掌权者，设置一个符合基本常识与叙事逻辑的阶级敌人历史身份，又无法对这些革命"属己者"向"异己者"转变给出合理的解释。其次，革命英雄所关联的革命合法性与现实正确性，曾经有效支撑了无批判的歌颂现实主义理论，但面对揭批的现实政治诉求，揭批革命队伍中的异己者必然需要打破无批判文学的理论基础，揭批也就意味着无批判歌颂现实主义的失败。再次，既然革命队伍中出现了掌握权力的阶级敌人，对其揭批也就是要指出其施害者的身份与所实施的行为，仅从话语逻辑上看也就必然要引出施害者行为对象的受害者，这样，曾经被定义为资产阶级独有特征的叙事禁区——人情——需要在一定的程度上予以突破，也就是文学史所表述的"闯禁区"。最后，在文学/文艺领域，知识分子的广泛参与意味着知识分子的"原罪"身份的解除，其从被改造、被教育的失语者变成揭批的行动者，其中自然会掺杂自我思想变革即自我启蒙的诉求，即开启追求"反精神奴役的思想运动与文化精神"[①]。如上这些叙事意义上的困难及其克服，主要有赖于政治上拨乱反正的开展与政治、社会思想领域思想解放运动的推进。

"伤痕叙事学"所展开的对个人历史遭遇的控诉与同情，可以说是新时期文学话语的起源性原点，也是新时期启蒙人道主义思潮的前置性起点。正如有学者论述的："同情不是别的，它是由善和爱植于人性中的一种情感。人道主义是由人性和人道的匮乏引起的，因此，我视同情为人道主义的逻辑起点，即人道主义

---

① 张光芒:《中国当代启蒙文学思潮论》，上海三联书店，2006年版，序第2 3页。

生成的原点。"① 人道主义是五四新文学的重要精神遗产，在"五四"时期政治社会秩序紊乱、公共话语空间相对开放的时代背景下，"个人"被重新发现并被置于核心地位，个人的确立既是启蒙人道主义话语的终极目的，又是"五四"思想解放的核心动力，其社会层面的目标则是建立独立自主的现代民族国家。而新时期文学所处的时代环境已发生根本性的变化，即现代民族国家建立之后，尤其是在1960至1970年代中期，个人主义被简单抽象为与政治集体主义相对立的异己思想而遭遇压制，其中最为根本性的伤害就是对基于血缘关系建立的亲情与基于婚姻关系建立的爱情的无情放逐，个人成为阻碍现代民族国家建设的存在。从这个意义上看，新时期的启蒙人道主义与"五四"时期已有根本性的不同，也就是说新时期的启蒙只是启用了"五四"时期的启蒙概念，而不是重新赓续"五四"启蒙话语。由此，新时期从伤痕叙事开始，人的问题优先被重新讨论，人的主体意识的复苏及其文学的主体性问题成为核心概念和重要思潮。按照刘再复的解释，文学的主体性主要包括三个层面，即创作主体——作家、对象主体——作品中的人物、接受主体——读者②。其中，从文学史的角度看，对作品中人物的主体性生成与结构进行考察，是最为紧要也是能抓住某些本质性特征的，"因为无论是创作主体还是接受主体都是人的主体地位的一种表现形态"③。

伤痕文学首先是从家庭伦理与日常生活伦理层面展开控诉与反拨的。前者如《伤痕》《被爱情遗忘的角落》等，后者如《班主任》《晚霞消失的时候》等。从外部语境上看是借助揭批指认的压迫者来重新确认受害者即作品中主人公的合法性。这一叙事合法性的确立是建立在呼应政治揭批需要基础上的，因而，溢出政治揭批需要之外的要素往往成为争论与批判的重点，这在第一章中已有论述。从文学创作的内在机制上看，从"文革"文学转向伤痕文学，首先需要依靠"受害者"的合法性来完成观念前提及其相应叙事伦理的转换，尤其需要通过具体作品的分析看到在观念前提转换中存在的叙事困境与话语逻辑问题。发表于1977年的《班主任》④被认为是伤痕文学的代表作品，其中发出的"救救孩子"的呼声也被认为是呼应和赓续了鲁迅所代表的"五四"新文学的精神。然而，在文学史的过渡视野中来重读《班主任》就有必要与刘心武发表于1975年的作品《睁大

---

① 王敏达：《理论与批评一体化》，安徽教育出版社，2011年版，第81页。
② 刘再复：《论文学的主体性》，《文学评论》1985年第6期、1986年第1期。
③ 王宇：《性别表述与现代认同——索解20世纪后半叶中国的叙事文本》，上海三联书店，2006年版，第103页。
④ 刘心武：《班主任》，《人民文学》1977年第11期。

第三章 从"革命英雄"到"人道主义":启蒙话语的历史反复

你的眼睛》进行对比阅读。《睁大你的眼睛》主要讲的是小红卫兵孩子头方旗带领红卫兵勇斗资本家郑传善的故事,发现问题、勇于斗争、取得胜利可以概括为这类故事基本不变的叙事模式,这当然不是我们进行浅层次批判与嘲笑的重点,重点是我们需要分析隐含在这一叙事模式当中的话语逻辑及其叙事伦理。这类故事情节的基本前提就是既需要设置代表继续革命正面力量的一方,方旗以及治保主任方奶奶就是代表,这在小说叙事上基本不存在难度;还需要设置代表阶级异己力量的阻碍革命或具有资产阶级剥削性质的反面力量的一方,这类人物设置的是否得当、可信就会影响到作品的真实性问题。代表反面力量的人物存在的问题要么是面向历史的,要么是面向革命现实的,当然,在这些人物罪行的展开性叙事中又最好是同时存在的。面向现实的罪行暂且不论,因为这些罪行名目往往与即时性的政治运动方向有关,时过境迁之后其变动往往也很大;而面向历史的罪行就很值得研究,尤其是,在 1950 年代的小说叙事中设置阶级敌人的资本家身份,随着现代民族国家建立时长的延伸,已经越来越无法继续使用这样的叙事策略。因为资本家作为革命战争时期的特定身份,就算是在 1940 年代其年龄也应当有二三十岁了,这样到 1970 年代其大概就进入人生的晚年了。不仅如此,现代民族国家进入继续革命阶段后,经历了数次的揭发、清算与批斗、教育运动,在建国之前具有资本家身份的人作为一个阶级异己的群体,即使不计算再教育成功的部分,其数量与影响力已经与强大的革命政治力量不具有对比性了。这样的话,人物作为斗争对象的坚硬程度就受到了严重削弱,也就是从根本上动摇了阶级斗争的意识形态在文本中的基础性位置,因为"文革"文学"便是以这种歪曲的阶级斗争意识形态为想像基础"[①]。

除了"郑传善们"作为阶级斗争对象的叙事困境之外,其作为剥削者的思想根源也是难以绕过的叙事难题。在方旗"睁大的眼睛"中,郑传善的资本家历史即是其资产阶级身份,其天然属于无产阶级革命的目标与对象,也就必然具有封建性的资产阶级思想与加害行为。叙述者将政治范畴提纯为人物身份、思想与行动唯一的衡量标准,即使郑传善早已没有"资本"并长期接受着掌握话语权者的再教育,但丝毫不能改变其资产阶级身份,日常生活中的聊天、简单的物质赠予或交换,均被视为有重大预谋的政治问题。然而,如前所述,毕竟郑传善作为资本家的历史已经比较久远,单纯对其资本家身份进行区隔与革命已经逐渐失去效

---

① 夏正娟:《"'文革'文学":歪曲意识形态的合理化想像——以〈睁大你的眼睛〉为个案》,《吉林师范大学学报(人文社会科学版)》2015 年第 3 期。

力,那么,如何建立资本家的历史与具有资产阶级思想的现实之间的关联就显得尤为重要。有趣的是,由于长期处于被革命、被改造、被教育的位置,郑传善的资产阶级思想已经无法在现实生活中重现,即使将提纯后的政治性扩展到被教育者的日常生活领域,与别人聊天、进行简单的物质交往也不能被叙述为或被上升到"你死我活"的革命高度。况且,日常生活中的语言交往、简单的物质交往,在现实生活中是属于所有普通人的日常行为,并不是属于资本家的独特作恶方式。由此,我们可以看到革命战争时期对资本家革命的现实针对性,已经无法再移植到1970年代的小说叙事里,而以历史身份来指代阶级敌人所谓的封建性特征,无疑又会否定革命再教育应当取得的成效。同时,资本家身份现实针对性的缺失又引起了政治立场判断与群众民间判断之间的明显分歧,这既是"文革"中受害者受害又难以摆脱受害的根本原因,又是"文革"文学必然陷入叙事困境而遭遇解构的历史性动因。吊诡的是,从叙述者的态度来看,叙述者"我"是明知道郑传善的现实状况及郑可意等人的现实态度的,除了进行政治性的路线教育之外,小说还设置了郑传善要加害于"我"和方旗的"现实阴谋",以此来强化革命斗争的合法性、合理性与可信度。在1975年的政治形势与历史语境下,这种强行"植入"的罪行已经完全缺乏现实可能性,所以,小说始终未写明郑传善到底想怎么加害的故事情节。从实际效果来看,小说情节既缺乏对群众的教育说服力,又未能从政治阐释的角度做到合理化想象。

  借助上述分析,我们再来重读《班主任》就显得十分必要。同样是刘心武写的小说,仅仅时隔一年就有如此大的反差,确实具有明显的意识形态叙事意味。但如果仅仅停留在这样的认知层面,又极容易忽略隐含在时代政治转换中的策略改变与话语变迁。《睁大你的眼睛》中的方旗延续到《班主任》中变成了谢惠敏,比较两个小说文本可以明确,方旗与谢惠敏都是意识形态话语的执行者与代言人。如前文所述,方旗最终通过一系列的方式战胜了资本家郑传善而证实了自身的正确性,但在《班主任》中谢惠敏却是"救救孩子"呼吁的拯救对象。所以仅仅从意识形态话语的角度去否定作品的文学价值是远远不够的,厘清这一转换背后的话语生产变化及其相应话语装置的改变,才能在文学"叙事"的意义上重新发掘出作品的价值(相对于文学性价值而言,这一价值更可能是文学史意义上的)。同方旗与郑传善的对应一样,与谢惠敏对应的是小流氓宋宝琦,为完成预设的文本规划,小说对原有叙事机制进行了两个层面的改变:一方面,增加了谢惠敏的同班同学石红,两个人对待小流氓的截然不同的态度,显示了谢惠敏(方旗)所代表的旧话语面临失败和石红所代表的新话语的诞生。文本的狡黠之处在于，并未对谢惠敏的话语直接予以否定，而是以辩论的方式实现了话语的翻转，并将根本的原因归咎于"四人帮"的罪恶，完成小说文本与时代政治话语的对接。与之相对应的是，郑传善作为异己者与宋宝琦作为属己者的角色改变，只不过形式上相似的是宋宝琦也是属于属己者中需要改造的人。另一方面，小说增加了新的叙述者张俊石——这些孩子的班主任。叙述者的变化不仅仅是叙事形式多样化的需求，叙事人的改变往往伴生着叙事逻辑及其叙事指向的变迁。在《睁大你的眼睛》当中，文本预先设定讲述的故事是小英雄战胜资本家的故事，方旗天然地属于继续革命话语提纯后的革命英雄谱系，这一谱系的典型人物或许可以从梁生宝算起。因而，以方旗的"眼睛"来讲述故事更能凸显小英雄的传奇性与正确性。但当《班主任》预设的叙事故事改变后，这一叙事策略已无法移植到新叙事当中。显然，如果仅仅出于预设故事的改变而需要重新选择叙述者，石红也可以承担这样的叙事功能，小说中也确实有部分场景是通过石红的"眼睛"来讲述的。选择具有双重身份的张俊石作为叙述者——其身份既是知识分子又是孩子的长者班主任，更能通过揭批来发出"救救孩子"的呼声，事实上是激活了具有人道主义性质的启蒙话语。从这一角度上看，许多文学史叙述将《班主任》视为新时期文学的发轫之作是有一定依据的。有学者将这样新旧话语的变迁，界定为旧有集体话语与新的个人话语的转换。只不过，"小说以'班主任'命名，其喻意是很深刻的。启蒙亦即一种新话语以优越者的姿态来占领旧话语的领域，并以居高临下的姿态瓦解、摧毁、剥夺旧话语的合法性"[①]。

除了人物设置与叙事话语转变之外，以讨论的方式进行反拨并重建，也即重启启蒙话语仍然需要连接两种话语的恰当中介，这一中介能否引起双方辩论、读者思考也是小说文本是否成功的重要因素之一。我们注意到，谢惠敏与张俊石、石红等人的辩论之所以会失败，不仅和小说文本预设的揭批主题有关，还与辩论的对象选择有极大的关系，也就是《牛虻》到底是不是黄书的问题，在这个意义上，可以把《牛虻》视为小说话语转换的中介物。在"文革"中被定义为"毒草"而列为禁书的书籍种类繁多，因为在继续革命的虚无主义政治话语逻辑下，几乎没有作品（即使是革命题材）能够获得稳定的革命政治话语征用的价值，而一旦政治革命的浪潮过后，往往被肯定推崇的作品又被定义为"毒草"。这一现象几乎与当代文学一同存在，可以说是当代文学的先天自备的特性，电影《武训传》、萧也牧《我们夫妇之间》及柳青《创业史》、吴晗《海瑞罢官》等最初获得

---

① 贺桂梅：《新话语的诞生——重读〈班主任〉》，《文艺争鸣》1994年第1期。

好评但终被批判的文学/文艺作品可以作为例证。尽管如此,《牛虻》在其中也相对特别:一方面,从外部原因来看,《牛虻》是在国际无产阶级革命的浪潮中经由苏联社会主义现实主义的归纳与确认而进入中国的,尤其是作者伏尼契与苏联无产阶级革命者的联络,更是保证了其进入中国并成为红色革命经典。另一方面,主人公牛虻的曲折经历与人生道路,显示其从社会普通公众亚瑟成长为无产革命者牛虻的革命成长类型,自然就融入了革命话语建构从《牛虻》到《钢铁是怎样炼成的》再到《红旗谱》《青春之歌》这一序列的革命文学谱系当中。《班主任》以对这部小说的翻案来完成对"四人帮"的揭批,也就是找准了"十七年"时期主流文学话语的脉搏,拨乱指向的"反正"方向是"十七年"时期的革命文学。十分有趣的是,《班主任》中的论辩双方争论的并不是牛虻是否革命或如何革命的问题,而是牛虻与琼玛的爱情叙事是否是"黄书"的问题。以伦理叙事的论辩来争夺前后两种革命话语的合法性,是非常吊诡而又严肃的问题。刘小枫曾说,"好长一段日子,我都以为丽莲的《牛虻》讲的是革命故事","个人性情的脉动与某种道德理想的结合,其实是很偶然的","法国大革命以来,出现了一种动员个体身体的'私人的痛苦'起来革命的伦理"。[①] 时过境迁,《班主任》以伦理叙事的辩论来实现"十七年"时期革命叙事的回归,正暗合了改革时代文学伦理(启蒙)话语的复活与个体主体性的建构。

---

① 刘小枫:《沉重的肉身(第6版)》,华夏出版社,2012年版,第34、38、44-45页。

第四章

革命话语的延续与反过渡——
从革命小说续篇到新人的另面

在当前各种版本的文学史叙述当中,"十七年"时期的革命历史小说基本已经形成了相对成熟的表述方式,在历史观念、叙事方法、共同价值取向等方面的研究已经比较成熟,这构成了新时期文学不容忽视的重要文学资源。第一,"三红一创"等所谓红色经典小说作为潜文本,直接成为1980年代中后期兴起的新历史小说思潮的话语基础,也就是说新历史小说的经典代表作,对历史的民间性、异质性的追寻正是以否定的方式,力图解构革命历史小说所建构的革命史观及其历史辩证法。受限于特殊的时代文化语境,新历史小说的代表作家大部分在其精神成长阶段受到过革命历史小说的滋养,却又以非常决绝的姿态彻底解构革命历史小说,这本身就是值得反观与深思的文化现象。第二,在新历史小说事实上已经形成对革命历史小说的解构之后,1990年代中后期又复现的红色经典热潮,则成为新的社会文化现象而引起研究者的关注,也促使新历史小说家重新面对与反思自身的话语前提和话语逻辑。1990年代的消费主义语境来临也就意味着革命话语时代的终结,那么,在新时期过渡语境当中,新历史小说致力解构革命历史小说的策略性因素,在时过境迁之后也就失去了应有的价值,裹挟在反叛之中被否定与拒绝的革命历史小说的合理性资源,需要我们重新进行梳理与分析。第三,在当代文学史以"十七年"时期的革命历史小说、1980年代中后期兴起的新历史小说、1990年代中后期兴起的新革命历史小说思潮等连贯而成的文学史叙述框架当中,显然是筛选、删除掉了一些无法纳入叙述框架与体系的文学质素,比如在新时期过渡阶段,一直存在且不时有经典作品产生的革命小说的续篇。如曲波的《桥隆飙》(1979年)、冯德英的《山菊花》(1981年)、吴强的《堡垒(上部)》(1979年)、欧阳山的《柳暗花明》(1981年)等等;即使是在1985年"文化热"与"方法年"之后,仍然出现了一些颇具革命小说品格又有创新变化的小说作品,如刘白羽的《第二个太阳》(1987年)、黎汝清的《皖南事变》(1987年)、周而复的《南京的陷落》(1987年)、李尔重的《新战争与和平》(1993年)、柳溪的《战争启示录》(1996年)等等。如果仅仅将这些作品视为主流意识形态的时代注脚而加以否定、剔除,似乎有过于简单化了的嫌疑。

事实上,从新时期文学主体性话语的建构角度看,过渡阶段产生的一些描写抗日战争、解放战争、对越自卫反击战、军人战士戍边垦荒等的作品,就已经触及1990年代红色经典热引发研究者关注的诸多问题,如革命时期对民主平等现代民族国家的想象、三大纪律八项注意等建构的军民关系以及此中蕴含的崇高精神境界、革命优良作风等等。如何跨越当代文学"前三十年"形成的官僚主义、极权主义等政治弊病,重新将革命优良传统转换为改革时代可资使用的精神资源,成为研究者应当认真对待的急迫问题。承担国家意识形态的正面想象与宣传,是革命小说的天然职能与基本表征,如何既保持革命起源的合法性、革命政权的延续性,又能顺应改革的呼求,正确面对革命的历史错误,成为矛盾、艰难而又不得不面对的现实难题。具体地说,在新时期的革命小说续篇当中,如何在这样的两难语境中重塑革命者形象,尤其是新塑造的革命者应当承继怎样的革命理想主义精神,持有怎样的应对现实的革命优良作风,以及应当以怎样的态度投身到由革命向改革转换的时代浪潮当中,都是值得关注与研究的问题。同时,在新时期文学史的过渡状态当中,重新塑造的革命者形象与新的国家意识形态呼唤的社会主义新人之间,存在怎样的内在精神联系与本质区别,也是不容忽视的重要研究课题。

一、重塑革命者:"潘晓难题"及其跨越

通常意义上,我们经常以 1978 年的真理标准大讨论,来划分当代中国人政治思想的重要转换,但极"左"政治的力量以及与之关联的官僚体制与意识形态,并未从根本上消除而依然发挥着作用。在这样的过渡阶段,极"左"的革命精神与理想信念失去可信度,以改革为核心的新的革命精神与理想信念又处于重构当中,导致年轻人面临精神无可依附的思想漂移状态,1980 年由《中国青年》杂志策划的"潘晓事件"[①]就集中体现了年轻人的思想矛盾。细读潘晓的发问方式,可以看到其持有继续革命时期革命话语所塑造的集体共同体的价值观念,以及更加强调以服从的方式参与社会主义建设的人的理想类型。而改革时代则要求原有革命共同体中的人,在持有社会主义价值立场的前提下重新焕发出主观能动性,需要顺应改革要求而重新设计自己,重建个人与集体之间的良性互动关系。在这个意义上,1980 年"潘晓难题"的讨论,某种程度上标识了当代中国人人生价值观念的重建与人生态度的重设。必须注意的是,此种价值观念的继承、转换是漫长的过程,而如何继承、如何转换等等则是复杂的问题,体现在此阶段的革命历史小说创作当中,就是如何重新塑造革命者的问题。在革命历史小说尤其是以革命战争为题材的小说中,都有一个最终"胜利者"的历史前提和叙事视角,这样就在历史本质上,将历史小说叙事结局的多种可能性进行了化约与规定。作为胜利者的书写,小说对战争事件的选择也就在某种意义上决定了故事情

---

① 潘晓:《人生的路呵,怎么越走越窄?》,《中国青年》1980 年第 5 期。

节的安排，革命战争的正义性就隐含在这种被规定了的故事情节当中。与革命历史的正义性相联系，革命历史小说尤其是以某个或某些军事战争事件为背景的小说，就比较注重革命话语的合法性书写，强调革命正义性所塑造的革命政治的合理性，进而推及革命政治询唤的革命者之革命精神与政治品质。正如有学者所言，"这一类型的小说，首先一定会'讲政治'，即突出'革命政治'对军队的'动员'作用；第二，它也一定会塑造出'正面人物'，将'革命政治'的'大道理'转化成鼓舞人心的'形象化'表达"①。

革命历史小说与1960至1970年代中期文学"三突出"原则的正向关联，使得新时期革命小说在延续这一书写传统时，需要对其中受极"左"政治思想影响的所谓"文艺宪法"进行调整。"三突出"作为极"左"政治规约下的文学法则，本身也有着发展、提炼、提纯的过程，与之相联系的是"主题任务论"与"三陪衬"，即在确定的政治主题下，"以反面人物陪衬正面人物，以正面人物陪衬英雄人物，以英雄人物陪衬主要英雄人物"②。作为主流意识形态的内部话语，"三突出"原则造成的人物形象的概念化、脸谱化，到1970年代后期已遭到一定程度的突破，主要体现在能否塑造以及如何塑造反面人物方面。从文学作品的叙述篇幅来看，不少作品开始给予所谓反面人物适度的篇幅，如京剧《杜鹃山》就是其中的代表，该剧组还于剧本上演后在《人民日报》发表了创作体会，提出"对于其他英雄人物、正面人物以及反面人物形象的塑造，既不能让他们夺主要英雄人物的戏，造成喧宾夺主或平分秋色的局面，也不能一味压低或削弱他们，导致矛盾斗争简单化，使主要英雄人物无用武之地"③，说明这一做法已经得到了主流意识形态的默许与认可。进入新时期之后，革命小说的续篇如何梳理和对待这一文学类型的文学遗产，尤其是如何转化极"左"政治语境下革命者身上空洞的政治立场，还原革命者作为具体人的鲜活生活日常，成为不同作家和作品探索与思索的重要问题。

与革命样板戏等为代表的革命历史类作品不同，白桦于1977年创作的剧本《曙光》④虽然仍是延续了"三突出"的原则，但将叙事目光重新转回到1930年

---

① 朱杰：《"英雄"的"根"在哪里？——以〈高山下的花环〉为中心》，《现代中文学刊》2010年第5期。
② 古远清：《三突出》，《当代文学关键词》，广西师范大学出版社，2002年版，第143页。
③ 北京京剧团《杜鹃山》剧组：《疾风知劲草，烈火见真金——塑造无产阶级英雄典型柯湘的体会》，《人民日报》1974年8月20日。
④ 白桦：《曙光》，人民文学出版社，1978年版。

第四章
革命话语的延续与反过渡——从革命小说续篇到新人的另面

代初期的湘鄂川黔边山区，试图重构一种有别于革命样板戏的革命历史叙事模式。剧本围绕革命战争早期的政治"冒险主义"这一核心冲突，不仅设置了敌我斗争的严峻形势，敌特务已经潜入己方的领导机关并且已获得此情报；还设置了己方内部的不同矛盾形势，以林寒和路线制定者王明为代表的是支持走冒险主义路线的一方，以岳明华、贺龙为代表的是反对走冒险主义路线的一方。解读这个剧本最关键的角度是要注意到剧本创作时间与革命历史发生时间之间的辩证关系，也就是伽达默尔所指称的审美特性的时间性问题，在这里，剧本的时间原点并不是故事的发生时间而是故事的讲述时间。如果以发生时间为轴心，那么特务的潜入与反潜入则是剧本的中心事件，也就是1990年代之后军旅题材试图以客观的视角讲述故事的基本方式；而以创作时间为中心，则可以看到剧本在本质上并不是要反映反特务的革命智慧，而是要表现在严峻的敌特务潜入形势下，己方内部的两种力量之间所持有的政治立场与解决问题的方法，也就是说特务潜入仅仅是一种故事背景，重要的是看在这道布景下人物的真实形象。林寒作为上级派来的所谓新代表，执行王明路线的肃反政策，他被身边的特务兰剑所利用，致使省苏维埃政府保卫局局长冯大坚惨遭杀害。在林寒擅自签发解散军队党团组织、取消军队政治工作决定的时候，师长岳明华站出来仗义执言，军长贺龙在关键时刻从前线赶回，挽救了将要被错误路线所杀害的岳明华。

循着"三突出"的创作原则，我们仍可以清晰地看到剧本故事的叙事模式，兰剑作为特务反面人物用以陪衬己方的正面人物，林寒作为正面人物却执行了错误路线用以陪衬英雄人物，岳明华作为英雄人物敢于指出林寒的错误用以陪衬主要英雄人物贺龙。但剧本的重要意义隐含之处并不在于体现了"三突出"的原则，而是在时间性的意义上复现了革命历史中的错误路线，"复现当然不是指把某个东西在本来的意义上复现出来，即把某个东西归之于一种最初的本原事物，每一种复现其实是貌似本原性地达到作品本身的"[①]。比较剧本与样板戏可以看出，塑造贺龙这一主要英雄人物并不是剧本的核心目的，在革命样板戏当中，斗争的形势、策略与曲折过程是作为人物形象塑造的要素存在的，但在《曙光》中，作家显然是倒置了叙述的手段与目的，人物成为正确路线与错误路线的表现方式，通过贺龙、岳明华等人的努力，错误路线方得以纠偏而重返正确的路线，这背后隐含的正是这样的重返才有了革命的最后成功。需要注意的是，路线一词作为独特的革命话语，几乎贯彻于整个革命战争时期和共和国前三十年建设时

---

① [德]H·G·伽达默尔:《真理与方法》，王才勇译，辽宁人民出版社，1987年版，第178页。

期,而熟悉 1960 至 1970 年代中期历史的自然知道,极"左"政治的话语演化正是从所谓路线的斗争开始的。此外,剧本也没有因循革命样板戏的叙事方式,即通过故事讲述塑造主要英雄人物,表现革命正确路线,而在于深刻展现了革命历史中的错误路线,其隐含目的则在于体现对错误路线的反思态度。揭示革命历史中的错误路线在创作当时是一种极具风险性的闯禁区行为。与 1960 至 1970 年代中期的样板戏的无批判歌颂格调明显区别,作家巧妙地将革命历史中的错误路线与当时政治允许的揭批要求结合起来,从而达到以古训今的目的。剧本出版之后引起了很大反响与争议,作家白桦对于剧本的主题也进行了说明,"我认为这个戏是歌颂,也是暴露,歌颂必须是歌颂的,暴露必须是暴露的!歌颂已经在中国大地闪现了的毛泽东思想的曙光,歌颂在毛泽东思想曙光照耀下的红军指战员和英雄的洪湖人民,歌颂头顶上的乌云散去后重新出现的、喷薄升起的太阳。暴露敌人的贪婪,暴露错误路线的愚昧无知和丑恶"①。在歌颂与暴露之间,剧本的主题"曙光"得以呈现。

革命历史题材的作品有一个基本的叙事前提,就是政治立场与路线及其斗争,并在政治斗争中塑造人物的政治品格。虽然我们不宜对这样的叙事前提和基本原则进行简单的否定,但在过往极"左"政治语境下的革命样板戏创作实践也表明,以政治立场取代日常生活所带来的文学失真现象,正是 1960 至 1970 年代中期文学逐步走向荒芜的根本原因之一。新时期较早出现的比较成功的军旅题材作品,就是在挣脱政治路线斗争的前提下,展开的面向新时期改革政治语境的文学探索,可以视为新时期重启革命小说叙事的肇始。李斌奎于 1980 年发表的短篇小说《天山深处的"大兵"》②可算是这类作品的代表,小说以北京姑娘李倩的视角展开关于年轻人的爱情观念、生活态度及理想信念等层面的思考。"都市北京"与"天山深处"构成小说叙事的两个对比性的文化空间,对不同生活空间的向往与选择,对个人的爱情观、生活观以及理想信念有着某种决定性。叙述者李倩到天山探亲的隐形目的,是要和恋爱多年却没有转业回城的未婚夫郑志桐提出分手,以结束纠缠多年却没有结果的精神苦恋。随着李倩的所见所闻,李倩作为改革时代的经济人对理想信念及生活的理解,与郑志桐持有的献身精神和顽强意志形成鲜明对比,这些冲突以及李倩和郑志桐的思想变化构成小说的表层叙述结构。在这表层叙事结构下,隐藏了革命历史小说人物的精神成长可能,也就是

---

① 白桦:《历史的回顾与思考——创作〈曙光〉所想到的》,《戏剧艺术》1978 年第 1 期。
② 李斌奎:《天山深处的"大兵"》,《解放军文艺》1980 年第 9 期。

第四章
革命话语的延续与反过渡——从革命小说续篇到新人的另面

林道静式的普通人成长为革命英雄的精神历程。但这篇小说并没有简单地延续这样的叙事程式,李倩与郑志桐对扎根天山深处的人生选择矛盾,指涉了开启现代化新征程的经济人与继承历史传统而来的革命人之间,难以达成一致的理想信念与生活追求。从个人的价值观念与对待爱情的态度而言,李倩和郑志桐之间的感情基础是牢固的,郑志桐强健的体魄和高尚的人格魅力与李倩真诚而直率的性格形成了"才子佳人"的恋爱类型,唯一的阻隔就是对于扎根天山深处还是转业回城的选择问题,无疑,这也是个人通过恋爱建立家庭的最重要的现实条件。

问题在于,革命历史小说当中的敌与我或者进步与落后两方,具有显在的价值方面正确与错误或者精神品格方面高尚与落后的区分,这构成了普通人向革命人成长的现实基础。但在这篇小说当中,李倩与郑志桐所代表的经济人与革命人并没有这样明显的价值对错之分,而仅有的区别在于李倩代表的是"现在时"政治所询唤的人生观念,郑志桐代表的是"过去时"政治所询唤的人生观念,两者都是可以被肯定与接纳的,其之间的矛盾与错位正是"潘晓难题"的具体故事版本。这既涉及改革时代的个人应当持有怎样的价值观念问题,也涉及革命征途上形成的优秀精神品格应当如何为改革时代继承问题,而小说讨论的重心明显是在后者。郑志桐对李倩以及李倩生活的北京是认同而向往的,转业回北京与心爱的姑娘结婚、过上舒适的城市生活,符合改革时代的政治引导与合理诉求,事实上,现实生活当中的绝大部分人都在千方百计想办法回城;但郑志桐回到天山深处之后仍选择扎根边疆建设祖国,这很容易让人联系起知识青年上山下乡的政治号召。小说开头就设置了丧夫之妻的灵前忏悔情节,暗示李倩此行将遭遇思想的斗争以及变化,但从其思想历程来看,虽然她亲自探访天山深处得知了军人扎根边疆的现实理由,也在事理层面开始对郑志桐等军人扎根边疆搞建设有了一定了解与理解,但故事的结尾对李倩思想是否已经转变却未作说明,从而解构了革命历史小说英雄成长的叙事模式。郑志桐虽然富于生活情趣也能够独立思考问题,但小说对其扎根边疆的高度奉献精神的历史来由未做解释,而是刻意悬置了郑志桐的个人成长史,在他身上也没有体现出革命战斗精神是如何转化为投身改革时期国家建设热情的,这正是叙述者李倩以及作家在创作时所面临的精神困境。或许,促使郑志桐下决心留下扎根边疆的现实理由,只是外国边防军嘲笑中国边防军从泥坑里往外推汽车,显示了作者寻找英雄的精神之根的努力。在革命战争时期,反抗资本主义国家的侵略、建立现代民族国家是革命的原始目标和精神动力;进入新中国的前三十年继续革命时期,资本主义国家作为"他者"已经退居次要位置,取而代之的是"属己"内部残存潜藏的敌人与思想落后分子,但随着时间的拉长与敌人的消失，致使这类复仇叙事模式终将被抛弃。到这篇小说当中，作家又试图复现革命战争时期外国这一"他者"，以完成革命精神在改革时代的现实转化，但"嘲笑"本身作为非对抗性的行为已经暗示了这一转化的乏力。因而，尽管小说用大量的篇幅向读者展示了郑志桐高尚而富有理性信念的扎根行动，但总体来看，这一扎根行为并不能在个人的精神成长与现实生活选择方面给出让人信服的理由。尤其是小说文本与现实生活中大量知青返城形成鲜明对比，在呈现出精神矛盾的同时，也存在着对扎根行为真实性的争议。因而，郑志桐虽然有着独立的思考能力，但其精神的强制植入也比较明显，仍属于过渡性的人物形象，并未建立起独立的具有个体精神的主体性。

尽管如此，以郑志桐这样的普通军人作为革命传统序列中的英雄来表现，已经大大突破了"三突出"原则的规定，从而建立起新时期英雄书写与"十七年"时期革命历史小说的联系。剔除普通人英雄形象的个人精神成长史，虽然造成了英雄精神来源的无根状态，但也在某种程度上切断了英雄与空洞政治理性的粘连，更加突出其投身社会主义新时期建设的本领、能力和社会贡献。郑志桐与乔光朴等改革者的形象相类似，都是以个人的超强意志与顽强毅力，立志从几乎瘫痪的生产、生存现状中拯救事业、成就个人，这正是新意识形态规定下的关于新主体本质的新想象，这既要求新时期的新主体或新人遵从已经发生转化了的政治秩序，又能在新的秩序下获得个人成长的路径与理想模式。这与"十七年"时期阐释人民战争、强调主体具有社会主义理想与追求的个人又是迥然不同的。如果说"十七年"时期更加强调个体主体的社会主义理想的建立，询唤与训导个体按照新政权的政治规定积极遵从社会主义继续革命指令，那么，新时期则更加强调个人要继承革命历史中，建立平等、公正、自由及人民当家作主等革命本源理想，并将其转换为新时期投身改革的精神力量。同样是投身国家建设，由于时代语境的转化，其内涵与要求已经有了本质的改变。这深刻体现了政治对个体规训的方向性改变。"'十七年'时期读者所认同的是普通的革命者（和自己真实的社会身份具有相似性），成为具有社会主义价值观与理想性的新主体；新时代则要求读者认同历史强者的法则，接受由强者支配的历史秩序。"[①] 新的历史秩序体现在革命者形象的转变上，就需要重启个体不怕牺牲、自我奉献的想象与建构，需要重新恢复个体作为具体人的情感结构、生活态度，从而建立新主体与日常生

---

① 刘复生：《蜕变中的历史复现——从"革命历史小说"到"新革命历史小说"》，《文学评论》2006年第6期。

活现实的鲜活联系;而且需要寻找到契合新主体与时代建立联系的中间物——重大战役或重大事件,只有在更广阔的现实联系中,新主体作为具体人的某些精神品格才能具有典型性和示范效应。正是基于这样的现实诉求,推动革命题材的现代转换成为新时期文学重塑革命者的重要探求,以对越自卫反击战为题材的小说《西线轶事》与《高山下的花环》是这方面的代表。

  新时期革命战争题材的小说尽管与"十七年"时期的革命历史小说有着本质的区别,但重大战争或重大事件中,新政权作为"最终的胜利者"的历史前提不会改变。对越自卫反击战虽然具有这样的属性,毕竟是新时期的"现在时"发生的重要事件,还没有拉开时间的距离成为"历史",但在时代的转折点上这场战役又具有不同寻常的意义。《西线轶事》[①]几乎是以同时期的速度正面想象与描绘了这场战争,以双方军事力量悬殊且已经取胜的战争事件,表现军官的战略思想或战争正义性的需求并不急迫,作者徐怀中避开了旧有军旅题材作品侧重于描写战争宏大场面的做法,而是虚构了九四一部队总机班的六位女战士为表现对象,呼应新时期文学建立"以人为思维中心"的人道主义思潮,重点以生活细节表现真实而丰满的人物形象。这方面明显是受到了苏联作家瓦西里耶夫的名作《这里的黎明静悄悄》的影响,"无论在形象塑造、题材处理、艺术结构、还是细节安排上,两者都有引人注目的相似之处"[②]。但也需要注意到,"十七年"时期除了革命历史小说等红色经典之外,也有以战争中的人为表现中心的作品,如路翎的《洼地上的"战役"》、茹志鹃的《百合花》、刘真的《英雄的乐章》等等,只不过此类作品因为不符合当时的政治要求,发表后就遭到指责、批评或批判。新时期这些"毒草"以"重放的鲜花"再次问世,我们也可以看到《西线轶事》与这一被遮蔽的军旅文学小众传统的内在联系。这篇小说塑造的六位女兵均是来自普通家庭的普通士兵,并且有着各式各样的比如爱哭、嗑瓜子等所谓"不良习惯",尤其是她们经常与妈妈通电话的场景描写,这种日常生活中的亲情叙述给人耳目一新的感觉。但她们在战争前线的接线工作与对敌斗争却十分严肃认真,出色完成了战略部署中的后勤保障任务。由此,"有缺陷的英雄"形象得以继承,"不良习惯不拘小节+忠于革命为国捐躯大节"的新英雄形象得以开启,并成为后来新革命历史小说如《亮剑》《历史的天空》《日出东方》等小说的文学资源。

[①] 徐怀中:《西线轶事》,《人民文学》1980 年第 1 期。
[②] 李仕中:《〈西线轶事〉与〈这里的黎明静悄悄……〉比较研究》,《中国文学研究》1987 年第 2 期。

放弃革命历史小说的宏大叙事模式，虽然有利于纠偏革命历史小说对政治话语的过度依附，但也意味着对军旅叙事当中"史诗"与"传奇"的放弃，《西线轶事》巧妙地取而代之以战事中的亲情与爱情描写，其中最打动人的还是女兵陶珂与男兵刘毛妹之间的爱情故事。与《天山深处的"大兵"》回避郑志桐的个人成长史不同，陶珂和刘毛妹都是高干子弟出身且都遭遇了家庭的政治劫难，陶珂因为母亲劳动改造曾经流落乡下还讨过饭；刘毛妹则更加不幸，父亲被打成叛徒，母亲为保住子女的前途选择公开与父亲断绝关系，父亲含冤自杀，刘毛妹时常遭遇别的孩子的侮辱，打架时还留下伤痕。细察此时期的伤痕文学、反思文学，可以看到像刘毛妹、陶珂这样的青年往往就是1970年代后期红小兵的代表，他们基本都是高干子弟身份并经历了上山下乡运动。但小说悄无声息地对他们的历史身份进行了回避，也就刻意回避了当时风行的伤痕文学、反思文学的红卫兵叙事，将其转换为个人成长历程中的不幸经历，从而建立起新的革命历史叙事。虽然对越自卫反击战仅仅过去不长时间，但这场仅仅持续了不到一个月的战事，注定将成为当代中国时代转换的节点性历史事件，应该说军人作家徐怀中是深刻地认识到了意义所在。陶珂和刘毛妹在遭遇政治动乱和家庭不幸之后，长时间地处于"潘晓"式的迷惘状态，表现在日常行为当中，就是散漫不经的日常行为和看破红尘的生活态度，刘毛妹经常敞怀拿军帽当扇子，说话经常带出一种半真半假的讥讽嘲弄味道。可能作者原初的意图是欲扬先抑想要表现刘毛妹内在的热情，但从文本呈现来看，尽管刘毛妹经常利用行军间隙时间思考伤痕，以写信的方式对母亲的"背叛"行为表示理解，但极"左"政治带来的伤痛及其根源却并未从根本上得到解决。在战场上，刘毛妹严肃认真而出色地完成布线任务，对战争本身始终持有正义性的理解，也表现出英勇无畏的英雄行为，但对现实政治及战争的正义性认同，与造成个人历史伤痕的历史政治之间始终存在无法弥合的精神裂隙，刘毛妹的死事实上也是一种寻求精神解脱的报复性行为。由此，我们就不难理解，刘毛妹曾经想和陶珂以"温暖"的方式推进爱情的升华，在留给母亲的信中却对陶珂只字未提，根本的原因在于，刘毛妹试图"随意"对待爱情，仍是迷惘精神实质的外显性表象，而不是对爱情本身的渴望与向往，这一点其实也并未逃脱陶珂的眼睛，正如陶珂质问刘毛妹所言："难道我们互相温暖一下，或者说是让我温暖温暖你，一切就会好起来吗？"

从个体主体性的角度看，刘毛妹对自身的"潘晓困境"也未寻找到正向的跨越方式，这也标识了其作为过渡性人物形象的基本事实，但与革命历史小说当中理想化、概念化、完美型的英雄不同，刘毛妹已经具有独立思考自身精神困境的

第四章 革命话语的延续与反过渡——从革命小说续篇到新人的另面

基本能力,加之其对现实政治的理性认同与战场表现,客观上已经完成了作为普通型英雄形象的建构。与之形成对照的是,陶珂在刘毛妹以身殉国后的表现,倒是真实体现了人道主义立场的爱情观念。陶珂对刘毛妹暗生情愫却又拒绝他试图"温暖"的行为,既是看破了刘毛妹受精神创伤影响而抱无所谓态度的爱情观,也是客观上遵守了军人不准谈"个人问题"的部队纪律。毛妹牺牲之后,陶珂看到长信上没有提到自己而感到难以忍受的打击,正说明在陶珂的内心深处毛妹处于爱情的重要位置,也说明了陶珂对纯粹爱情观念的守望与向往。在刘毛妹身上,我们只看到其至死都未解开的精神迷惘状态,而没有看到个体的历史伤痕疗救和现实精神成长。与之相反,伴随着与毛妹的感情纠葛,陶珂却有着明显的成长历程,上战场之前的她稚气未脱而少言少语,随着局势的进展,战争的残酷性与严肃性一面逐步显现出来,她开始朝着优秀军人的方向发展,逐步成长为能开枪击毙敌人和不顾个人颜面去追捕敌人的平凡而伟大的英雄。尤其是她亲手擦拭毛妹遗体的行为,既表达了源自内心深处的爱恋,也展现了被压抑已久的人性之善,从而在纵向的历史空间上,接续了《百合花》式的"政治主题与人性审美意蕴结合"的叙事话语。但不容忽视的是,在陶珂的现实成长史中,仍然悬置了对自身"潘晓难题"的历史追问,作品形象地将其面向历史伤痕的精神迷惘称之为"不纯净的水",由此可以理解,战争胜利后组织上同意她入党,她却要求暂时留在党外,希望自己成为一滴洁净的水后再汇入党的海洋,并不仅仅是表达战士的心灵美,而是有着更加隐蔽的个体精神纠结。无论如何,《西线轶事》仍成功塑造了一人一面的生动具体的人物群像,完成"从神性的英雄到人的英雄"[①]的叙事模式转换。

虽然《西线轶事》在恢复人的英雄书写方面取得了比较好的尝试,但回避英雄主体的历史伤痕及其精神反思转换历程,也留下了英雄书写的意识形态植入痕迹与对战争残酷本质的遮蔽。同样是快速地将这场战役转化为"历史"的小说,《高山下的花环》[②]在这两个方面进行了更进一步的探索与尝试。与通常意义上的革命现实主义叙事方法有所区别,小说某种程度上恢复了古典小说的传统,设置了中国套盒式的两个叙述者,"我"的第三人称叙述和"我"的采访对象赵蒙生第一人称自述交错进行。小说开宗明义借赵蒙生之口说出恢复军旅小说书写的三个条件,即追求朴实的文风、真实的战争情感与不回避英雄不光彩的一面,恢复军旅小说文学性的意图十分明显。与郑志桐、刘毛妹处于历史与现实的裂隙当

---

① 喻季欣:《新时期军事文学的"英雄情结"》,《文学评论》1990年第5期。
② 李存葆:《高山下的花环》,《十月》1982年第6期。

中不同，小说详细叙述了赵蒙生从军队高干子弟"二混子"成长为普通军人英雄的精神历程。他主动要求下派到九连当指导员当然不是出于革命信念的追求，而是他和母亲合谋的策略性曲线转业计谋。这样就在根本上涉及了军队腐化现实和指导员身份解构，暗指了革命战争时期指导员的神圣化地位，经由"十年动乱"之后已经脱离开展思想工作的实际作用。作家的灵巧之处在于，并没有借由小说对当时的社会问题进行简单的问题揭露，既不是尖锐地指出军队腐败问题，也不是对英雄的存在进行质疑，而是以此为前提进行"堕落的人"向"人的英雄"的改造，从而试图在《西线轶事》存有遗憾的基础上，开辟一条新的英雄成长之路。正如有学者指出，"《高山下的花环》在回归革命现实主义的同时，不仅是回归了一种创作方法和原则，而且也回归了一种审美理想和价值取向。多年来，我们只注意它的'突破'和创新，而忽略了它对传统的承续，以及和'十七年'某种范式的深刻的相似性"[①]。

细读小说文本可以发现，促使赵蒙生由高干纨绔子弟向真正的军人成长的要素，主要来源于四个层面：第一是少年成长时期的英雄故事熏陶和苏联革命文学作品的影响，如妈妈经常给自己讲述的英雄故事，小时候就立志成为故事中英雄那样的人物，阅读的书籍、观看的电影都是《卓娅和舒拉的故事》《铁木儿和他的伙伴们》及《霓虹灯下的哨兵》等等，这些曾经被暂时区隔的革命资源，在后来的精神成长史中被不断地激活与调动，从而在英雄的基本属性上给予了革命正统继承者的身份。第二是母亲对其有救命之恩的"雷神爷"，对他与母亲走后门调动需求的现实处置，在惯常的科层制官僚体系当中，这样的历史情感与现实关系对于调动这样的小事本在"情理之中"，但"雷神爷"不仅没有帮忙还当众对母子进行斥责，促使赵蒙生母子处于十分尴尬的舆论境地之中，将其置于道德审问与谴责的教育对象位置。这次战前公开训斥事件，促使赵蒙生第一次产生通过当好"指导员"为自己正名的想法。第三是战前梁三喜公开调查的"馒头事件"，赵蒙生将之理解为小题大做的私人性报复行为，梁三喜作为从革命老区沂蒙山区来的军人，生活非常窘迫拮据却保持着革命传统中的优良品德，如勤俭节约、坚持原则，不接受别人的钱物等等。高干子弟赵蒙生显然已经被优越的物质生活所累，已经无法理解梁三喜行为的革命意义与现实价值。这里，作家小心翼翼地涉及了切·格瓦拉式的革命追问，即革命取得成功后如何防止出现新的腐败问题。

---

① 朱向前：《乡土中国与农民军人——新时期军旅文学一个重要主题的相关阐释》，《文学评论》，1994年第5期。

第四章
革命话语的延续与反过渡——从革命小说续篇到新人的另面

第四就是对战争细节的讲述与回顾，梁三喜、靳开来等或许在生活上是有缺点的人，但在战略战术的熟悉熟练、英勇果敢、以身许国等方面却是高度一致的，连自己的秘书小金都以超出常人的精神，帮别的同志拿行李背炮弹而活活累死。北京来的战士更是以专业性的军事战略眼光和精准的射击技术，屡屡为九连的突袭立下重要战功。赵蒙生作为形式的指导员也即军人的异己者，战场表现优异的梁三喜等人，无疑是赵蒙生进行自我观照的"他者镜像"，正是在这样的战争语境中，他的精神受到冲击与洗礼，从而也果敢地参与到战斗之中，并成功炸掉了躲藏敌人的猫耳洞。这样，对赵蒙生作为战斗英雄的再造，就摆脱了原有革命历史小说进行空泛政治说教的模式，从而将英雄的诞生建立在爱国主义的基石上。"不论是写五好战士，还是写爱国主义英雄不再是建立在空泛理性的基础上，……你是反抗中成为英雄，而不是为成为英雄而成为英雄。"①

赵蒙生以第一人称自述的方式，对自己参加对越自卫反击战经历的复述，是一种个人成长历程的复现，通过对战斗场景的讲述总结，完成了一次革命精神的重访，实际呈现的是一个自我反思、自我批判、自我正名的英雄成长史，从而成功跨越了"潘晓难题"。小说中有一个十分重要却容易被忽略的细节，就是在不少战士牺牲之后、重要战略突进之前召开的一次党员会议，赵蒙生主持会议并接受非党员战士参加，在实质的意义上完成了向"指导员"真正身份的抵达，标志着他从军人异己者向属己者的实际转向，也标识了他在根本性的意义上完成"军人"这一革命新主体的建构。需要注意的是，指导员作为革命军人的一种身份属性，天然具有革命属己者的多种精神本质，而赵蒙生对指导员身份的功利性、策略性的认知，则是在本质层面对这一身份属性进行了解构；赵蒙生进入部队生活的展开过程，正是其异化了的革命认知接受优良革命精神再教育与再询唤的过程，指导员身份的真正回归，意味着对异化了的革命形式与革命教育动员的双向纠偏与修复。不仅如此，在激烈残酷的战斗描述当中，再次激活党员会的重要地位，正是在赓续革命优良传统的独特性方面，重新提出新的英雄应当具有的基本属性。如果说战争经历促使赵蒙生成为了真正军人，那么，他与梁三喜在革命战争时期的特殊情缘关系的揭开，则是促使他坚定信心要留守边防哨所的重要原因。与在革命战争时期立下赫赫功绩却在新中国的建设历程中走向腐化堕落的赵蒙生母亲不同，梁大娘和梁三喜的媳妇韩玉秀成为革命精神的正统承继者，在革命战争时期梁大娘就推车送军粮，如今三喜又为国捐躯成为烈士，但她仍不愿意

---

① 赵玫：《军事文学的现状与展望——部队作家十人谈》，《文学自由谈》1987年第5期。

接受部队同志的帮助，还完成了梁三喜未能完成的还款遗愿。这里再次重启了革命历史小说叙事的文学资源，将农村以及梁大娘与韩玉秀等农民确认为"革命中国"精神之源与觉悟之人。"'革命历史小说'之所以会征用'农民'、'农村'，是因为人们认定，'农村'乃是酝酿'革命中国'进步潜力的地方，而'农民'则是'革命中国'最为积极而觉悟的'群众'。结合1980年代关于'农民'、'农村'的其他叙述，不难看出，随着这一激进'革命政治'的退场，'农民'、'农村'的正面意义，便重又凝聚到那'静止不动'的、'田园诗'般的'乡土中国'状态，在那里，'农村'是日子周而复始的原始'共同体'，'农民'是重义轻利的朴实'乡民'。'农村'不再是'革命'的策源地，相反，现在是窝藏'封建'的藏污纳垢之所，'农民'也绝非有觉悟的'群众'，相反，现在他们正是恶劣的'国民性'的代表。"[①] 这篇小说在处理这一文学资源的时候，选择与新时期重启对农民国民性批判思潮相对的话语方式，以梁大娘完成对赵蒙生及其母亲的精神启蒙，显示了革命小说续篇的明显反过渡诉求。

在革命战争的正义性、革命老区的合法性之外，小说塑造的铁面无私的雷军长也是不能忽视的重要人物。雷军长作为军人贯穿了革命战争时期、新中国建设时期与重新开启的新时期，在革命战争阶段就有着以身许国的态度和现实战绩，在动乱时期也曾遭受迫害打击，但小说文本并未交代他是否与郑志桐、刘毛妹等青年一样，也有着历史伤痕与献身革命的心理矛盾。相反，他面对救命恩人的走后门的求助，不仅没帮忙还公开训斥，同意让儿子参加战役并在其牺牲后表现出超出常人的定力。这样的人物处理方式，当然有利于完成其作为启蒙者的使命，完成对赵蒙生母子的革命再启蒙，但不能不说的是，这样铁腕式、六亲不认式的英雄形象，无疑还是回到了1960至1970年代中期"三突出"原则规定下的英雄塑造方式。

更重要的问题在于，赵蒙生这样新英雄的成功再造，主要依赖于对刚刚结束的对外战争的"历史化"处理，战争对赵蒙生的精神触动与精神成长意义是非凡的。但是，战争作为新时期改革时代的"例外状态"[②]，并不会成为一种新的现实语境，也就是说，以接受战争的洗礼完成普通人向英雄的成长并不具有可持续性。这或许是这篇小说发表后的1980年代并未产生新革命历史小说思潮的主要

[①] 朱杰：《"英雄"的"根"在哪里？——以〈高山下的花环〉为中心》，《现代中文学刊》2010年第5期。

[②] 参见[意]吉奥桥·阿甘本：《例外状态》，薛熙平译，西北大学出版社，2015年版。

原因。正如刘亚洲发表于 1984 年的小说《两代风流》所预言的那样,大军区司令员李辰尽管革命了一生,但仍有着普通人的生活属性,他的风流属于他经历的那个革命时代,而以程剑为代表的一代则属于火一般的这个改革时代。"严格说起来,这两个人物似乎还只是接近于完成但还未最后完成的'过渡典型',……爱国和菲菲属于这一代人,这是无疑的;他们将成为明天的'风流人物',这种发展趋势也是明显的。在'今天'和'明天'之间,则还需要一种完成过渡的推力。"① 当和平成为改革中国置身的后冷战国际语境,新主体的想象与询唤仍需寻求经济改革中的重大事件作为内生动力。

二、社会主义新人的话语改造与主体扩张

表层意义上,新人作为现代民族国家对文艺塑造人物形象的要求,包含着社会主义阶级斗争观念对人的改造想象与规划,几乎贯穿于延安文学到 1980 年代的文学创作实践之中。从延安时期毛泽东对文艺为工农兵服务方向的提出,到 1950 年代初对新英雄形象塑造的倡导,到 1960—1970 年代的"红卫兵—知识青年一代"的培养,再到 1980 年代对改革时代新人的重新塑造,新人事实上已经被历史化为一个与社会主义文化建设规划密切相关的类型学概念。不过,细察新人的深层意义,则可以看到其本身就蕴含超出历史条件限定的理想主义特征,新人的话语生产有着特定的历史时间与指称对象。培养新人是 1960 年代政治话语确立的意识形态诉求,其不仅仅局限在文学创作对象的想象与虚构层面,而且系统连贯地体现在社会主义教育运动之中,与红卫兵、知识青年以及上山下乡等政治专有新词汇紧密联系。正如有学者在研究《创业史》等小说时指出的,新人作为适应社会主义意识形态的新要求,"蕴含着农民抛弃私有制和私有观念等崭新的历史本质",和"大公无私,崇尚苦行主义,遵奉斗争哲学"② 等标志性特征。随着"文化大革命"与知识青年上山下乡运动的终结,这场声势浩大的社会主义教育运动也在根本上宣告了失败,由于特殊时代政治确立的文艺为工农兵服务的方向性限定,这场教育运动中形成的塑造新人的诸种政治意涵与美学原则也就失

---

① 丁临一:《读长篇小说〈两代风流〉》,《当代文坛》,1984 年 10 期。
② 赵修广:《"社会主义新人"形象塑造与其关涉的传统文化因素——以〈创业史〉与〈艳阳天〉为例》,《社会科学家》2009 年第 8 期。

去了原有的效用。但这并不意味着新时期就放弃了对新人的塑造规划；相反，重新培养和塑造新人的目标经由邓小平提出后，在1980年代前中期又掀起了创造热潮。在第四次文代会上，邓小平明确要求作家面向新时期描写与现代化精神相适应的新人，将新人从阶级斗争的范畴拉回到社会主义精神文明建设的范畴。"我们的文艺，应当在描写和培养社会主义新人方面，付出更大的努力，取得更丰硕的成果。要塑造四个现代化建设的创业者，表现他们那种有革命理想和科学态度、有高尚情操和创造能力、有宽阔眼界和求实精神的崭新面貌。"[①]

有学者研究提出，新人与限定语社会主义的联用即"社会主义新人"是在新时期才出现的，产生较大影响的就是上述提到的邓小平在四次文代会上的祝辞。邓小平对新人进行社会主义限定："并不是向毛泽东时代'新人'的复归，而是将之对象化，否定其阶级斗争的诉求，重新赋予'社会主义精神文明'的意涵。"[②] 这样在文学史的研究视域中就有了两种新人话语，社会主义教育运动阶段的新人话语虽然已经被历史性地终结，但其作为重启社会主义新人塑造的文学资源却是不争的事实。对前一种新人话语意涵的放弃、批判或修改，其背后都隐藏了现实政治的诉求和文学话语的转换意图。在新时期的主流小说文本中，大都是将前一种新人表述为谢惠敏式的遭受极"左"思想毒害而思想僵化的人物形象，对这类人物身心伤痕的双重揭示以及对造成原因的控诉与批判，成为重启新时期社会主义新人塑造的历史前提，这也构成了新时期文学与新中国前三十年文学断裂的文学史话语。不过，重启的社会主义新人塑造，也糅合了前后两种新人质素，让新人既承担改革时代呼唤的人道主义新人理想，又试图以话语切割的方式保留革命共同体生活的尝试。这些不同话语方式的成功与否，症候性的观察点在于是否能够解决或者能在多大程度上解决极"左"思想创伤所引发的人的主体意识危机。具体到文学的想象与创造当中，则是如何塑造"文革"后的革命干部和知识青年，也就是说社会主义新人的重塑，必须回应"革命干部如何归来"和"知识青年何以成为问题"这两类主体危机。

革命干部在遭遇动乱劫难之后又在新时期重返领导岗位的文学形象，在新时期文学中占有相当的篇幅，如《蝴蝶》中的张思远、《陈奂生上城》中的吴楚等等，这些重返领导岗位的归来者，基本上都带着现实的忠诚与历史的伤痕，对其

[①] 邓小平：《在中国文学艺术工作者第四次代表大会上的祝辞》，《文艺报》1979年第11-12期。
[②] 符鹏：《再造社会主义新人的尝试及其内在危机——蒋子龙小说〈赤橙黄绿青蓝紫〉中的青年问题》，《文学评论》2015年第5期。

第四章
革命话语的延续与反过渡——从革命小说续篇到新人的另面

现实与历史之间精神裂隙的超越,则是将动乱劫难理解为组织的一种现实考验。这基本构成了新时期文学伤痕话语的基本叙事模式,伤痕话语联结的反思、改革话语共同构成了新时期过渡阶段的文学史基本叙述框架。不过,需要注意的是,这种模式背后其实有着一个时代终结与历史批判的现实政治作为前文本,这也就是伊格尔顿所说的文学阅读的文化参照系。[①] 考察这一话语前文本的演进变化,会发现真实情况并不如我们依赖前文本所构建的断裂说那样简单。也就是说,在断裂叙述之外还存在着相当数量被删减与遗忘的延续性文本,这些文本与上节所论的革命小说续篇有着某些共同的表征,而这些表征则显示了时代语境转换背景下革命政治反过渡的现实存在。小说《机电局长的一天》就是比较有代表性的文本。据学者考证,这篇小说是应《人民文学》复刊组稿邀约而写,[②] 作家蒋子龙作为业余的年轻作家代表,是可以拉拢与依靠的对象,在参加全国工业学大庆会议期间创作而成,由此可见,文学期刊复刊、政治方面整顿等现实环境,是解读小说文本的重要文化参照系。这篇小说在文学史的过渡视野当中的重要性早已为研究者所注意,对于小说所具有的1970年代文学的基本特征及与新时期改革文学尤其是工业题材小说的关联等等,不少学者已经有不少精辟的论述。但对霍大道人物形象塑造及其在英雄人物谱系中的特征、价值却显得暧昧不明,事实上,如果我们不简单地将1976年10月看成前后断裂的文学时间性节点,那么霍大道作为英雄形象而连接的1970年代与新时期的特征就显现出来。

小说以霍大道的革命手记作为引子,"铁人"与"和平年代的战争"既是鲜明的1970年代文学表征,也是观照霍大道这一人物形象的两个重要视角。很显然,表面上看,霍大道与"十七年文学"、1960至1970年代中期文学当中的英雄形象,如杨子荣、卢嘉川、高大泉等具有高度的相似性,但梳理围绕这篇小说产生的政治批判风波,会发现霍大道既不为1960至1970年代中期文学所接纳,又与新时期开启后的社会主义新人有着明显区别。要解答造成这一现象的深层次原因,就需要从霍大道的精神特质与形象建构方法说起。时过境迁之后,小说负载的时代政治与意识形态功能已经失去了意义,重读小说给人最大的印象冲击仍是霍大道的"疾病—身体"叙事。小说的开篇即展示了霍大道的严重心绞痛与机电局的生产危急,由此展开铁人形象与和平年代"战争"的序幕。患有严重心绞

[①] 参见:[英]特里·伊格尔顿:《文学阅读指南》,范浩译,河南大学出版社,2015年版。
[②] 吴俊:《环绕文学的政治博弈——〈机电局长的一天〉风波始末》,《当代作家评论》2004年第6期。

痛的霍大道按病理学的需要应当进行住院治疗，但抢抓生产的急迫性和重要性被其视为和平年代的"战争"，从而需要治疗的身体疾病与抢抓生产成为一对无法两全的矛盾。在这里，原本只是作为身体的一种病症，被转换成一种现实政治态度，对矛盾一方的选择与对另一方的放弃，则是一种高度意识形态化的道德评判，从而苏珊·桑塔格所指称的"疾病的隐喻"[①]得以产生。但与桑塔格将疾病分析为一种身份歧视或妖魔化、从而导致主体尊严和个性的受损不同，霍大道对身体疾病的轻视与不合常理式的治疗，则被视为一种不证自明的革命精神象征，由此，霍大道疾病隐喻的所指也由一种社会心理学意义上的歧视，转变为超意志理念驱使下的铁人英雄。在大量类似"大干治大病"这样的革命英雄话语支撑下，疾病在继续革命及革命日常化的社会空间里，被附着上"政治斗争""请愿和乌托邦"[②]的概念，在完成革命"三突出"原则下英雄形象塑造的同时，也造成脱离基本现实真实的虚假叙事，同时也在理论的省略处留下悖论性的操作逻辑。即革命者、革命英雄的超意志行为与对待疾病的态度，或许可以促进现实工业的生产速度，体现现代性意义上时间的加速表征[③]，但却并不能真的颠倒疾病发展规律和疾病治疗常识，一旦疾病最终以加速的方式完成对英雄个体生命的终结，那么，原初以超意志论的铁人精神塑造英雄的伦理即将遭到解构。

由于"三突出"原则的限制与设定，作为主要英雄陪衬的副局长徐进亭被确定为不思进取、贪生怕死的反面人物形象，在电机厂面临产能、产量严重危机的时候，他以"小病大治"的方式要求住院。文本的显在目的是要突出徐进亭懒政避难的落后思想，反衬霍大道不顾个人身体疾病全身心献身革命事业的精神。且看叙述者对两人出场的形象描写：

> 徐副局长又高又胖，五十多岁的人了，大脸盘子红润润的闪着亮光，一点褶儿也没有。别看这么个威武大汉，倒有一副阿弥陀佛的善性子，是个平时该急不急、遇怒不怒，高兴时还喜欢和下级开个玩笑的老干部。

> 小万到机电局后，第一次出车就是送一位昏迷不醒的老同志去医院。这位老同志脸色苍白，显得那对卧蚕眉分外浓黑。他个头不高，体质单薄，是在工地和铆工撂肩膀抱了六个小时铆钉机以后昏倒的。当那

---

① [美]苏珊·桑塔格：《疾病的隐喻》，程巍译，上海译文出版社，2003年版。
② [法]米歇尔·福柯：《临床医学的诞生》，刘北成译，译林出版社，2001年版，第16-17页。
③ 参见：[德]哈尔特穆特·罗萨：《加速：现代社会中时间结构的改变》，董璐译，北京大学出版社，2015年版。

第四章
革命话语的延续与反过渡——从革命小说续篇到新人的另面

个铆工知道他就是患有严重冠心病的局革委会主任霍大道时，难过地捶着自己的大脑袋，哗哗流泪。

可以看到"个头不高、体质单薄"的霍大道形象完全剔除了疾病带给人的原始恐惧，而"又高又胖、大脸盘子红润润的闪着亮光"的徐进亭形象，则显示出对疾病过度的重视与害怕，革命唯意志论的精神体现显示出如此大的差距。霍大道除了不惧疾病，还是个急性子，住院到第三天刚能走路就强行出院，并且出院的这"一天"被无限拉长，以其独有的会议政治手段、颇有实际操作效果的权利交际方式，几乎以一己之力解决了困扰机电局的主要困难和问题。由此，我们可以看到，在霍大道建构自身"铁人"英雄形象的方法中，对疾病的无惧与抓生产的铁腕紧密相联，前者是后者革命现代性意义上的时间保证，而后者则是前者作为策略的目的性所在，如果现实工作当中一事无成，那么，英雄对疾病的无视则将成为笑柄。正是在霍大道的精神感染与现实带动下，矿山厂、锻造车间的领导、工人顺利加入抢抓潜孔钻机生产数量与加快推进汽车自动化生产线的"和平战争"之中。这里对群众的动员结构，已经与"十七年"时期的动员结构有了很大的不同，相比"十七年"时期以阶级斗争的方式完成群众的革命启蒙与生产动员，霍大道的动员方式则是直接而迅速的，他以现身说法的方式，将讲大道理的行为指向生产任务的政治化、军事隐喻化，实现和平时期战争的胜利。群众动员结构的变化是容易被忽略的叙述细节，但在文学史过渡的视域下对其重新审视，可以发现霍大道这样的铁人英雄形象塑造的话语背景，其实已经发生了很大变化，在阶级斗争的群众动员结构中，阶级敌人政治立场的错误与对敌斗争的残酷，均隐含着群众是具有较高政治觉悟与属己力量的前提，群众通过诉苦、斗争的方式获得自我动员的动力。而在霍大道开启的动员结构中，群众虽然仍是属己的力量，但以徐进亭为代表的群众则已经悄悄转变成了政治觉悟落后的代表。在当时的语境下，霍大道与徐进亭确实构成了革命话语意义上的对立、对比关系。从这一点上来说，铁人霍大道这一"旧"英雄形象已经具有了明显的"新"质素。

尽管霍大道进行疾病对抗、群众动员的方式是以讲大道理来实现的，但与革命时期文学注重阶级立场分析、强调英雄的政治路线相比，霍大道自我构建铁人英雄形象的方式却是以抓生产来实现的。学者程光炜将霍大道这一英雄形象称为"文学的超克"，作家改写了"抓革命、促生产"的时代主题，将其置换为"抓生产、促革命"的现实问题，"这种改写无意中把《机电局长的一天》摆放在了

1970年代文学向新时期文学过渡的一个暧昧的地带。它变成了一篇'过渡性小说'"①。从霍大道所处的外部环境来看，将抓生产作为核心目标反映了1970年代后期政治意识形态的松动，其也被与1970年代向新时期话语转换联系在一起。从霍大道作为英雄的内部特征来看，抓生产虽然仍是其政治觉悟与革命立场的体现，但抓生产所带动的个人的精神品质与情感结构的变化，则显示了霍大道已经从"神话的英雄"向"半神半人"过渡。如果仅仅将生产的滞后归咎于徐进亭的懒政与落后的觉悟，则会使其英雄形象过于概念化而缺乏现实业绩的支撑，因而在抢抓潜孔钻机生产数量的同时，小说还设置了其研制建设汽车自动化生产线的情节。抢抓生产数量展现了霍大道作为政治官僚与徐进亭作为行政机构领导之间的分歧与博弈。从小说的描述来看，徐进亭除了没有铁人的激进意志与打和平年代战争的态度之外，并没有违背政治要求与现实规律的想法和行为，相反，其对抓生产的理解和政策执行代表了尊重基本事实的技术思维。对比之下，霍大道则延续了革命激进路线上的人定胜天观念，以继承全国跃进棋盘为核心目标展开生产的速度跃进和产能数量提升。这样，霍大道在主观思想观念上以革命思想推动工厂生产，与客观上违背生产规律抢抓时间的行为之间，产生了有趣的对话，也产生了话语的内在悖论。在思想观念上，将抓生产放置在抓革命之前显然有违革命极"左"路线，这就是《机电局长的一天》风波中各方批判的重点，在极"左"的视野下，霍大道无疑是放弃了路线斗争而迈上了走资派的道路；在指挥生产上，不顾工业生产的技术因素而无限夸大人的思想的决定性作用，又返回到了人定胜天的革命极"左"思维，从而将自身推到了激进政治的乌托邦实践之中。有意思的是，霍大道推动自动化汽车生产线上线的方式，竟然是建立在了对进口矿用汽车"包利"的研究与批判上，尽管小说措辞谨慎且采取了批判与否定的角度，但客观上，正是进口汽车提供的国际视野与领先技术参照，才使其上线自动化汽车生产线的行为成为可能。仅从这一点来说，指出小说蕴含着连接新时期以经济建设为中心的政治话语无疑是准确的。

霍大道铁人形象构型完成的高潮，在于其对暴风雨的藐视与对抗。在革命政治小说当中，暴雨与疾病在语义学上具有同构意义，分别代表了外在环境与内在环境的制约因素，极"左"政治呼唤的"神话的英雄"必须要能够战胜与跨越内外环境制约。因此，霍大道在明知心绞痛病发作的情况下，仍只吃了止痛药后就走进了暴风雨当中。"也许有些医学专家们，不相信一个患有心绞痛的病人，能

---

① 程光炜:《文学的超克:再论蒋子龙小说〈机电局长的一天〉》,《当代文坛》2012年第1期。

第四章
革命话语的延续与反过渡——从革命小说续篇到新人的另面

在大雨泡天的洪水里战斗一个多小时,他们不理解这种'病人'。但是机电局三十八万职工理解他们的老霍,就象理解焦裕禄和王进喜一样。"① 天气的溃败与老霍的坚强意志形成鲜明对照,两个小时过后,果然洪水退去、雨过天晴。这里,革命浪漫主义对天气的描写不是一种拟人化的叙述,而是一种真理在握者对人与环境斗争结果的强制宣判,战胜恶劣天气与疾病之后,霍大道作为铁人的英雄形象也就宣告生成。需要注意的是,尽管老霍能够行云流水似的自由调度各种生产资源,但车间恢复生产仍需要依靠技术专家靳师傅等人来完成。这深层反映了政治意识形态与技术主义之间的微妙关系,从霍大道在英雄构型时选择的英雄参照系可以看出,焦裕禄与王进喜分别是前者与后者成功典范的代表,但将这两种英雄的气质糅合在一起无疑体现了霍大道这一英雄的继承与新变。霍大道在讲革命道理时经常提到,"只抓生产不抓管理的干部是社会主义的败家子"。反观革命时代向改革时代转换的难点,会发现如何重建意识形态与技术主义之间的良性关系,是理论与实践当中面临的重要问题之一。其实,从霍大道的思想与行为可以看到,"意识形态领域如何将技术合法化的问题,换句话说,技术由谁掌握、为谁服务,从而拒绝技术本身成为目的"②。政治意识形态的这一要求,基本贯穿了新时期从革命向改革转换的时代话语之中。只不过,随着改革语境的转换,政治也逐步退出了对群众日常生活的动员管理。

霍大道的身体叙事所负载的1970年代文学特质,尤其是"身体与精神"二元对立的形式,成为一种潜在的文学遗产延续在新时期甚至是改革文学的"四十年"当中。所谓二元对立的终极形式,是"由'个人'和'家庭'的对立发展到'民族国家—阶级'和'家庭—个人'的对立,最终发展到更为抽象的人的'精神'和'肉身'的对立"③,其所建构的革命英雄的自我牺牲、自我奉献及由此派生的人道主义等精神表征,延续到了新时期的一些文学作品之中。不过,霍大道对抗疾病与自然的反常识行为所导致的文学真实性的丢失,则是留给新时期延续此文学叙事的待解问题。路遥创作于1978年发表于1980年的中篇小说《惊心动魄的一幕》,正向延续了霍大道的英雄生产方式,并在拒绝伤痕叙事的价值取向上回应了《机电局长的一天》留给新时期作家的问题。小说以"文革"亲历者

---

① 蒋子龙:《机电局长的一天》,《人民文学》1976年第1期。
② 张帆:《从"机电局长"到"乔厂长":——蒋子龙与改革初期的文化政治》,《东方学刊》2020年第3期。
③ 李杨:《50〜70年代中国文学经典再解读》,山东教育出版社,2003年版,第193页。

的姿态,讲述了1967年西北黄土高原原县委书记马延雄,为阻止造反派双方文攻武斗而主动牺牲的故事。马延雄的名字本身就颇具当代中国的革命文学意味,很容易让人产生"延续马克思主义思想的当代中国英雄"的联想,这与新时期开启之初的揭批、控诉与反思的政治语境有明显区别。这与路遥出于自身造反派头目的独特经历而有意选择的不同"着眼点"① 有关,"一则路遥有在'文革'武斗时的亲身经历和生死体验,写起来得心应手;二则他对当时的文艺政策走向有一个基本的判断,认为'伤痕文学'虽是逞一时之快发泄情绪,但文坛终究要有一些正面歌颂共产党人的作品"②。马延雄身为县委书记,出身于穷苦的农民家庭,亲自参加了无产阶级革命战争,身上留下三处枪疤和一处刀伤。从乡文书、乡长、区游击队指导员、区长一直走上县委书记的岗位,执政期间深受农民的爱戴,在1960年代中期遭遇造反派革命而沦为阶下囚。

小说对马延雄的形象塑造是从其遭受的身体摧残开始的,造反派小将金国龙和周小全每天轮流对其进行折磨,马延雄的身上已经没有一块好肉,新伤和旧的刀枪伤的痛苦混杂在一起。这里,两种不同的伤痛隐喻了不同的英雄认同机制:刀枪伤喻指马延雄的根正苗红的历史出身,是地道的革命战士走上的革命干部岗位;而现在时的伤痕则是革命造反派对其身体的惩罚。小说一反伤痕文学、反思小说的常态,没有以历史的"后见之明"将其描述为对干部错误的伤害,而是有所保留地以马延雄的自我批评精神,对"文化大革命"的某些合理性进行了辩护,这既体现了这篇小说留有的1960至1970年代中期文学的特征,也充分说明了新时期文学过渡的复杂性。叙述者甚至以违反现实主义叙事学的基本法则为代价,不时地跳出文本对其思想、行为进行辩护、给予同情,多次强调马延雄对革命的忠心与对未来的信心。马延雄走上自我献身的现实语境,则是"红总"与"联指"造反派双方对其现实利用价值的争夺。争夺的话语逻辑是马延雄深受群众信任,争夺他相当于取得了绝大多数的农民的支持,从而虚妄地认为可以巩固好武斗夺来的政权。小说为了论证这一争夺前提的合法性,巧妙地在马延雄的现实身份上进行了改写,在"文化大革命"的理论逻辑中,马延雄被批斗、被囚禁是因为其革命干部身份,但马延雄回家这一旁枝末节却交代了其地道农民家庭的"现实":

---

① 参见董墨:《灿烂而短促的闪耀——痛悼路遥》,《路遥纪念集》,人民文学出版社,2007年版,第289-302页。
② 梁向阳:《路遥〈惊心动魄的一幕〉的发表过程及其意义》,《文艺争鸣》2015年第4期。

第四章
革命话语的延续与反过渡——从革命小说续篇到新人的另面

> 马延雄的家在南城墙外土坡下的两孔土窑洞里。
>
> 这是一个地道的农民式的家庭：地下靠墙的一排磁瓮，是盛水和腌酸菜的；窑掌一溜泥纸浆捶成的小瓮，是装米面的。墙上挂着割庄稼的镰刀和背庄稼的绳索；门后立着挖土的镢头和担粪的扁担。
>
> 不大的土炕上铺着半旧的炕席；炕席上面铺几条绵羊毛擀的毡。①

在伤痕文学、反思文学的批判叙事中，将主人公的受难归咎于"文革"的历史错误是常见的控诉机制。但这篇小说却在不进行"文革"批判叙事的前提下，将马延雄的革命干部身份改写为农民身份，从而顺利地将"造革命干部的反有一定道理"与"马延雄作为农民受难是冤枉的"，这两种看似矛盾的内在隐含话语进行了巧妙地缝合。面对造反派双方的拉拢与争夺，马延雄的不合作就变成了坚持人民（全县以农民为主的十三万人）利益至上的英勇行为。为了阻止双方的械斗，他不顾自己虚弱的身体状况冒着生命危险赶赴红总动员会现场，以牺牲自我的方式换来了公交兵团与副队长周小全的醒悟，从而以殉道革命的方式完成对造反派的启蒙，也客观地阻止了恶性武斗的发生。马延雄在失去生命的同时，也在主体的道德伦理层面实现升华，革命英雄的形象也完成最后的构型。但"英雄的死"不是为了引起悲剧文学的"恐惧效果"，而是"以道德价值认识取代生命本体价值的认识"②。考察马延雄作为英雄在当代中国的革命文学中的谱系，会发现其既携带了1960至1970年代中期文学"神话的英雄"的精神气质，又被注入了温暖的人道主义色彩与革命殉道意味；既开启了新时期"人的英雄"的新话语生产，又显著区别于那些觉醒的英雄（如凌晨光）。从而在1960至1970年代中期文学与新时期文学的所谓断裂之处，提供了比较经典的延续性文本。

在新时期文学的主体性建构话语下，革命文学话语与主体性话语处于一种紧张、矛盾、不合作的对立状态，这也是当时文学闯禁区行为与大量文学批判事件，直至精神清污运动等之间矛盾的重要内在理论原因，两种话语的冲突、消解与妥协、选择，催生了改革文学四十年的基本文化生态。路遥的这篇过渡性的小说，无疑前瞻性地为这种冲突提供了一个解决的方案，马延雄"这种同时具备传统的共产党'德性统治'成分、新时期'人道主义英雄'形象和'农民的朴素哲

---

① 路遥：《惊心动魄的一幕——一九六七年纪事》，《当代》1980年第3期，第139页。
② 参见陈思和：《当代文学观念中的战争文化心理》，《中国当代文学关键词十讲》，复旦大学出版社，2002年版，第25页。

学'的混合型人物,是路遥为80年代的社会转型设计的理想政治人物形象"①。农民的身份设计顺应了革命话语的阶级分析要求,克服了革命人向执政者转换形成的"严重的官僚主义"及其官僚主义造成的"许多蠢事"(马延雄自我批判的用语),策略性地对马延雄的叙事话语进行了切割,有效区分出了其作为革命干部确实存在问题与其作为农民代表没有丧失理性,并以农民马延雄善待农民而深受农民信任与爱戴,完成其作为"人道主义英雄"的形象建构。在新时期的文学叙述中,归来的革命干部往往以自身遭受政治劫难而自我定义为受害者,从而以将过往历史整体化的方式避开了应有的自我批判。在这个意义上,马延雄不觉悟的自我批判和自我牺牲精神又有着某种预言与反讽的意味。不过,马延雄作为县委书记这样的革命干部却过着完全农民的生活,并始终保有农民朴素的善良哲学思想,这样的精神资源基本无法延续到新时期归来者革命干部的叙事当中。新时期开启的改革时代语境,已经将革命时期集体主义式的平等与低水平的小差别生活方式,改写为让一部分人先富起来的社会秩序重构要求。《蝴蝶》当中张思远重返山村对贫穷环境的不适应应该是一种真实的情感表达,当遭受劫难的革命干部重返领导岗位之后,也就意味着他们下放乡村所建立的农民临时身份的失效,"以人民为中心"之关键词"人民"的含义,在新时期需要另外确立其适应改革话语的新历史本质。

即使在1960至1970年代中期这样疯狂的年代也不是所有人都丧失了理性,这是小说表达的另外一个容易被忽略的主题。在《惊心动魄的一幕》塑造的造反派人物群像中,周小全是作家精心设计的一个红卫兵形象,是没有丧失理性的人物代表,"作者对'造反派'内部的复杂情况也作了切合实际的剖析和表现,没有一概而论。在写少数野心家和坏人的同时,还表现了大多数群众的正义感和是非观"②,这隐约带有作家路遥自传与自我辩护的意味。与金国龙、段国斌、侯玉坤等带着功利目的或为追逐现实权力而造反的情况不同,周小全参加造反派主要是源于对自己被确定为反革命的不解。一方面,周小全以对县委书记马延雄的质问,为什么自己是造反派却被定为反革命,试图说明自己造反的现实理由,也是对造反本身指向的反抗官僚主义的革命合目的性进行辩护,暗含将其转化为新的精神资源的可能性。另一方面,设置金国龙这一对比性的人物形象,对其为私

---

① 罗雅琳:《"新人"的复杂谱系与连续性的塑造——论路遥的"改革"写作》,《文艺理论与批评》2017年第5期。
② 樊高林:《读〈惊心动魄的一幕〉》,《当代》1981年第2期。

利目的参加造反的不道德性进行批判，进一步暗示其反抗官僚主义的某种正当性。与其他造反派的狂热分子相比，周小全具有更加自主的思考和自我启蒙的能力，其自我启蒙选择的"他者"镜像正是坚持"革命真理"的马延雄，马延雄对待肉体痛苦和对待革命群众的方式，深刻启发了周小全对革命的理论话语和自身造反行为的审视，他在逐渐认识到马延雄是"伟大的敌人"的同时，逐步意识到自身造反派的小丑嘴脸。他从马延雄的讲话当中感受到了诚心，进而推理出其发白的两鬓与因劳累而很瘦的身体，不可能是为了反革命，由造反对象的不合理推演出造反本身的不合理。这是一个由自我确证而得出的自我否定的过程，从而接续上不能因为运动初期受了些委屈就堕落的思想启蒙。周小全对运动本身的内在悖论性的体认，某种意义上代表"红卫兵—知识青年"们的共同疑问，这样其自我启蒙就有了某种普适性的意义，暗示了建立在革命精神基础上的主体话语在新时期的继续扩张的可能。

第五章

自我伤痕治愈的主体困境与冲突
——以高晓声、张贤亮为例

新时期文学中农民题材的小说占有一席之地，其中许多作家都可以归入"五七"作家。这些作家长期在农村接受改造，农民至少在话语形式上是教育者，而获取农民身份往往又是他们改造的显在目的，因此，这些作家笔下的农民形象往往掺杂着自我的历史投影。"五七"作家从接受改造到复出归来，参与着知识分子"从耻辱到力量"转化的过程，重返岗位即意味着要参与从"文革""失语"状态向改革"力量"的转化与重构。对于"五七"作家而言，知识分子、革命干部、农民（改造目标）三重身份始终纠缠在一起，在当代中国继续革命的历史语境与阶级话语中，身份是极其重要的政治学概念，其中知识分子身份始终是"五七"作家们的根本身份，在不同的历史阶段，这一身份会产生截然相反的效应，有时是革命统一战线拉拢与认同的对象，但更多时候则是再教育甚至是革命的对象。而革命干部则是"五七"作家们在革命时间进入新中国初期的初始社会身份，是社会主义文化建设链条上的一个环节，但随着继续革命话语的转换以及阶级斗争方向的转变，革命干部一度成为改造对象，而政治话语对"五七"作家们改造的目标就是农民（工人阶级）。因此，新时期文学在起源阶段，文学对知识分子的书写基本是从行动主体的失语状态写起的，失语也就意味着行为主体必然要遭受价值认同危机，以重新确认知识分子的革命干部或者农民身份的合法性，进而重新确立行为主体的合法性，这几乎是"五七"作家共同的叙事选择。

即使是具有相似的政治身份，经历了相似的重大历史事件，以及具有相似的历史创伤经验，"五七"作家对自我的体认仍然有着很大的区别。无论是控诉还是反思，有些作家选择对农民的身份认同来确立自身的合法性，而有些作家则坚持从知识分子的自我改造及对革命干部身份的追寻来重新确立自我的合法性。本章节选择高晓声作为前者的代表、张贤亮作为后者的代表，论述他们在新时期过渡阶段对作品中人物主体性的书写与思考，以此来观察此阶段文学的主体性话语问题。

一、农民主体的经验危机与主体重建

平反复出后的高晓声迎来其文学创作的真正成熟期和爆发期。作为已经是"完成时态"的作家，高晓声无疑属于当代文学史所指称的"八十年代"。如果暂且搁置概念的争议而借用学术界通行的说法，高晓声又是比较典型的"五七"作家。"八十年代"作为文学史的一个场域之于"五七"作家群而言，既是起点也

第五章
自我伤痕治愈的主体困境与冲突——以高晓声、张贤亮为例

是终点,这显著区别于以莫言、余华等为代表的先锋作家群,对先锋作家而言,"八十年代"仅仅是起点。这既是高晓声们的不幸,也是高晓声们的幸运。在这样两个"八十年代"的碰撞与对话语境中,重新来考察高晓声的文学创作,或许能够在文学史的意义上,更进一步地完成对他的历史化清理。

陈奂生是新时期文学过渡阶段具有很大影响力的农民形象。长期以来,当代文学批评和当代文学史大都将这一人物形象置于启蒙文学传统中,与鲁迅、赵树理等作家笔下的农民联系在一起,建构起百年新文学农民书写的文学史谱系。尤其是陈奂生"上城"的经历,以其所谓"奴才式的破坏"与"精神胜利法",被批评家纳入鲁迅以降的国民性批判话语体系。早在陈奂生问世的同时期,就有批评家从陈奂生身上"看到了阿Q的影子"[①]"鲁迅风"[②];将陈奂生比喻为高晓声这个"剧团团长"麾下的"功勋演员",突出陈奂生与阿Q在面子问题等方面的沟通点[③]。在这样的阐释框架中,陈奂生被指认为具有逆来顺受奴性和善于自欺欺人劣根性的落后农民形象。即使1990年代以来对高晓声与陈奂生的批评性研究,如陈奂生的虚荣心、小聪明和世俗化,导致高晓声处理国民性话语的庸俗化[④],又如高晓声在"人民认同"到"国民性批判"的归来之路上,越来越无法确认启蒙者的位置与力量[⑤]等等,也都沿用了国民性批判的理路。

但是,如果注意到五四启蒙话语及其指向性与新时期文学叙事的错位关系,"陈奂生故事"国民性批判的研究视角就可能存在某种历史局限。近年来,陈奂生被重新置于改革时代的城乡关系中考察其情感与精神结构的变迁,如学者陈思从经济理性、个体能动与他者视野三个层面考察陈奂生等,指出"这批活力主体始终在困局中捕捉政策与形势,不断调整自身与他人的关系,试图为自己包括乡村共同体争取更大的伸展空间"[⑥],并反过来印证新时期社会结构与政治文化结构的变化。又如学者金浪提出陈奂生"以空间的穿越来暴露城乡经济差异及其伴生的收入和身份问题"[⑦],从而将陈奂生的个人生活史与社会主义实践史,纳入

---

① 李楚城:《高晓声和他的李顺大、陈奂生》,《上海文学》1980年第8期。
② 时汉人:《高晓声和"鲁迅风"》,《文学评论》1984年第4期。
③ 范伯群:《陈奂生论》,《当代作家评论》1984年第1期。
④ 刘旭:《高晓声的小说及其"国民性话语"——兼谈当代文学史书写》,《文学评论》2008年第3期。
⑤ 杨晓帆:《归来者的位置:"高晓声访美"与〈陈奂生出国〉》,《中国现代文学研究丛刊》,2018年第2期。
⑥ 陈思:《经济理性、个体能动与他者视野——高晓声笔下新时期农村"能人"的精神结构》,《南方文坛》2016年第3期。
⑦ 金浪:《"进城"、改革与文学生产——〈陈奂生上城〉再解读》,《艺术评论》2011年第3期。

当代文化史和思想史的视域。尤其是学者戴哲认为，"1980年代乡村追求现代化的动力恰恰来自于一种非现代化的实践"，"未来关于乡村的故事不再可能仅仅停留于'小生产者'的故事，而是农民如何进入城市的故事"。①

然而，"陈奂生故事"并不是农民如何迁居城市生活的底层叙事，陈奂生与骆驼祥子、刘跃进等进城农民有着显著区别。陈奂生进城卖油绳、搞物资甚至出国参观考察等经历，只是以喜剧的形式展现了农民在进入城市的瞬间所遭遇的身份认同与个体经验危机，以及农民仅靠"劳动"无法取得城市人认可的悲剧，陈奂生对自身处境的体验、对危机的应对以及在此过程中对农民主体性的体认与重建，或许是被忽略却又值得关注的问题。这提醒我们，"改革"作为强有力的意识形态召唤结构，询唤着陈奂生对自身的主体性认知，并在对自身农民身份的体认与主体经验危机的突围中，重构了"改革"时代的农民主体性。

过渡阶段，控诉与反思成为整体的政治环境与时代文化，使得大部分作家都借助创作发出自己的声音，他们借作品中人物来表达知识分子的思想世界与现实感受，而不是书写人物本身的情感结构与精神状况。时过境迁，这些雷同式的作品往往成为文学史淘洗的对象；而那些当时不太符合时代要求甚至招来批判的作品，倒是可能蕴含着超越时代文化的思想意义，"陈奂生系列"或许就属于后者。陈奂生是高晓声在新时期"复出"后发表的两篇小说《"漏斗户"主》《陈奂生上城》的同名主人公。其初次历史出场时间基本与高晓声的复出时间相同，按照高晓声自己的解释，这"是同一个性格在两种不同境况下的统一表演"②。人物活动设置的具体历史时间是1978年秋忙时节，虽然高晓声正式回归文学岗位的时间是1979年3月③，但据其好友陈椿年回忆，"从七八年的秋冬起，他就知道自己早晚将要重返文学岗位了，便称病在家，躲在阁楼上埋头写作，就连吃饭也由老婆孩子给他送上去，一口气写了七八个短篇"④。发表在《钟山》1979年第2期的《"漏斗户"主》应该就是其中一篇。这是一个颇有意味的"重叠"，高晓声出身农村，又因为"探求者"事件被遣返回农村老家改造长达21年。某种意义上，陈奂生就是高晓声复出前自我的历史投影。"五七"作家从接受改造到复出归来，参与着知识分子"从耻辱到力量"转化的过程，重返岗位即意味着要参与

---

① 戴哲：《城市化视域中的〈陈奂生上城〉——1980年代乡村故事的转折和隐喻》，《中国现代文学研究丛刊》2017年第12期。
② 高晓声：《且说陈奂生》，《人民文学》1980年第6期。
③ 高晓声：《三上南京》，《生活的交流》，中国文联出版公司，1987年版，第73页。
④ 陈椿年：《忆记高晓声》，《钟山》1999年第6期。

从革命"失语"状态向改革"力量"的转化与重构。高晓声对陈奂生的历史状况与现实未来的探讨，与对自身历史、现实与未来的思考具有某种同构关系，农民陈奂生面临的历史困境、现实困难及未来难题，也即作为知识分子改造结果的"农民"高晓声如何迈向改革时代这一新时期的问题。在这个意义上，陈奂生就具有了更加突出的历史真实性和现实针对性。

  作为以种粮为生的农民，陈奂生像"投煞青鱼"一样骨骼高大、身胚结实，他积极劳动却长期处于缺粮的"漏斗户"状态，这正是革命时期所批判的"挖煤的却没煤烧"的资本主义悖论的当代中国版本。高晓声在《"漏斗户"主》中对陈奂生的致贫原因有详细描述：现实原因是大龄新婚导致的缺粮状况加剧——老婆过门时娘家"忘记"把她的口粮带过来，老婆生过脑炎不大能劳动，生孩子都生在正月里，且当年口粮没有供应。由此可知，陈奂生的贫困并不是惯常意义上的因病致贫、因懒致贫，而是多种生活"巧合"叠加造成的时代病。但这些并不能构成其十年来一直是贫困户的理由，真正的深层原因在于1971年初的粮食"三定"方案没有真正落实。陈奂生有能力劳动也热爱劳动，却不能够养家糊口，这是继续革命的时代语境下，继人民公社合作化运动之后，"劳动"与"粮食"之间的辩证关系在农民身上又一次断裂。农民积极劳动可以获得更多的粮食，从而可以更有力气进行劳动；反之，农民缺粮就没有力气劳动，也就无法生产更多粮食。陈奂生正是在这样的逻辑支撑下，试图通过付出成倍力气的劳动摆脱缺粮困境。事实上，陈奂生所在社队的粮食产量在1971年就已达到了相当高的水平，但国家并未兑现1971年的粮食"三定"方案，而是持续实行"有一斤余粮就得卖一斤"的政策，致使农民积极劳动提高产量与个人获得更多粮食之间的逻辑关系中断。在这样的现实语境下，陈奂生作为"行动"主体的行为对自身而言是失效的，越来越沉默、越来越木然的陈奂生只能处于"失语"状态。

  "行动"主体因行为失效而形成的"失语"状态，必然引发行为主体的价值危机。陈奂生面对的价值危机正是积极劳动与脱贫之间逻辑关系失效造成的，这种价值危机促使陈奂生被动地思考国家的粮食政策，并为"三定"方案得不到落实而陷入思想困境，由此自然而然地引起了一种对国家政策的怀疑情绪。他不相信"粮食分多了黑市就猖獗"的说法，不相信用粮食奖励养猪是积极方法，不相信"有一斤余粮就得卖一斤"的办法，甚至不相信分配口粮的办法是合理的。仅从生活逻辑上看，陈奂生基于自身生活经验，认为这些显在的国家粮食政策有相当程度的合理性，但很显然，陈奂生无法洞察国家粮食政策背后的深层意图。在20世纪70年代，随着继续革命的能量逐渐消耗殆尽，农民艰难的生存现实与国家战略需要之间的裂隙渐渐浮现出来。按照经济学者温铁军的解释,在20世纪60年代至70年代的国家工业化初期,发生过三次城市危机,而危机应对的方法是"直接向高度组织化的人民公社和国营、集体农场大规模转移城市过剩劳动力",同时"通过加大提取农业剩余来'内向型'地转嫁因危机而暴露出来的工业化和城市化代价"。① 在这样的国家主义语境下,农民通过积极劳动而提高的产量,被当作农业剩余来提取以化解危机,这是陈奂生始终无法摆脱缺粮危机的根本性缘由,陈奂生要摆脱贫困只能依赖国家政策的调整。由此可以看出,《"漏斗户"主》是一篇典型意义上的伤痕小说,其矛头直指1970年代的国家粮食政策,十分契合当时文艺界"揭批"的宏观政治语境。不仅如此,高晓声对1971年以来粮食政策的批判还仅仅是一种前提和反衬,按小说的叙事逻辑,其实际目的是肯定国家1978年调整实行的"三定"政策,这种"歌颂"在政策真实落地后陈奂生满眶眼泪溢出来的瞬间达到高潮。"批判历史—歌颂现实"是高晓声复出后小说的一种叙事策略。

以政策的调整完成时代语境的转化,来重新确立处于"失语"状态下的行为主体的合法性,是新时期起源阶段文学叙事的常见手法。这种话语转换的背后,其实潜藏着"压抑—反抗"的基本逻辑。"失语"状态下的陈奂生一直处于物质匮乏的生存困境当中,又长期遭受政治权力的压制以及乡村垄断势力对物质的控制,这意味着其主体性长期受到压抑。政策调整不仅让陈奂生迅即摆脱了缺粮的境况,而且意味着粮食与劳动之间辩证关系的修复,即陈奂生今后可以通过自身劳动获得生存的物质基础,从而被确立了作为农民身份的合法性。陈奂生在分粮现场与生产队长的对话,真实地展现了陈奂生生存处境的逆转与重获话语权的复杂心理过程。在"十七年"文学叙事里,作为工农兵革命话语的合法身份之一,"农民"经过乡村改造运动与诉苦入社动员,被叙述为革命阶级的主体、民族国家的主体和历史的主体②。尤其对于到农村接受改造的官员知识分子、上山下乡的知识青年而言,农民更是具有身份合法性的优势和拥有对其进行教育改造的话语权。但农民在进入1970年代后如何丢失话语主体位置进而转入"失语"状态的,在"十七年"文学到新时期文学的叙事中是缺省的,陈奂生在《"漏斗户"主》中是直接以"失语"者的形象出场的。在新时期文学由"根本任务论"向

---

① 温铁军等:《八次危机:中国的真实经验 1949—2009》,东方出版社,2013年版,第32页。
② 李祖德:《"农民"叙事与革命、国家和历史主体性建构——"十七年"文学的"农民"叙事话语及其意义》,《中国现代文学研究丛刊》2011年第1期。

自我伤痕治愈的主体困境与冲突——以高晓声、张贤亮为例

"审美反映论"转换的历史语境下,陈奂生从再教育主体到漏斗户主的身份变化,揭示了政治话语掩盖下的 1970 年代农民的真实生存境况,他在持续的脱贫努力与失败、思考原因与困惑中陷入了深深的身份危机。这种危机集中体现在自然经济形态下个人信用的失效与自身道德品质价值的丧失,"宁可没有吃,债是一定要还"的信仰逐渐被持续借粮不还的现实打破,乐于助人的淳朴道德品质被曲解为廉价出卖自己的劳动力。

悬置陈奂生在此前革命阶段的身份转换,虽巧妙地避开了农民叙事话语与现实政治话语的直接冲突,但又一定程度上限制了从农民话语角度对 1970 年代进行深入反思的可能。高晓声的成功之处在于,他没有将陈奂生的困境阐释为阶级敌人的压迫陷害这样的宏大政治话语,而是基于农民的现实生存状况将其解释为国家的粮食政策问题。在当时的历史语境下,这是相当了不起的尝试与超越,为伤痕文学的叙事提供了另外一种视角,并以政策转换为轴线,勾连起了伤痕文学与改革文学的叙事脉络。与其他伤痕文学不同的是,陈奂生虽然长期处于"失语"的生存困境下,但他始终没有失去思考的能力,可以说始终是一个"清醒的受迫者"形象。陈奂生的可贵之处在于,即使行为失效也不放弃劳动,这使得其在国家政策调整而带来生存处境改变后,可以再次迅速地成为"行动"者。陈奂生作为"失语"者的思考与行动,某种程度上折射了"五七"作家复出初期的真实心态,或者说高晓声正是以自身的真实心态,敏锐地捕捉到了农民在新的政治语境与利益驱动下"再出发"的历史过程。其对历史转换时期农民现实生存境遇及其生存法则的揭示,既有同情之中的历史性批判,也有着指向现实的主体性召唤。只有在这样的语境下来理解漏斗户主的困境与努力,才能历史化地揭示出高晓声的深刻与洞见。

陈奂生摘掉"漏斗户"主帽子的故事,其话语逻辑是以时代政治话语的转换为前提的。对于这种将如此复杂的历史过程简单抽象地概括为政策原因的设定,尽管我们应当给予充分的历史同情,但仍然应当警惕其缺乏真实性的问题以及这种话语逻辑可能造成的历史遮蔽。时代政策的变化直接为农民带来物质生活和精神面貌的巨大变化,并不能理解为完全真实的历史事实,而同时也可能是另一种宏大政治话语的文学想象。事实上,要改变农民的生存状况即实现农民脱贫致富,是一个相对漫长而复杂的过程。尤其是,乡村的基础政治权力形态及其对乡村物质生产与分配的支配方式,并没有因为对继续革命话语的否定、揭批而全面逆转。继续革命时代话语的终结,并不意味着与之相关的政治权力的退出和政治权力结构的分崩瓦解。如陈家村的陈宝宝们,在改革时代来临后,又率先掌握了

村办工厂的领导权。土地、粮食等"三农"政策的调整，是解放思想、实事求是宏大政治话语的构成部分，为陈奂生这样的农民提供了主体重建的契机，但其主体性的重构与生成必然是一场漫长而艰难的精神苦旅。

高晓声对国家政策的赞颂既有时代语境的策略性考虑，也是一种"归来者"心情的真诚表达。"农民"一词，对高晓声及"五七"作家而言具有特殊的意义，它既是遭遇苦难与冤屈的历史见证者，又是在苦难时期得以生存的合法身份。对于高晓声被遣返老家改造这段历史经历而言，农民是知识分子高晓声努力改造的方向及受教育的对象；对于现实而言，则是已经改造成农民的高晓声如何面对农民的历史和历史转折期的农民问题。重新进行文学创作，是高晓声重获知识分子身份的重要依托，当高晓声再次以知识分子身份面对农民身份时，无疑需要在历史、现实以及未来的历时性脉络中来重新认识陈奂生这样的农民。高晓声正是在这样的复杂情绪中写出了陈奂生的真实境况，询唤着陈奂生主体意识的复苏与重建。饶有意味的是，高晓声在《"漏斗户"主》发表之后也认识到他将复杂历史简单化了的问题，进入改革时代的陈奂生们作为"农民"依然可能面临更加严峻的问题。于是，高晓声写出《陈奂生上城》，来"救活"[①]《"漏斗户"主》。

与《李顺大造屋》《"漏斗户"主》等"向后看"的文本不同，《陈奂生上城》是高晓声对刚刚迈进"改革"时代的农民颇有意味的观察。高晓声在创作谈中提到："我从农村上来，住招待所很想不通，为什么住一夜要花那么多钱。……人的价值那么低，床的价值那么高。农民劳动一天几角钱，一比更不得了，我就想到，弄个农民来住招待所，看他有什么意见。"[②] 显然，高晓声再次激活了"探求者"时期文学干预生活的某些主张，解决了粮食问题的陈奂生们进入到"改革"时代，依然面临劳动贬值而无法跟上时代脚步（卖一天油绳住不起招待所）的难题，农民及其生活的农村如何实现现代化由此延展开来。进入新时期的高晓声还在文学干预生活的基础上，引入了文学干预灵魂的主张和实践，"把人物特有的性格及其精神因素表现出来"[③]，在生活现实与情感结构两个层面叙述农民在"改革"时代的辛酸故事。陈奂生在"上城"中遭遇到了现实与情感的双重危机：现实层面，因为不了解商场的经营时间又没有提前带钱而不能当天买到帽子；因为买不到帽子导致在火车站的夜市中受凉发烧；因为受凉发烧而被好心的

---

① 高晓声：《谈谈有关陈奂生的几篇小说》，《文艺理论研究》，1982年第3期。
② 高晓声：《生活、目的和技巧》，《星火》1980年第10期。
③ 高晓声：《生活、目的和技巧》，《星火》1980年第10期。

吴楚书记送进招待所；因为住进招待所而损失了卖油绳的利钱和部分本钱。情感层面，因为农贸市场开放可以做副业补贴家用而高兴，又因为不能当天买到帽子而失落；因为在火车站的夜市卖光了油绳而高兴，却又因为受凉发烧而失望；因为得到吴书记的救助而高兴，又因为需要支付昂贵的住宿费而不知所措；最后又意识到此次经历对于自身而言可能具有更高的经验价值而豁然开朗，从而完成情感上的自我救助。以往学者往往依据陈奂生最后的情感自我救助，将其阐释为与阿Q相联通的精神胜利法，因此也就将其纳入了国民性批评的传统。但是，从《陈奂生上城》的结尾来看，陈奂生的自我救助并不是自欺欺人式的精神胜利，而是有着十足的乡村文化基础，并实在地取得了陈奂生所预想的效果。回到村里之后老婆、邻居与村干部的态度变化正好印证了他的判断："从此以后，陈奂生的身份显著提高了，不但村上的人要听他讲，连大队干部对他的态度也友好许多。"① 陈家村的农民对现代城市文明的敬畏与向往，以及对官本位思想的盲从与臣服，都隐含着潜在的乡村文化焦虑与对官本位思想的批判。

　　城市一日游遭遇到的经验危机及其化解（即城市经验的获得感），对陈奂生而言并不是迁居城市的经验积累，而是其改善提升乡村地位的重要经历，因而不宜将陈奂生"上城"卖油绳的经历纳入"乡下人进城"的城乡差异视野加以考察。按照学者徐德明的解释："乡下人进城指80年代以来从有限的土地上富余的农村劳力中走进城来、试图改变生活的带有某种盲目性的上亿计的中国农村人口。"② 但陈奂生"上城"并非"进城"（从农村移居城市），城市只是其搞副业而拓展的他者化空间。在这样的异域空间中混杂着现代性的物质文明与官本位的文化传统，城市成为改革时代农村的异己力量。陈奂生因为城市生活（如百货商店的营业时间）、生产（如招待所的收费管理）经验的匮乏，而陷入经验与道德的双重危机当中。哈贝马斯认为："只有主体才会被卷入危机。在社会成员感觉到结构变化影响到了继续生存，感觉到他们的社会认同受到威胁时，我们才会说出现了危机。"③ 招待所的收费管理是城市商品经济形态中的常态行为，陈奂生在非自主、自愿的情况下入住招待所，昂贵的收费标准显然是他不能理解和承受的。他对招待所里高档物质的态度变化，是乡村自然经济形态与城市商品经济形

---

① 高晓声：《陈奂生上城》，《人民文学》1980年第2期。
② 徐德明：《"乡下人进城"的文学叙述》，《文学评论》2005年第1期。
③ ［德］尤尔根·哈贝马斯：《合法化危机》，刘北成、曹卫东译，上海人民出版社，2009年版，第5页。

态下不同价值伦理的冲突,其经验危机以及由此引起的道德感缺失,正是乡村价值伦理的失效与城市价值伦理的缺失导致的。因此,陈奂生在招待所内的失态行为,与其说是奴才式的破坏,不如说是遭遇经验危机后无所适从的应激反应。这是一种含泪的笑,也是一个跟农民的身份、经验与伦理有关的时代寓言。

农民劳动的绝对价值与相对贬值也是"上城"故事的潜在主题。"漏斗户"时期的陈奂生不惜去邻居家帮工一天来解决自己的口粮问题,特殊的农业剩余提取政策加上家庭副业的非法化,形成革命时期特别的乡村自然经济秩序,通过主动降低自身劳动的绝对价值来缓解家庭缺粮状况,不仅不是奴性的表现,而恰恰是基于现实考虑的无奈选择。对于家庭长期缺粮的漏斗户主来说,似乎并没有多少拒绝与选择的余地,这里涉及的正是农民的主体性在现实生存困境面前的有限退守与让渡。当然,此时期乡村的道德秩序与自然经济秩序仍是统合的。改革时代取消了农业剩余提取政策,逐渐改变了家庭副业、乡村工业与城市消费主义的非法化状况,但农民劳动的相对价值不升反降,主要原因在于改革的主导方向仍是农村服务城市、农业辅助工业。也就是说,时代话语的转化并不意味着农民能够真正成为经济社会的中心,农民劳动的绝对价值在两个时代都遭遇相对贬值,这种悲剧性的现实境况成为强大的询唤力量,刺激着陈奂生们的情感世界与道德结构的改变,这也就不难理解"住一晚招待所花掉五元钱"对陈家村农民认知的冲击与震撼。因此,以城市为中心的经济理性的确立过程,也可以说是对乡村自然经济形态深刻影响与相对掠夺的过程。高晓声虽然主观上是以一种积极的心态加以观察,但客观上对陈奂生们而言无疑是一种深刻的悲剧性命运呈现。

一个不应被忽视的细节是,小说缺省了县委书记吴楚安排宾馆是否可以挂账报销的叙述,"同志,算账"可能是这场"误会"的根本缘由,因为陈奂生不知道政治体制及其办事规则,住招待所必须自己付钱也是其农民价值观的真实体现,这既是对农民文化心理的肯定,也是对政治体制不动声色地隐含批判。陈奂生离开宾馆时的心情从沮丧不解转变为脚步轻快,并不仅仅是精神胜利法的生效,更重要的是他瞬间意识到自身城市经验的获得,在损失了改善生存境况的经济条件后,"见过世面"的经验获得感又舒缓了陈奂生的经验危机,相当真实地反映了转型期农民的心理褶皱与转化过程。

如果说《陈奂生上城》是在"农业—副业"的现实方向上,展示了带着历史伤痕的农民进入"改革"时代遭遇了个体经验危机,那么,《陈奂生转业》《陈奂生包产》则在"农业—工业"的现实指向上,触及新时期过渡阶段苏南农村的现代性路径问题,以及农民在欣喜与迷惘之间的现实困难与精神困境。陈奂生被动当上采购员及成功完成首次"采购"工作,本身就暗示着新时期初期农村工业化的现实语境,这里展示的既不是新时期初期工厂制度或体制改革(可以参照的文本如《乔厂长上任记》),也不是工业化进程中的技术革新(可以参照的文本如《祸起萧墙》),其实际描述的是科层制官僚体系下的"关系"原则。高晓声巧妙地将"走后门"叙述为吴楚念及以前蹲队感情的例外行为。在村办工厂、公社工交办、县工交办、市物资局构成的纵向空间,以及地委、物资局、工厂、采购员构成的横向空间当中,因为既没有掌握权力,也没有原始资本积累,更没有面向经济市场的生产知识,陈奂生无法适应从农村延展到城市的空间裂变及其劳动的转义,再次遭遇个体经验危机而不断陷入精神困境。高晓声有意识地以陈奂生独有的农民行为方式,解构惯常意义上的"搞关系"通道,以农民憨厚、淳朴及体力劳动不断化解城乡工业生产运作机制与博弈规则,以例外式的成功喜剧展示了农民陈奂生们的工业化悲剧。"陈奂生转业的初步成功,又表明了陈奂生'工业化'的困境。奖金给他的愉悦和困惑乃至惊魂不定,是陈奂生在虚妄的世界中被现实击碎后的反应,他的精神优势出现了危机。"[①] 面对改革时代以经济及其内在逻辑支撑的城市,农民的经验错位、认知恐慌和怪诞式行为,折射的正是农民的现代性困境。

陈奂生的现实经验也是一种反观转型期工业现代性的视角。他始终没有分清楚乡村事理与经济理性之间的逻辑关系,也就无法理解为省钱自己拉物资却不能领到钱、没进行生产劳动却获得丰厚奖金的道理何在,其遭遇的身份、经验、道德等多重危机,正反映了改革时代农民与农村经济社会典型的现代性症候。陈奂生虽然缺乏工业生产与城市生活经验且不断陷入各种经验危机,但他始终是清醒、积极的行动者。拿到高额奖金后的陈奂生并未建立起稳定的物资采购通道,根本原因在于,首次采购的成功并不是遵循采购员的"关系至上"原则,并在复杂的科层制管理体制及其利益分配博弈中取得的成功,而仅仅是依靠吴楚在守法与人情之间打开的例外失衡点。这样"一个法在其中透过自身的悬置而将生命纳入的原初结构"式的"例外状态"[②],只有在形成相对稳定的利益分配规则与运作机制之后,才可能转变为陈奂生作为"采购员"的常态,这也正是厂长与他老婆等人的期待。陈奂生在宾馆遇到的两个采购员成为观照陈奂生的现实镜像,年

---

① 王尧《"陈奂生战术":高晓声的创造与缺失——重读"陈奂生系列小说"札记》,《小说评论》1996年第1期。
② [意]吉奥桥·阿甘本:《例外状态》,薛熙平译,西北大学出版社,2015年版,第6页。

轻采购员靠着物资局的领导熟人关系正如鱼得水,而林真和则因依靠的远亲调走而处于"磕头跪拜求人"的窘迫状况。高晓声以陌生化的叙述视角,深刻展示了管理部门、工厂、采购员等各层次内外多种权力关系及其争斗。陈奂生想要当好采购员就必须与吴楚书记形成稳定的关系,但从文本塑造的吴楚这一正直的官员形象来看显然是不太可能的,"想发财叫别人犯错"使其陷入道德危机与融入工业现代化困境的多重焦虑。

虽然无法通过由"农民"身份向"工人"身份的转变而完成自身的现代性,陈奂生转而试图通过"农民"身份的现代转化而跟上"改革"的时代步伐。《陈奂生包产》集中展现了陈奂生放弃工业化路径而返回农业道路的思想转化历程。浅层次的城市经验与工业化经历的获得并未帮助他实现工业化,反而使他清楚地意识到自己与城市及采购员之间的差距,在充满迷惘与不安中感受到了现代化的冲击与改造,放弃工业化而重返农业正是其理性判断与选择的结果。他的思想困境主要来自两个层面:一方面他虽然已经意识到自己不是做采购员的材料,但在城乡差异中获得的关于劳动与物质价值的全新认知,使其对自身的工业化路径仍心存念想;另一方面,新的乡村政策打破了他对土地以及与之相联系的集体主义的旧有认知,革命时期的物质与精神创伤成为其迈进改革时代的历史重负,旧有经验无法帮助他理解和接受新的土地政策。他与陈正清对话的过程就是对自身现实处境与思想困境体认的过程,其做出的决定也是对自身农民身份重新确认与自身主体性的重构,同时也是对自身没有资本积累与缺乏城市经验这一现状的有效退守。从这个角度来看,陈正清并非陈奂生的思想启蒙者,而是陈奂生自我主体再认的镜像化的他者。因为正如前文所述,陈奂生遭遇的是经验危机而不是道德危机,如果需要启蒙的话也应当是具有现代性质的经济理性启蒙,但陈正清显然不具备这样的知识与经验储备,自然也就承担不了启蒙者的叙事功能。

陈奂生的退守并不能形成对自身经验危机的有效"解决",时代语境在从革命向改革转换的过程中,紧紧依靠农业与土地的农民仍面临着新的多重困境。陈奂生对自身主体意识的确认与对家庭联产承包责任制的接受密切相关。将集体土地承包给农民家庭,激活了农民对1960至1970年代单干户历史遭际的某些记忆,担心政策一变就要"退赔"的犹疑心态成为一种群体性的创伤经验。高晓声并未接续赵树理式的进步/落后农民类型叙事,而是将其描述为农民历史创伤经验的集体记忆,"群体的创伤经验是否采取集体记忆和文化记忆的形式,还取决于该群体能否成功地把自己组织成一个集体、并发展出一种可以延续几代人的交流形式"①。陈家村的人除赵书记与王生发等掌握基层权力者之外，都因包产与集体主义在语义上的矛盾而持怀疑态度，因而写出陈奂生们的怀疑、害怕及思想矛盾，就具有浓厚的历史反思与政治批判意味。也正是这样的政治话语矛盾与农村动员结构变化，才唤醒了陈奂生对自身做"跟跟派"、吃"荫下饭"的反思意识和主体性复归。最后，陈奂生克服了各种犹豫、挣扎、矛盾，选择并接受包产，再一次完成对时代政策的行动配合与思想抵达。这种对时代政策具体层面否定、宏观层面肯定的叙述方式，是新时期过渡阶段许多归来作家常用的反思与批判策略，也可以看作是知识分子内部形成的"新时期共识"的具体展现。

历史的吊诡之处在于，联产承包责任制的落实仍然需由往日动员农民参加集体化的乡村基层权力掌控者来完成。公社周书记对于前后两种动员目标即"农民参加集体化"与"农民家庭承包土地"，并未自然地完成政治动员结构和政策变化的理论自洽，而是将落实政策解释为"跟形势走"；而队长王生发则更具洞察改革时代"形势"发展的敏锐性和预判性，将落实国家政策与自己进村办工厂目的紧密联系起来。前者促使陈奂生在思想上开始主动思考国家政治与农业政策的相关问题，后者则在现实层面上促使其思考在走向农业现代化的道路上面临的困境——"各种稻、麦品种的特性，栽培技术，不同性能的化肥、农药的使用方法，要说心里有谱，也都搞乱了弄不清。一年两熟，弄错了收不着，又不能重来，吃西北风？还有那种田家什，在队里劳动呢，十样缺八样也不碍"②。高晓声以共情的方式发现了农民进入改革时代的现实难题，即"没有足够的文化科学知识和足够的现代办事能力，没有当国家主人的充分觉悟和本领"③。农业技术与农业生产工具双重匮乏的现实问题，仍然需要依赖乡村基层权力掌控者来解决。在这个意义上，我们看到的陈奂生们对乡村干部有限度的服从与让步，与其说是国民性谱系中的奴性表现，不如说是基于现实生存需求的主体性让渡，这也是农民现实处境悲剧性的另一种向度的呈现。

以上从经验危机与主体重建的角度对陈奂生进行了再解读，其实也是确认了高晓声作为归来者的小说叙事，所具有的主流意识形态的现代化话语表征。笔者以为，承认其主流话语的文学表征并不包含贬损其文学价值与文学史位置的潜在目的，假设没有高晓声这些"五七"作家顺应政治诉求的文学叙事，可能就没有

---

① ［德］阿莱达·阿斯曼、陶东风：《创伤,受害者,见证（上）》,《当代文坛》2018年第1期。
② 高晓声：《陈奂生包产》,《高晓声1982小说集》,四川人民出版社,1983年版,第13页。
③ 高晓声：《中国农村里的事情——在密西根大学的讲演》,《当代作家评论》2006年第2期。

所谓新时期文学的起源与开始,或者说,高晓声们正是以顺应政治诉求的方式参与了新时期文学的反思与重建。相反,陈奂生的故事能够反复被研究者论及,也充分说明其具有超越时代转换阶段局限的文学价值。高晓声紧扣时代政策的变化来展开陈奂生们遭遇的现代经验危机,描述的正是在"改革"的意识形态召唤下现代个人主体(即农业生产的劳动力,而不是具有资产阶级特征的欲望主体)的再生产过程。陈奂生这一现代个人主体所具有的清醒意识、昂扬状态以及对自身贫困状况的努力改变,展示的正是革命时代的"集体"共同体的解体,一个以经济生活为中心的个体化时代的来临,以及暗含其中的对农民"未来共同体"的想象与政治远景规划,这与同属过渡阶段文学/文化表征的"潘晓事件"及其指向的个体精神虚无形成有趣对照。

从这个意义上来说,陈奂生这一人物形象,无疑超越了1980年代初期文学叙事的现实语境,相当程度地契合了社会主义现实主义文学对"新人"形象的调整与再造。高晓声在1980年代初期对陈奂生的想象与书写,某种意义上成为以个体主体性为追寻目标的先锋文学的"先锋",但又因其书写形式与思想资源的局限,悖论性地以"先锋"的方式展示了自身叙事理论的欠缺与思想的限度,不得不以搁笔的方式终结了自身的社会主义现实主义写作。威廉斯在分析英国乡村与城市变迁及互动关系时,通过对田园主义怀旧传统与城市进步主义观念的双向批判建立了农村与城市相对同等的地位。[①] 以此为参照,从高晓声描述陈奂生遭遇的经验危机及其解决的犹疑态度,可以看到其观察与思考时代转换的矛盾心态,其中既有对"十七年"时期与1970年代农村政策失败的反思,也有对新的时代政策以及新崛起的个人主体的有所保留的怀疑。在国家现代化目标设定的宏观政策规划中,农业与工业是并置的,但新时期农村在很长一段时间内作为城市及工业化附属性的地位却没有改变,这预示了陈奂生等农民脱贫致富的难度,高晓声一再提醒读者,对陈奂生脱贫致富"不要看得太好"[②]。高晓声留给我们思考的问题是,在改革时代的语境下,农民主体是否依然会面临需要以让渡主体性的方式来获得基本的生存必需。

最后需要提及的是,1990年代初高晓声对"陈奂生故事"的"续写",是一场脱离文学时代与文化语境的独语式书写,遭遇了文学评论界的极大批评。但是,沿着文学史的通道重新抵达历史现场时,姑且不论其精神突围的一面,其对

---

① 参见[英]雷蒙·威廉斯:《乡村与城市》,韩子满、刘戈、徐珊珊译,商务印书馆,2013年版。
② 高晓声:《谈谈文学创作——给青年作者小说讲习班的讲课》,《长江文艺》1980年第10期。

1980年代文化语境的还原与"后设小说"本身所蕴含的对话性特征,恰好弥补了高晓声在1980年代初期对农民"未来共同体"想象的未完成,实现了陈奂生从"革命""改革"双重询唤的赤裸生命,向立足于乡村文化价值的形式生命的转换,形式生命"无论多么符合习俗、无论怎样重复、无论有着怎样的社会强制,它总是保持着一种可能性的特性;也就是说,它总是系于生存本身"①,因而"后陈奂生系列"也就具有了重新阐释的丰富意味与文学史价值。陈奂生能够成为当代文学中人物形象的经典,既代表着高晓声的独特价值,也标识了"五七"作家归来后的创作所达到的高度与限度,因此也就具有了丰厚而复杂的文化史、思想史意义。

二、知识分子的创伤想象与自我救赎

如上节所论,高晓声在新时期过渡阶段的文学书写,尤其是对陈奂生这样的农民带着历史创伤经验的书写,他们在迈进改革时代遭遇经验危机并在危机的解决中呈现出农民的主体性。高晓声的反思是对陈奂生作为"跟跟派"的反思,即农民在复杂的革命政治环境及其变化当中寻找生存空间,在呈现自身的主体性的同时还着力叙述主体在不同层面、不同时间、面向不同他者所作出的主体性让渡。高晓声的陈奂生叙事,尽管也会在革命干部、知识分子与农民认同之间常有背离,但整体上体现了深刻的农民化自我认同;在知识分子叙述与农民化认同之间,也存在着难以化解的冲突与难以弥合的裂隙,但一定程度上决定了其文学叙事无法进入到农民主体的内视角进而窥见主体的光芒。在围绕三重身份的归来者叙事中,知识分子身份并不理所当然地居于矛盾冲突的中间位置,比如王蒙在过渡阶段的小说叙事《布礼》《蝴蝶》等中,革命干部的历史身份始终居于知识分子与农民之间,无论是钟亦诚还是张思远,他们对历史创伤记忆的描述、对自身心路历程的回顾与反思,所指向的首先都是在社会主义新中国成立后当中的政治地位。在王蒙的伤痕反思理路中,重返社会主义国家与文化建设体制中的领导岗位始终居于中心位置,就其对身份认同的追寻而言,革命干部身份必然居于中心。正如有学者指出的:"人文学者往往抱怨政治权威的压迫,其实正是这种

---

① [意]吉奥乔·阿甘本:《无目的的手段:政治学笔记》,赵文译,河南大学出版社,2018年版,第4页。

'压迫'成就了人文学者的名声，也虚构了人文学者的'中心地位'。"①

这样的身份认同及其背后的身份政治或许与归来者作家们的不同苦难经历有关。王蒙作为具有深刻少共情结的作家，在 1950 年代中期至 1970 年代中后期的遭遇相对轻缓，其接受革命文化再教育的主动性也最强；相比而言，高晓声则不那么"幸运"，他一方面经受了少年时期艰难的底层磨难，在进入继续革命的新阶段后艰难而幸运地成为体制内的文化工作者，却因"探求者"事件而被遣返老家劳动长达 21 年；另一方面他在遭受政治不公不幸的同时，又经历了病痛与丧妻的双重折磨。张贤亮的情况又与这两类有显著区别，他出生在上海钟鸣鼎食的中产家庭，在"新的时间开始了"之后，父亲被关押进牢房并死于狱中，母亲带着三个孩子从北京迁居荒凉而贫瘠的宁夏避祸。但命运的悲剧女神始终抓住张贤亮不放，他因为《大风歌》事件他在劳改与劳教的交替中度过了 22 年。对于张贤亮来说，革命干部在其历史创伤经验中是缺席的，知识分子始终是其追寻的身份认同。有学者提出，新时期知识分子"主要持载了三种文化精神，即启蒙主义文化、社会主义文化和传统士大夫的文化精神"②。即使不能拿这三种文化精神与革命干部、知识分子、农民这三种身份进行简单的对应，我们仍然可以确定这三种精神在不同的身份建构与认同中具有相对的侧重性。王蒙显然侧重于社会主义文化精神的认同，而高晓声从底层农民经验出发更侧重于启蒙主义文化精神，张贤亮因其特别的出身与经历，又更侧重于传统士大夫的文化精神。如果这样的阐述能够成立的话，或许能为我们从主体性建构的视角，对张贤亮新时期过渡阶段的作品再解读提供学理性依据。与高晓声不同，张贤亮在《邢老汉和狗的故事》《土牢情话》《灵与肉》《绿化树》等小说叙事中，从未体现对农民的自我化体认，而是在带有强烈自传色彩的故事中，展现对苦难的自我崇高化想象。尽管王蒙、高晓声与张贤亮所代表的三种类型的归来者叙事有着如此大的差异，但我们仍然能够在知识社会学与时间辩证法的视野里对其进行解读。其中最大的共性，就是他们的苦难叙事均隐含了对自身现代性的追求与对自我未来的想象、规划。在这一意义上，革命干部这一身份对于张贤亮而言，一样具有未来的想象价值，与其说在张贤亮的小说叙事中革命干部身份是缺席的，不如说这是一种"缺席的在场"。这一点张贤亮自己也非常坦诚："有权发表文字以来，我一直没有想

---

① 陈平原：《当代中国人文观察》，北京大学出版社 2010 年版，第 18—20 页。
② 陈林：《1980 年代文学与知识分子的自我塑造》，《扬子江评论》2019 年第 1 期。

将'作家'当作一门职业，仅靠写小说安身立命。"① 这既是复出后的张贤亮迅即摆脱生存困境的现实动因，也是其1980年代以后迅速涉足商界并取得极大成功的内在因由。

《邢老汉与狗的故事》是张贤亮复出后的第一篇有影响力的作品，不仅帮助其脱掉了"右派"的帽子、重获自由，也基本奠定了其1980年代知识分子小说叙事的基本格调。这篇小说积极呼应了在新时期过渡阶段政治揭批语境下，十分具有轰动效应的伤痕文学。但与《伤痕》《班主任》等作品相比，邢老汉的"伤痕"并不来自疯狂政治运动的创伤，所以不能简单地将其作为伤痕文学的典型代表。邢老汉的历史创伤经验来自两个层面：其一是邢老汉新中国成立前打了十几年长工，新中国建设初期合作化运动时短暂地娶过一个女人，但她婚后只活了八个月，之后邢老汉农业劳动成果虽有增加却总是被国家征收。这是十分具有典型性的历史境况，在这一点上与陈奂生具有很大相似之处。其二是在1970年代，邢老汉再次因为饥荒与一个有夫之妇"要饭女人"生活在一起，她之所以出来逃荒，是因为其富农的阶级出身和家乡一人一天只有半斤口粮的生存困难。与其说要饭女人是与邢老汉生活在一起，不如说是在特殊生存局势下不得不做出的以身体让渡置换生存条件的临时行为。这种临时性的心态与行为预示了邢老汉二次婚姻的短暂性与悲剧性。如果暂且借用文学史惯常的叙述将这篇小说纳入伤痕文学的思潮当中，那么可以看出，邢老汉的悲剧故事与其他人具有明显的区别，邢老汉并不是来自革命斗争对象的异己者一端，在经历社会主义新中国建设的过程中也未遭遇政治不幸，他的悲剧其实是一种革命时代下的农民缺粮现实的反映，经济学视域下的农民劳动与缺粮之间逻辑关系的断裂的结果，而这种断裂被革命阶级斗争所掩盖、所遮蔽。这里不容忽视的细节有三个：第一，要饭女人的行为。从行为主体的实际境况看虽不合情但十分合理，而从邢老汉的他者视角看又会陷入道德自责当中。这一点邢老汉和魏队长其实也是清楚的。第二，两个"无名者"。邢老汉、要饭女人在小说中都没有具体的姓名，意味着处于革命时期最底层的人，其生存需要和感情需要被忽略而处于"无名"状态。但吊诡的是，仔细阅读同时期的相似文本可以发现，这种"无名者"的生存悲剧仅仅代表了悲剧在不同层面的广泛存在，却没有指向某种集体共同体的想象，也没有指向与集体对立的个体主体的重构，这里的"无名者"仍然是政治控诉与揭批的客体，而不是"大写的人"或"小写的自我。"第三，邢老汉与黄狗的关系。黄狗固然是邢老汉

---

① 张贤亮：《张贤亮小说自选集》，漓江出版社，1995年版，自序第2页。

唯一靠得住的相依为命之物，在小说的叙事里，黄狗被进行了人化的处理，邢老汉不仅将极其稀缺的食物分给黄狗，而且在艰难、寂寞的时候经常与黄狗对话。但作品的价值显然不仅仅停留在这样的表层意义，从叙述者的角度看，黄狗也是邢老汉生命存在状态的象征，他的故事无疑可以理解为极端年代人不如狗的悲惨现实。

这里也涉及劳动与粮食之间的逻辑关系问题，在现代民族国家建设阶段，劳动的语义因政治话语的征用而发生变化，其不仅是在阶级斗争视野中获得"价值"的经济学身份，而且被社会主义文化提取，成为想象社会主义新人、呈现以工农兵为主体的底层民众的主体性的中介物，其中的时代文化意义与政治乌托邦冲动是相当强烈的。正如学者蔡翔所论，劳动"马克思主义化的重要性在于，它附着于'无产阶级'这一概念，展开一种既民族的，也是世界的政治——政权的想象和实践活动"，"有效地确立了'劳动者'的主体地位，这一地位不仅是政治的、经济的，也是伦理和情感的，并进而要求创造一个新的'生活世界'"。①但这里需要对认识劳动的视角或主体作一个限定，即在陈奂生或者邢老汉的认识里，劳动不可能具有超出生活化生产之外的意义，"在民间没有'劳动'这个词，'劳动'是知识分子引进的欧化词，劳动人民就叫'受'，或者叫'受苦''受活'，都是一种无奈的生存方式。陕北直接把底层人民叫'受苦人'，从来没有赋予它那么崇高的价值，最多夸奖某某人'能受'"②。对劳动这些新的意涵有所理解与接受的，只可能是知识分子，尤其是处于被改造境况的知识分子。所以，在邢老汉的故事当中，我们还无法感受到劳动在个人思想精神层面的位置与作用，而仅仅将劳动视为现实困境的一个正向要素。由此也可知道，邢老汉只是叙述人的外视角呈现的悲剧现实的一种，其悲剧故事附着的外部政治话语诉求，决定了"邢老汉"还只是一个没有具体面目的个体，其个人的主体性处于被压抑与忽略的状态。要改变这一情况，只有叙述人转变视角或身份才能实现。带着这样的历史视野与阅读期待，《灵与肉》就是这个转变的典型例证。

如前所述，我们不能简单地将新时期文学叙事中知识分子对劳动的态度及其政治文化意义的思考，归结为知识分子对接受劳动改造再教育的配合或体认。经历过"十七年"时期的主人公们，都曾以对新的社会报以美好想象与期盼的态

---

① 蔡翔：《革命/叙述：中国社会主义文学—文化想象(1949—1966)》（第 2 版），北京大学出版社，2018 年版，第 226 页。
② 黄子平：《当代文学中的"劳动"与"尊严"》，《文艺争鸣》2019 年 11 期。

度，对劳动及其崇高性表达过认同。对于张贤亮来说也是一样的，早在1957年初，张贤亮发表的三首诗歌《夜》《在收工后唱的歌》《在傍晚唱的歌》中，诗人已表现出对新的社会形态下人的劳动的关注与热情。诗歌中劳动人的形象显得高大而富有激情，对生活充满了自信与期待。尤其是坐实其"右派"身份的诗歌《大风歌》，更是"表达了一位热血青年砥砺品行、开拓创新的豪迈气概，充满了激昂和决绝的战斗姿态，一种渴望变革的强烈愿望呼之欲出，这正是革命年代培养起来的激进情绪，也是大鸣大放风潮中的典型话语"[1]。且这一认知还以知识化的形式一直延续到了"大墙"文学时期和新时期的文学创作当中。与邢老汉的故事具有本质的不同，《灵与肉》中的许灵均拥有与张贤亮高度重叠的现实身份与历史经历，知识分子视角的设置使得劳动成为观照许灵均的重要通道。许灵均曾经拥有着优越的家庭出身，但作为一位美国留学生与一位地主小姐不自由婚姻的产物，遭遇了家庭与现实政治的双重遗弃。他第一次以"右派"分子之名被流放到农场劳改的时候，看到的农村、农民生活场景是这样的：

> 在那个秋天的夜晚，月光穿过窗纸被大雨淋破的窗棂，洒在一群像一堆堆破布的人们身上。十几个人睡在一间低矮的土坯房里。他紧贴着墙根，带着土碱味的潮气渗透了他的衣服。他冷得直打寒战，干脆从湿漉漉的稻草上爬起来。外面，泥泞在月光下像碎玻璃一样闪光。到处是残存的雨水。空气里弥漫着腐败的水腥气。他找到马圈。那里还比较干燥，马粪尿蒸发出一股熏人的暖气。马、骡子、毛驴都在各自的槽头上吭哧吭哧地嚼着干草。他看到有一段马槽前没有拴牲口，就爬了进去，像初生的耶稣一样睡在木头马槽里。[2]

许灵均对农村生活场景的体认是一种发自内心的他者化疏离，从其历史出身、知识背景来说，他是无产阶级革命的异己和对象，劳动对于社会主义新国家底层人民主体性的询唤与激荡，无法在他身上产生同样的心理感受。但作为被教育的对象，许灵均根本没有选择逃离的余地而只能试图通过接受、融入的方式，力图调整自己与农村底层人的关系，也即通过对社会主义文化定义的劳动价值的确认与实践，来达成自己的资产阶级出身在某种程度上与无产阶级的和解。"我想表现体力劳动和与体力劳动者的接触对一个资产阶级家庭出身的小知识分子的

---

[1] 马占俊：《"反右"运动中张贤亮及其〈大风歌〉批判始末》，《中国现代文学研究丛刊》，2016年第12期。
[2] 张贤亮：《灵与肉》，《张贤亮小说自选集》，漓江出版社，1995年版，第31页。

影响，以及三十年历史变迁对人与人关系的调整。"① 尤其是在许灵均叙事的时间轴线上，重获人身自由与身份合法性的许灵均（现时状态），面对自己有钱的父亲来接自己出国（未来许诺），回忆曾经长时间在农村的"大墙"生活（过往记忆），作为身体惩罚的体力劳动经过暧昧的认同，被转换为一种内化于自己思想与行动的积极追求，进而获得话语合法性与自我崇高感的虚幻感觉。在小说叙事过程中，许灵均基本是坚持以知识分子的身份自居的，劳动既是通往自己过去思索历史中自己身份的通道，也是其在劳动中产生身体意识、在某种程度上与底层农民产生思想共识，进而走出农村的路径。在这个意义上，与其说劳动作为惩罚措施指向了革命政治的控诉，不如说是通过对创伤记忆的改写达成的对自我历史创伤的治愈。所以，许灵均的故事以拒绝出国而返回农村结束，不可能是这个叙事游戏的事实真相（1976年之后，大批知青、"右派"出现返城大潮，这或许是当时的真实社会心理呈现。而且，张贤亮自己也通过多种方式才得以脱掉"右派"帽子，重返城市进行文学创作生活），而是一种基于新时期过渡阶段宏大政治话语的暧昧认同。需要注意的是，其对自我历史创伤的治愈，乃是时间辩证法与身份复杂纠缠的想象，这种想象是面向未来的自我规划，意味着对历史记忆的想象与改写，并最终以悬置创伤经验的方式与历史告别。

　　学者葛兆光说："知识的储备是思想接受的前提，知识的变动是思想变动的先兆。"② 在对许灵均的思想与精神世界进行知识社会学意义上的考古时，需要注意到其思想背后的多面性知识及其来源。如前所述，显得比较虚假的回归农村叙事结局，也是一种面向未来的现代性精神的真实表达。许灵均在略显复杂的思想挣扎过后决定返回农村，也含有知识分子试图重构面向过去的集体共同体的某种设想。尤其是许灵均与李秀芝的婚姻关系，成为暧昧认同之外的伦理反抗。由于身份的设置不同，许灵均已经摆脱了邢老汉找不到女人、留不住女人的窘迫处境，而李秀芝也同样摆脱了要饭女人在生存与道义上的两难困境，进而摆脱了伦理层面的道德自责。虽然许灵均与李秀芝之间的婚姻不再是面向革命时代的政治荒诞悲剧，但他们的婚姻也不是以感情为基础的现代爱情故事。联结许灵均暧昧的政治认同与警惕的伦理反抗的中介物，无疑是其从面向革命历史的"受难者"身份向面向改革现实的"劳动者"身份的获得。许灵均在深夜沉思自己与父亲的身份差异的时候，惊奇地发现了自己被改造完成的劳动者身体，这既是对劳动改

---

① 张贤亮:《张贤亮选集(一)》，百花文艺出版社，1995年版，183页。
② 葛兆光:《中国思想史导论:思想史的写法》，复旦大学出版社，2004年版，第24页。

造世界的社会主义价值体系的顺应,也是对自身漫长"大墙"生活历程的接受。这里,政治宏大叙事下的劳动原本是对知识分子规训与惩罚的手段,在许灵均经由劳动达成的思想改造过程中,被转化为一种个人视角、民间体认的生存条件,从而重建了基于劳动者身体的劳动者情感。当李秀芝出现在"老右"许灵均的生活中时,她默不作声地帮他补裤子展现的不是个人情感的相通,而是作为劳动者想象在各自精神世界里产生的共鸣,许灵均奇特地从对李秀芝的体认上获得了与棕色马的情感同一。在这样的思想认知情境下,展现的正是许灵均在社会主义文化体系中展开的自我启蒙,看到曾经那个无法接受劳动者的自己而陷入深深的自责,通过对李秀芝的接受以及组建劳动人民的家庭,许灵均实现了自以为是的知识分子主体性重建。

之所以说许灵均重建的知识分子主体性是一种自以为是,是因为在这一思想改造历程当中,体现的仍然是裹挟了诸多现实诉求的自我崇高化剖析,其中既暗含着面向政治认同的改革时期的"劳动"合法性诉求,也意味着仍然是从知识分子的身份作出的自我改变,而不是从根本上对农民的认同,农民始终是自我主体性重建的镜像化他者,在完成自身知识分子主体性重构的同时也遭受了道义上的深层谴责。这种内外交困的话语现实及其呈现的文本叙事张力,凸显了《灵与肉》在新时期过渡阶段被遮蔽的重要文本价值,"过去是通过'历史'寻找合法性,现在往往是通过'未来'获得合法性"[①]。许灵均的故事本身就附着了文本之外的现实身份与成为改革的属己者要求,也毫不掩饰地表明了许灵均重构的知识分子主体性与革命政治的内在精神联系。这种联系是一种复杂的思想现实,它既可能是革命规训的悲剧性结果,也可能是对革命政治意识形态某些合理性因素的现实认可。正如有学者指出的,"从《灵与肉》出发,可以窥探到改革初期重建知识分子主体性与合法性的诸种方案,把握到此时期知识分子身份的多重维度"[②]。许灵均建构的知识分子身份叠合了劳动者的身份,这正是新时期过渡阶段政治意识形态对知识分子政策的调整与重新规划。只不过,这里的劳动者身份侧重的是体力劳动,对于改革的现实需要与许灵均们本身的知识性背景而言,在"将来"的改革实践中出现体力劳动与知识之间的裂隙是不可避免的。也就是说,

---

① 王汎森:《思想是生活的一种方式:中国近代思想史的再思考》,北京大学出版社,2018年版,247页。

② 石岸书:《知识分子如何"大写"?——〈灵与肉〉及其周边》,《中国现代文学研究丛刊》2018年第12期。

重返农村从事小学教员工作的许灵均,在新时期由"革命"向"改革"的转换中,其原来完成的知识分子改造即体力劳动者,已经无法涵盖其教员所从事的脑力劳动的现实,而一旦这种裂隙获得确认,就必将解构在主体性重建过程中确立的知识分子与劳动者身份的重叠。因此,我们也可以说,许灵均重建的知识分子主体性仍然是完整地内在于革命政治的现实发展路径之中,其中体力劳动与脑力劳动的区分,似乎是埋下了知识分子与劳动终将决裂的种子。或许只有等到许灵均能从根本上认清这种情境下的劳动、婚姻是从属于革命的属性之后,从而获得自我思想的二次升华,那时体力劳动作为政治惩罚的属性将被重新激活,而一旦这种主体性与革命决裂之后,新时期过渡阶段政治话语与此种知识分子话语共谋所建构的大写的知识分子结构将再次崩塌,一个面向个人存在的世俗化个体即获得新的话语合法性。

在新时期的改革话语体系中,政治话语对体力劳动与脑力劳动的同一性重构,与带着历史创伤归来的知识分子对体力劳动与脑力劳动的区分之间,存在着难以统一的内在分歧。对前者而言,这是一种"向前看"的政治规划与现实规训;而对后者而言,脑力劳动则是知识分子原罪的历史性来源,体力劳动又是对这种原罪救赎的历史性手段,这种"危机"与"危机解决"之间的对立关系是无法消弭的。需要指出的是,这种话语的内在冲突不止于此,还延续到了许灵均与李秀芝的婚姻感情方面。男女双方或许都非常清楚,他们的婚姻是建立在革命时代的体力劳动者认同之上的,同是天涯沦落人的命运遭遇共鸣是其婚姻存续的基础,而资本家父亲的归来与未来承诺成为许灵均思想激荡并陷入困境的试金石。拒绝出国无疑是一种爱国主义语义上的知识分子精神,与新时期过渡阶段对"大写的人"的呼唤及其对人道主义的吁求十分合拍,甚至在知识分子自省的内在逻辑上都有着惊人的一致性。正如戴厚英检讨自己革命时期的思想行为时所说,"一个大写的文字迅速地推移到我的眼前:'人'!一支久被唾弃、被遗忘的歌曲冲出了我的喉咙:人性、人情、人道主义!"[①]。联想一下,在"未来"的视野中,许灵均可能是矛盾而犹豫的,与体力劳动(惩罚)的决裂意味着主体的自省,却也解构了他与李秀芝的婚姻基础,道德两难与思想困境将是自身想象历史创伤无法绕过的两个维度,也就是说许灵均能够在什么样的知识背景下完成什么意义上的精神救赎。同时,李秀芝的现实行为同样也值得注意,在许灵均相当富有的归国父亲出现时,她并没有表现出强烈拒绝或强烈欣喜,但仔细阅读文本即

---

① 戴厚英:《人啊,人!》,太白文艺出版社,1994年版,第349页。

可体会，这种平静的背后隐藏了汹涌强烈的思想纠结。

从要饭女人到李秀芝再到马缨花、黄香久的"客体"谱系当中，《土牢情话》中的乔安萍是一个特别重要却又被忽视的中介性人物。小说中的知识分子石在因为在"鸣放"时期发表歌颂人道主义的诗歌而成为右派，而乔安萍正是这些"刑事罪犯"的看管者。在石在与乔安萍的交往之中，乔安萍信任石在的为人尤其是救人的勇敢行为，最终以身相许将石在视为爱人，主动期许未来石在教她识字。在管与被管、教与被教的两种情境当中，似乎建构起了1960至1970年代中期文学控诉小说所共享的话语情境：政治现实的冷酷与私人情感的温暖彰显革命年代的伤痕。但石在却并非这一民间话语情境的分享者而是背离者，知识分子与体力劳动者叠合的身份使得石在拥有了自我改造而获得生存权的条件，但社会主义话语的暴力与禁锢迫使其拿出爱情来抵抗身体与精神的双重恐惧，以出卖和乔安萍的爱情来求得自保，彻底破坏了民间话语体系中的爱情与启蒙话语体系中的教与被教的关系，文本最终成为知识分子创伤的历史见证。这是一种对《灵与肉》建构的知识分子主体性的有意背叛与局部否定，如果说李秀芝让许灵均实现了从"受难者"向"劳动者"的过渡，那么，乔安萍又将石在从"劳动者"打回了"受难者"，这无疑是知识分子对自我创伤的深度解剖与自我精神的深刻忏悔，揭示了伤痕文学所建立的"劳动者"作为新时期的"新人"的政治强制与虚幻本质。乔安萍对石在的真实爱情与行为信任，翻转了自身在知识分子忏悔叙事当中的客体位置，转而成为知识分子自我主体性建构的他者镜像与启蒙者。当然，从受难者到劳动者再返回受难者的精神之旅，并不是一次简单的思想回退，而是一次对体力劳动者主体性建构的深刻自省，其检视的既是新时期过渡阶段前后两种社会主义话语的内在分歧，也是对知识分子在爱情问题上的精神逼视。乔安萍的爱情行为与道德品性对石在而言，至少有三个层面的反思意义：第一，在政治规训与惩罚面前，知识分子是否比农村中的普通女性具有更加清醒的辨识与抵抗能力？第二，知识分子在面向体力劳动者的认同与自我改造中，是否已模糊了自己的知识分子立场，或者说，是否对自己的知识分子身份进行了否弃？第三，在体力劳动者的自我改造过程中，体力劳动者所应当秉持的婚姻爱情观念与标准，是否已经被知识分子自身所内在地接受？如果没有，那么，体力劳动者的建构又如何成立呢？这些具有内在悖论与冲突的问题始终是许灵均、石在与章永璘们面临的困境，也是张贤亮自身需要解决的问题，更是新时期张贤亮复出以来，评论界对张贤亮形成争议的主要因由。

学者房伟对此做过精辟的分析：

张贤亮试图整合启蒙、民间、社会主义三种话语，以此达到对"新时期共识"的有效表述。社会主义话语曾是张贤亮努力改造自我的目标，带有强烈精神合法烙印，也带有被改造的恐惧和创伤；启蒙则是张贤亮重寻自我价值与尊严的载体，却不能不受到前者制约。对张贤亮而言，交织着历史批判与自我崇高化的苦难叙事，与鼓吹物质合理的欲望叙事，是社会主义话语与启蒙冲动之间的两条折中路径。平衡欲望叙事破坏性、展现社会主义话语魅力的任务，则交给了道德合法的民间话语。无论启蒙、民间，还是社会主义，张贤亮又以民族国家叙事为最高统摄原则。①

　　当许灵均建构的体力劳动者主体意识遭遇石在的困境解构之后，知识分子才得以认真检视"伤痕叙事"建立的虚假身体意识与虚伪的劳动者形象，这说明伤痕文学基本是一种被政治意识形态所引导与规划的宏大叙事。劳动者一旦意识到身体意识的虚假，革命时期被伤痕叙事这一宏大叙事所压抑的饥饿、身体虚弱及爱情无力感将被历史性地激活。在这样的意义上，许灵均、石在们需要重新调整自己的历史记忆与创伤治愈途径，才能完成面向新时期的自我重构。所幸，作为知识分子主体重构客体的女性，以及这些女性负载的人情、人性与人道主义的不同侧面，为知识分子反思的再出发提供了可能的通道。这样的叙事话语为重新解读章永璘的现实处境与自我救赎历程提供了新的视域。

　　在《绿化树》《男人的一半是女人》中，许灵均的劳动者身份重新折返到受难者身份的章永璘身上，小说试图在革命改造时期历史的重新想象中，找到知识分子主体重构的历史语境与现实合法性。消除了体力劳动者的合法性之后，饥饿开始成为章永璘劳动改造生涯中最突出的难题，他在改造环境中拼尽全力的劳动，却并不足以解决自身的饥饿问题，一方面是因为在失去身份合法与身体自由的境况中，劳动与自然享受劳动结果是分离的；另一方面是在1960至1970年代中期，农民基本都面临着劳动与粮食之间基本逻辑的断裂，农业剩余提取决定了农民不可能解决饥饿问题。也就是说，从劳动者折返受难者之后，章永璘仍然要遵从劳动这一革命政治的基本规定性。这是张贤亮独特的处理方式，也是个有趣的理论逻辑，从许灵均开始，作为知识分子的历史反思就一直建立在《资本论》的基础之上。许灵均在面对现实困境时，引出《资本论》所言："一个人为了一

---

① 房伟：《"新与旧"的文学共识与争议——新时期文学与张贤亮》，《扬子江评论》2019年第2期。

个罪，在一生中数次受罚，这不能不说是惊人的。"在许灵均通向章永璘的历史重访、身份重构与主体性重建的过程中，《资本论》始终是作为主体建构的思想资源与理论根基而存在的。章永璘在叙述历史的过程中，也一直是坚持以知识分子的身份自居的，他在现实的劳动以及与农民的交往中思索身份的合法性，通过对自我劳动身体的感知以及对自我资产阶级思想的体认，试图建立知识分子改造与反思的话语逻辑。但其对《资本论》的思想资源汲取，又是完成这样身份建构与知识固化的中介物，尤其是马缨花、黄香久两位女性的叙事功能，无疑强化了《资本论》作为中介的性质。章永璘在危难时刻获得女性的超功利性的关注与认可，无疑是因为在马缨花、黄香久的眼中他始终是个知识分子，这一民间视角又决定了知识分子高于农民的现实地位，但这与章永璘试图完成的劳动自我改造是相矛盾的。陷入此种困境的章永璘在初次面对马缨花时才知道自己是性无能，性无能本身就是知识分子在民间视野中优势消失的隐喻。

尽管章永璘在初始见到马缨花、黄香久时都表现出了性压抑似的欲望和想象，但在面对饥饿威胁时，他又不能不以感情的让渡来换取生存条件。政治惩罚与政治斗争的残酷现实击碎了改造中的知识分子试图建立的体力劳动自信，并陷入到迷惘与虚弱的现实真实当中。有意味的是，改造中知识分子的自我欲望、堕落历史没有改变马缨花们对知识分子的认同，女性无条件的接受与基于物质又超越物质的性爱，成为章永璘们受难者的基本情感依托。这也说明章永璘们（"五七"作家）大都纠结于身份的焦虑而没有后来先锋作家们来自西方文化影响的焦虑，显示了继续革命的历史影响，《资本论》即使来自西方也是被视为中国革命的合法化理论，而不是其文学叙事的他者化代表。作为一种具有合法性的知识，《资本论》是其回顾历史记忆、重构现实自我、想象未来自我的基础理论。如果说马缨花们超物质性的情爱疗救了知识分子受伤的身体，那么，《资本论》所提供的阶级区分知识，又使得知识分子的主体性在农民的温情叙事中遭遇到了压抑。也就是说，面向新时期的现代性诉求，章永璘要解决的问题不是能否融入农民这一共同体，而是能否建立受难知识分子共同体的问题。因此，作为现实困境拯救者的女性在知识分子的历史叙事中只能再次返回到性幻想与性释放的客体位置。正如《土牢情话》中石在看到的一样：

> 我从来没有见过，一个有血有肉的躯体会放射出这样美的光辉。金色的阳光照在她脸上，甚至可以看到她红润的皮肤上茸茸的毫毛。齐耳的短发配上圆圆的脸，表现出了无邪的稚气；肩膀、胸脯、胳膊和手都

厚实丰满，仿佛勃勃的生气要往外溢出似的。她是当时画家笔下经常出现的一个典型的农村姑娘，肥腴、妩媚而又端庄。她背着一支七九步枪，穿着已经被洗得发黄的绿军装。而就这种装束，在我们眼里也像个天使，露出安详的、抚慰人心的、好像还有点歉意的笑容，站在地狱的门口。①

  同样，章永璘给出的答案是宁愿背负道德负罪感也要重建自身启蒙者的合法性，对马缨花们情感疏离的过程，实际上正是抛弃了体力劳动者的自我改造目的而认同了马缨花们民间视角中的知识分子位置。其中虽然掺杂了真实的个人经历与真实经验，但这仍旧是一种迷思。"大写的人"与"文革"中知识分子作为被区隔的群体，造成了对想象的知识人共同体的追寻难以建立，也就无法完成知识分子面向现实与未来的主体性重构。难以想象，章永璘如何在改革时代来临后，以知识分子的启蒙者身份对马缨花、黄香久们进行思想启蒙。拯救与被拯救、启蒙与被启蒙两者之间的差异与裂隙是其思想历程进阶的原始动因，这也昭示了章永璘们以《资本论》作为知识进行历史反思的历史过渡性质，只有等到他从根本上认清劳动、爱情等从属于革命的属性之后，才能获得思想的升华与自我革命，而一旦与革命决裂之后，世俗化的个体才可能宣告诞生。

---

① 张贤亮:《土牢情话——一个苟活者的祈祷》,《十月》1981年第1期。

第六章

主体意识的审美自觉与道德自审
——从孙犁、汪曾祺到贾平凹

在当代文学的语境下，文学的主体性从来不是一个纯粹的文学理论问题。主体性话语在新时期的出现，深层次地反映了二十世纪政治与文学的互动互生关系。文学的主体性之所以成为一个广受关注的问题，主要原因就在于其是对革命文学话语的批判，革命文学话语在极"左"政治话语的把持与控制下，阻塞了政治意识形态想象的文学主体与具体文学主体之间的通道，文学变成政治话语的传声筒，文学本身作为主体的自主性、自由性遭到压抑。建构文学的主体性也就需要在建立革命文学话语与新时期文学话语关联基础上确立新的文学规范。

具体到新时期的文学创作实践中，不同代际的知识分子由于其个人经历、知识背景、文学经验及现实遭际等的区别，文学呈现的思想特征、文体风格、文学趣味等等也有着显著区别。上一章讨论的高晓声、张贤亮两位作家，即属于李泽厚所指称的第五代知识分子，他们"大多数满怀天真、热情和憧憬接受了革命，他们虔诚驯服，知识少而忏悔多，但长期处于从内心到外在的压抑环境下，作为不大。其中的优秀者在目睹亲历种种事件后，在深思熟虑一些根本问题"[①]。有学者提出，革命文学话语始于延安解放区文艺，"在相当长的一段时间，由延安解放区文艺开始的以'人民性'来解释'文学遗产'、以'人民性'来重建'民族性'的思路和方法，成为当代文学阐释和吸收'优秀传统文化'和'文学遗产'的基本思路和方法。五六十年代的文学创作，在讲述'革命历史'和'社会主义建设'的故事时，以'人民性'关联当代文学与'文学遗产'，并重建文学的价值观和审美观"[②]。考察新时期主体性话语的建构及其对革命文学话语的批判时，需要在不同代际知识分子的文学书写中进行观照。与高晓声、张贤亮等在1950年代登上文坛的"五七"作家不同，孙犁与汪曾祺可以被视为第四代知识分子的代表，他们大多数身处"学生知识分子群，聚集于城市，与农村关系更疏远一些了，他们狂热、激昂然而华而不实，人数较多，能量较大，其中很多人在抗日战争中走上与工农兵结合的革命路途，成了革命的骨干"[③]。他们的文学创作生涯往往与中国革命的历程密切关联，早期虽然接受了新文化运动、五四运动及其文化精神的影响，但实则崇尚浪漫主义的革命书写；进入到新中国的建设时期，他们积极接受和参与全新的社会主义文化建设，多数人在新的文化体制中担任与文化、文学管理有关的岗位；经历

---

① 李泽厚:《中国近代思想史论》，人民出版社1979年版，第470页。
② 王尧:《在传承与创新中建立文学的"文化自信"——关于中国当代文学与优秀传统文化关系的考察》，《中国社会科学》2017年第11期。
③ 李泽厚:《中国近代思想史论》，人民出版社1979年版，第470页。

第六章

主体意识的审美自觉与道德自审——从孙犁、汪曾祺到贾平凹

特殊时期磨难的他们进入新时期已经属于文坛的老者,有些重回文化领导岗位或重新享受文化干部待遇,是某种意义上的文艺界老干部,他们在新时期的文学创作尽管也顺应主流话语的主导方向与方向变迁,但与那些声泪俱下的特殊时期控诉相比,他们的历史重访与重述则显得平淡而厚重,并且有着强烈的皈依传统的倾向,注重以道德自审来重构革命历史与历史反思,以自由文体的探索、文学博物的重视、日常生活的重建等路径抵达审美主体的审美自觉。

在孙犁、汪曾祺等为代表的归来者老作家的笔下,人民及其人民性始终是勾连抗日战争、延安文艺、"十七年文学"与"文化革命"四个文化空间的核心中介物。法国左翼哲学家提出:政治是人民争取平等的工具,而人民则是一个追求平等的争辩装置。诸众是人民倒置的概念,他不像人民一样强调个人的主体化、独特性,而是强调生存与生产的共同性。① 这样理解正好可以被我们借鉴并移植到当代文学的语境中来理解新时期文学的人民性话语。左翼革命文学理论家周扬等,与胡风、冯雪峰、秦兆阳、李何林等启蒙主义文学理论家的分歧,尤其是在对待何为"人民"的问题上,以及文学如何表现"人民"的问题上,就可以理解为左翼文学理论内部的两种不同主张和不同发展路径。由此延伸出来的关于歌颂与暴露、文学的真实性等争论,都导致了文学对高度政治化的人民形象的书写与想象。学者吴俊将1950—1970年代的文学定义为"国家文学"②,正是出于对此时期文学核心特征的把握。新时期文学在过渡阶段,正是抓住对歌颂、暴露、批判、真实性、现实主义等的再讨论,逐渐由国家文学及政治化的人民书写转向了强调个体意义的诸众建构。其中,1979年四大争议戏剧关于青年社会问题的关切,1980年代初关于潘晓信仰危机的讨论等,都反映了诸众式的原子式的个体的生成过程。孙犁、汪曾祺为代表的归来者老作家们在新时期的文学书写,虽然也逃不脱这样两个"人民"之争的外部环境,但他们以"大道低回、大味必淡"的审美追求,以生命的哲思与人性复杂性的揭示,重新确立了新的审美原则,重构了现实主义的以人为中心的"革命人"叙事。

---

① 参见:李静:《"诸众"还是"人民"?——从〈大同世界〉看西方左翼内部关于革命主体的论争》,《山东师范大学学报(人文社会科学版)》2016年第6期。
② 吴俊:《"新中国文学70年"的几个文学史问题》,《小说评论》2019年第5期。

一、"芸斋小说":重建以人为中心的"革命人"叙事①

《芸斋小说》是孙犁本人看重的作品,也是新时期过渡阶段重要的小说文本。其重要性主要来源于两个层面:一方面是富有实验性质的新笔记体小说文体的探索实验,另一方面是将对特殊时期当中人和事的反思呈现为一种道德实践。对于前者而言,"作为新时期小说的一项文体实验,新笔记小说体现着一种新的小说观念。这种自由、随意的文体,必然伴随着思维的开放性,同时表明它与一切既定的规范格格不入,尤其是对那种缺乏现实主义态度的'现实主义'文学不屑一顾"②。新笔记小说既刻意绕开了新时期具有西方现代派文学风格的语言实验,又显著区别于"五四"新文化运动以来的白话文写作传统,以文白相杂的语言形式重新建立起当代小说与古典文学中笔记小说的联系。笔记小说是一种基于现实主义的微型写实小说,往往以叙述者生活中的所见所闻来表达某种道德实践。伊格尔顿用"道德"一词指称人类或文学关于意义、价值和品质的领域,提出"经典的现实主义小说在结构上就是一种道德实践,通过不断在知觉主体间来回切换来建构一个复合的整体"③。其短小而简约的叙事虽然无法像长篇小说那样讲述完整的故事,也无法呈现多面而复杂的人物整体精神世界与道德状况,但篇幅短小也就意味着对作家写作时的身体状况没有过高要求,故事讲述往往以外视角的方式快速刻画人物形象,人物及故事之间的互文性足以弥补文体本身的局限而建构起一个复合的整体。《芸斋小说》还以其独特的细节描写与人物短讯式生平小传叙事,辅以"芸斋主人曰"的人物简评或生活感悟或道德评价等史书笔法,达到叙述与议论的融合。从这个意义上说,《芸斋小说》是比较典型的归来者文学中的老作家写作,却又以独特的文体形式而迥异于其他"归来"的老作家。因此,无论是对孙犁"革命文学中的多余人"④定位,还是对其"残破意识"⑤的评价,似乎都无法准确概括与评价《芸斋小说》。而是需要在抗战文学、延安文学、新时期文学三重历史维度的对比上来理解《芸斋小说》,以观照其重建的以人为中心的"革命人"叙事。

---

① 本节所引孙犁的作品,均引自《孙犁全集》,人民文学出版社,2016年版。
② 李庆西:《新笔记小说:寻根派,也是先锋派》,《上海文学》1987年第1期。
③ [英]特里·伊格尔顿:《文学事件》,阴志科译,河南大学出版社,2017年版,第68页。
④ 杨联芬:《孙犁:革命文学中的"多余人"》,《中国现代文学研究丛刊》,1998年第4期。
⑤ 孙郁:《孙犁的鲁迅遗风》,《新文学史料》,2014年第2期。

第六章
主体意识的审美自觉与道德自审——从孙犁、汪曾祺到贾平凹

以质朴冷峻的语言风格描写特殊时期发生的荒谬故事,展现人物在继续革命语境中政治地位的沉浮,是《芸斋小说》明显有别于孙犁的早期抗战小说与延安时期至"十七年"期间小说的主要特征,这是一种源自特殊年代反思与自我反叛内外结合的思想变迁,构成了孙犁小说截然不同的前后期风格。早期《荷花淀》《芦花荡》等小说追求散文化的诗意,多以浪漫主义的视角表现抗日革命者的英雄形象,有时故意避开对残酷战争场面的正面描写而代之以侧面描写,诗化小说的外衣包裹着革命战争宣传的意识形态。在小说中注入意识形态宣传的目的是一种具有危险的文体实验,而孙犁的成功之处或许就在于以"真实感受"贯穿始终。也就是说,孙犁对冀中人民的抗日行动是一种发自内心的认同与赞扬,其对抗日战争的正义性及革命的合目的性也是充分认同的,并积极参与实践,正是这样真实感受的注入,才使得小说的诗意表征与文本真实达到协调一致的状态。无论是对水生、老李、三槐等抗日英雄的描写,还是对青年女性朴实、泼辣而又识大体的形象的刻画,抗日、革命的崇高与使命感都水乳交融一般地内化为冀中百姓的群体性道德品性。但到了延安时期至"十七年"时期的小说当中,革命的崇高性与使命感被重新从群体道德品性中提取出来,不完美的英雄或有缺陷的英雄书写被不断拔高与提纯的书写方式所代替。正如有学者所提出的,"孙犁书写抗战包含不断调试、克服个性的历史过程,体现了作家整合抗战历史的主体性,已然溢出'被动''无奈'的阐释框架。在投身抗战并且塑造其历史的意义上,孙犁其实是应时代而起、与之共鸣互动的'革命人'"[①]。促使孙犁在新时期对自身革命人文学书写进行反叛的外部原因,当然是其1960至1970年代中期的悲惨遭遇及所见所闻,还有经历大病之后对个体存在与命运哲思的深化。荷花淀时期所塑造的美好革命者形象及其负载的革命意识形态,遭到1960至1970年代中期极"左"话语的颠覆与解构,代之以小D、王婉之类的虚假、丑陋甚至邪恶的灵魂,完成了从"革命真实"向"道德真实"的转变。

作为一个全新的类型短小说的开篇之作,《鸡缸》[②]以深入浅出的器物隐喻讲述鸡缸的价值及其变化。在继续革命的话语狂欢中,革命话语对器物价值的随意征用与反复修改,在揭示革命话语本身荒诞性、暴力性、随意性的同时,也深刻隐喻了处于革命话语浪潮中的人处境的不确定性与深层悲剧性。鸡缸本是普通的日常生活器具,由于革命小将斗争的需要,不断被升级为古董甚至罕见古董,

---

① 熊权:《"革命人"孙犁:"优美"的历史与意识形态》,《文艺研究》2019年第2期。
② 孙犁:《孙犁全集》(第六卷),人民文学出版社,2016年版,第193-195页。

对其估价的高低也就意味着使用鸡缸的主人命运之悲惨程度。由物及人的道德实践及其批判奠定了《芸斋小说》反思的基调与基点，这里考量的角度可以有两个：一个是这些故事叙述所记载见证的1960至1970年代中期鲜活的事态，对于极端的话语环境来说，记录甚至是比审美更为切要的写作目的；另一个是讲述这些故事的人及其视角，也就是说这些革命事件是谁在什么样的语境下见证，又是在什么时间以什么样的方式记录的。在孙犁的道德实践故事讲述中，我们可以比较清楚地看到叙述者作为知识分子的身份与视角，本篇小说创新地加写了"太史公曰"式的篇末点评并一直延续到所有系列小说当中。"瓦全玉碎，天道难凭。未委泥沙，已成古董。茫茫一生，与磁器同"①，这是典型的归来者反观过去、反思过去并推及自己人生评价的评点，可谓视点独特而又中肯有力。需要指出的是，虽然孙犁长期置身于革命的浪潮并发自内心地认同革命，但是他又没有放弃本心要把握革命，并未利用革命达成自己的权力欲望。尽管如此，叙述者始终持有革命认同的知识分子立场，也形成自身独特的反思视角，这一视角本身所携带的知识分子潜在正义感与道德正确性，会遮蔽诸如底层视角等其他反思的可能，同时也会产生对革命本身在局部领域正向价值的颠覆与解构。在这个意义上，知识分子视角本身对于革命是具有自反性表征的。

革命话语对知识分子的控制、惩罚，以及知识分子自身应对方式，是归来者知识分子展开历史反思首先需要面对的问题。《言戒》②讲述了一个非常有意思的因言获罪的故事，叙述者是一位拿着优厚稿酬的作家，在入住宾馆时被传达室的中年人询问优厚稿酬的真实性，因一句不耐烦的"你也写吧"，一直被这个中年人也即后来的干校革委会主任在常年的政治批斗中公报私仇。革委会主任就像幽灵一样宿命般地紧紧跟随作为叙述人的作家，即便经历了几次斗争形势变化和居住场所调整，革委会主任都如影随形跟着一起调动，给人一种没有出头之日、难以挣脱命运悲剧的感觉。这篇小说的独特之处在于，并没有仅仅局限在被压迫者的角度进行哭诉与控告，而是以过来人的平静与舒缓，跟读者一起探讨压迫者与被压迫者之间压迫事实形成的深层原因，正如芸斋主人曰所言："其不平之气，不在语言，而在生活之差异矣！"说明孙犁在1980年代整个文化界还处于控诉阶段的时候，就已经能注意到行为主体的立场与身份及其生活观念的差异；对1960至1970年代中期各种政治话语变迁及暴力实践的影响，尤其是个人的生存

---

① 孙犁：《孙犁全集》（第六卷），人民文学出版社，2016年版，第196页。
② 孙犁：《孙犁全集》（第六卷），人民文学出版社，2016年版，第204-207页。

第六章
主体意识的审美自觉与道德自审——从孙犁、汪曾祺到贾平凹

境况在人与人之间形成的意识形态的差别,给予压迫事件中的所有人以人道主义同情与道德评判。如果说《言戒》讲述的知识分子切身遭遇与作家孙犁的现实经历有某种同构性,那么《葛覃》[①]则讲述的是另外一种知识分子生活的类型故事。主人公与叙述者、作家三者之间,拥有截然不同的可能生活方式,可以看作是反同构性的革命话语反思的溢出。叙述者从经历了革命战争、革命建设与"文化革命"的知识分子角度,讲述年少时相识的另一知识分子葛覃一直坚持扎根冀中农村生活,葛覃早年虽然发表过不少诗作展现过独特的才华,但在扎根冀中生活后开始拒绝写诗而又对政治时事保持清醒,表达一种隐逸式的善始善终生活方式。需要注意的是,与孙犁抗战时期小说拒绝复调、追求纯净明朗的革命浪漫主义风格不同,这篇小说从头至尾都展现着叙述者与葛覃之间关于知识分子如何生存的对话,"我"与葛覃虽然具有相似的身份与才华,但选择了两个截然不同的生活道路与生存方式,各自经历不同的生活坎坷却又都不认同对方的选择,从而在讨论生活却又超越生活的意义上思考知识分子的精神状态,这是比较典型的复调小说。

《一九七六年》[②]讲述了介于《言戒》《葛覃》中间的知识分子故事,即既不是叙述者自己的人生遭际,也不是与叙述者本人有着类比性的另外一种人生,而是讲述了一个知识分子老赵在特殊时期中从老革命变成"反革命"的故事。老赵在当老革命时候的意志品质小说中没有交代,但他变成"反革命"后,坚持不愿意屈从于政治权力的运行规则游戏,不愿意屈从于现实生活向当权者低头,在造反派抄家、把持控制物质从而意图控制别人思想的情况下,看淡世事无常、看淡物质欲望,以自己的隐忍与身体承受抵制外力对自身思想的侵蚀。小说结尾处,老赵已经从艰难困境中看到希望,但他并没有重获权利与自由的那种轻狂与欢喜,说明看淡人生、坚守操守已经内化为老赵们的思想意识。芸斋主人曰以"温不增华、寒不改叶"对其进行总结评价,颇有夫子自道的道德实践精神与崇高的精神性品质追求。在以上三个知识分子叙事当中,我们可以看到知识分子对抗现实压力主要体现在身体与思想两个层面。身体层面连接的是生存条件的艰苦、生活现实的艰难,但三位主人公均选择看淡物质、以坚强的意志力对抗生活艰辛;思想上则用表面顺从不反抗而实质上坚决不同流合污的方式,保持自身与外界权力斗争的有效距离,用超越生活现实的眼光审视在权力斗争与更替中迷失方向的

[①] 孙犁:《孙犁全集》(第七卷),人民文学出版社,2016年版,第165-171页。
[②] 孙犁:《孙犁全集》(第七卷),人民文学出版社,2016年版,第176-181页。

人们。从这个角度可以看出,《芸斋小说》仍然具有比较典型的延安文学表征,尤其是对身体意志的认同、实践及其叙述,与同时期的"五七"族作家具有一定程度的相似性。表面上看,这是一种思想改造或世界观改造的后果或深刻影响,但实际上,对照作家们新中国成立前后的作品叙事来看,不如说是延安文学精神的基本面向,及劳动作为无产阶级文化建设的重要面向,本身就蕴含了对人的意志的强调与放大。姑且不说这一强调与放大本身的合理性,但其确实支撑了新时期过渡阶段不少作家的伤痕、反思文学叙事。就精神层面而言,不同作家不同作品里的主人公就显得比较复杂,在如上三篇小说当中,三位知识分子主人公无疑都从不同侧面坚持与坚守自身的思想道德底线,这充分说明了孙犁本人所持有的价值立场。同时,孙犁还用同样的价值立场观照1960至1970年代中期文学其他类型的人和事,形成自身对革命与往事的双向重访。

《女相士》《高跷能手》《三马》三篇小说是比较典型的1960至1970年代中期文学的另类文学,讲述的故事既不属于知识分子的"属己"故事,也不是压迫知识分子的"异己"故事。杨玉秀、李槐、三马的故事均溢出了革命的艺术审美理论话语,所谓艺术审美理论话语,"是指在对艺术进行审美时,借以对艺术活动进行鉴赏、评价、概括、反思与指引的理论观念与方法的总和,是具有概括性与一般性的理论体系,也是由具体的概念、范畴与命题所建构出来的言说艺术活动时的言说方式与言说工具的总和"[①]。当代文学中的革命理论话语基本是以阶级分析话语讲述革命斗争与革命建设的故事。但孙犁独辟蹊径地用艺术审美眼光观照这样的另类人生,显示出作为归来者的老作家反思特殊年代与思考人生面向的扩展。《女相士》[②]讲述的是一个江湖女相面先生的人生坎坷、跌宕起伏的故事,出生卑微的杨玉秀靠走江湖相面逐渐摆脱生存困境,在革命战争时期,她因不顾及国家民族危亡缺乏基本的家国视野而被讥讽为发国难财,积累起来的财富到了特殊时期又成为确定其资本家身份的确凿证据,杨玉秀自身处于危难的时刻,还不忘记拿叙述者"我"作为其垫背。小说表面上探究杨玉秀相面经验的由来、可信度及其内在原因,实则一再说明极"左"政治对普通人思想、行为的巨大负面影响,"十年动乱,较之八年抗战,人心之浮动不安,彷徨无主,为更甚

---

① 刘旭光:《话语的溢出、冲撞、化合与内生——近代以来中国艺术审美理论话语论纲》,《艺术研究》2020年第11期。

② 孙犁:《孙犁全集》(第六卷),人民文学出版社,2016年版,第196-200页。

第六章

主体意识的审美自觉与道德自审——从孙犁、汪曾祺到贾平凹

矣"①。《三马》②讲述底层小人物三马在1960至1970年代中期遭遇致命打击的故事,因其父亲在日本人报馆做事而被定为日本特务,两个哥哥被迫害成精神病患者,三马在极其艰难的时期仍保持善良的品性,但命运并没有给其留下生机,最后因为不愿意与两个疯人哥哥同居一室而被逼服药自杀。这篇小说深刻地揭示了小人物在大灾难面前,即使拼尽全力地忍受仍无法挣脱宿命的悲剧,展现特殊时期的荒谬与人性的丧失,"痛定思痛,乃悼亡者。终以彼等死于暗无天日,未得共享政治清明之福为恨事,此所以于昏昧之年,仍有芸斋小说之作也"。与早期抗战小说清澈明朗而拒绝复调的革命浪漫主义叙事不同,叙述者以自己作为老干部的身份而遭遇批斗与生活迫害为叙事形式上的主线,反衬三马作为叙事形式上的辅线,二人不同的社会阶级身份和所经历的相似遭遇,形成互文性对话的叙事复调。《高跷能手》③中身为从事高跷表演的艺术从业者李槐,在革命战争时期不顾民族危亡而参加日本天皇的生日演出,即使到了特殊时期,李槐因为这次行为而不断遭遇政治迫害与身体惩罚,但其回忆此次出国艺术交流的往事仍眉飞色舞。"芸斋主人曰"如此评价李槐:"文化交流,当在和平共处两国平等互惠之时。国破家亡,远洋奔赴,献艺敌酋,乃可耻之行也。……而李槐之死不悟,仍引以为光荣,盖老年胡涂人也。"表明孙犁并没有陷入到不分青红皂白地将文革事件全面加以否定的境地,当权者对李槐施加身心两方面的惩罚是叙述者极力否定与批判的,但李槐始终没有醒悟、没能分清国家利益应当置于艺术之上的糊涂,也是叙述者不能认同并且一定要加以否定与批判的。由此可以看出,孙犁对特殊时期的反思一直保持知识者的理性,而不被控诉的强烈泄愤情绪所驱遣,也从侧面证明其仍作为革命人的叙事立场。

学者陶东风曾经以"内外有别"④来描述新时期归来的作家们,对1960至1970年代中期与过往历史反思所采用的视角进行分析,提出革命人的叙事立场与体制外普通大众的反思立场。作为革命人的文学反思叙事,对具有相似性的同类型故事的选择,实则深层反映了作家所持有的政治与文化立场。《小D》⑤《王

---

① 孙犁:《孙犁全集》(第六卷),人民文学出版社,2016年版,第201页。
② 孙犁:《孙犁全集》(第六卷),人民文学出版社,2016年版,第208-212页。
③ 孙犁:《孙犁全集》(第六卷),人民文学出版社,2016年版,第201-204页。
④ 参见陶东风:《内外有别:"文革"书写的两种类型》,分上下分别刊发于《上海文化》2018年第4期、第6期。
⑤ 孙犁:《孙犁全集》(第七卷),人民文学出版社,2016年版,第181-185页。

婉》[1]两篇小说在《芸斋小说》里也占据着重要的位置,两者讲述了两个同样出身于底层而不断走在革命运动浪潮潮头之上的别样权力者人生。《小D》讲述新中国成立前的清洁工小D趁着革命的荒诞性逻辑不断走向权力中心,其掌控革命话语权的个人品性要素是心狠手辣与专权独断,掌握权力的时候忘乎所以,1976年之后又重新被派遣到底层,最后服毒自杀。小D作为特殊时期悲剧的参与制造者,其本身的人生经历也是一个十足的悲剧。但叙述者主要想探讨的不仅仅是悲剧的形态及其成因,而是悲剧背后的革命理论话语及其内在的荒诞逻辑,"以最卑劣之人物,管制中层以上之干部,乃是对走资派最大之蔑视"。《王婉》讲述丈夫因文获罪之后,王婉开始主动卷入革命政治、参与革命政治并走到权力中心,1976年之后,被定为江青的代理人而自缢身亡。对于主人公王婉而言,在人生的起始阶段,她是革命政治运动的受害者,且颇值得人们同情,但其屈服于命运悲剧并彻底地将自己置身于荒谬的革命权力游戏当中,则是其思想陷入困境而人生不断遭到扭曲的人生悲剧,所以叙述者评价其为"人生命运虽无奇不有,今日思之,实亦当时倒行逆施政治之牺牲品也"。这里需要讨论的问题有两个:一个是特殊时期中的权力者在进入新时期的下场问题,两篇小说均将权力的操纵者的结局描写为自杀身亡,虽然坏人最终得到应有的报应,对于读者而言在文化心理上更加容易接受,但这样的结局设置也一定程度上遮蔽了现实情况的复杂性。事实上,许多在"十七年"时期的掌权者,在1960至1970年代中期仍然处于权力的中心位置,来到新时期以后仍然又重新回到当权的岗位,甚至还参与了新时期政治话语转向的引导。所以,将1960至1970年代中期当权者的故事讲述成最终走向身亡的道德惩戒叙事,是一种革命人叙事的基本策略,其文本真实性问题始终为后世学者所诟病和警惕。由此,第二个问题就是,道德惩戒叙事背后的立场与身份问题,由小D、王婉所展开的道德惩戒叙事并不是革命人由革命而变坏最终走向灭亡的故事,这两个人的出身都是底层平民而非革命者,将他们的人生结局叙述为自取灭亡的悲剧不会影响到革命人本身的合法性。所以,即使是这样的道德惩戒或道德训诫的故事,也深层次地暗含着革命人的叙事内视角。

从叙事风格与语体风格来看,《春天的风》[2]在《芸斋小说》中是比较特别的一篇。这是一则散文诗式的小说,叙述者以成名作家的身份,接受一位患有精神衰弱的年轻女性的拜访,年轻女性具有多重身份,她既是叙述者即成名作家的

---

[1] 孙犁:《孙犁全集》(第七卷),人民文学出版社,2016年版,第185-189页。
[2] 孙犁:《孙犁全集》(第七卷),人民文学出版社,2016年版,第171-176页。

第六章
主体意识的审美自觉与道德自审——从孙犁、汪曾祺到贾平凹

崇拜者,其自身也是一位小说作家。面对年轻女性的精神衰弱问题,他提出让女孩远离城市的喧嚣回到农村去进行疗救。这一方案随即遭到女孩的反问与驳诘。作家自己以自身的经验与价值认识,去推己及人,实则是没有注意到与这一行为相联系的个人身份与经济基础,作家能够返回农村不仅是因为具有厚实的经济基础,还是一种文化者居高临下的虚伪姿态。女孩虽然对作家抱有十分崇拜的眼光,却保持着十分理性的现实认知,对作家的虚伪姿态与文化认知局限也是心知肚明的。可以看出,这是一篇具有鲁迅风的蕴含人生哲理与生命诗学的散文诗式的小说。女孩与作家的言行对话,既是崇拜者与被崇拜者的交流,也形成了崇拜者对被崇拜者的深刻解构,具有浓厚的反讽意味。

这就不能不说到孙犁小说的所谓乡土意识及其小说叙事的根本特征问题。关于乡土文学,孙犁发表过一篇著名的《关于"乡土文学"》[①]的评论文章,他提出"就文学艺术来说,微观言之,则所有文学作品,皆可称为'乡土文学';而宏观言之,则所谓'乡土文学',实不存在。文学形态,包括内容和形式,不能长久不变,历史流传的文学作品,并没有一种可以永远称之为'乡土文学'"。孙犁对乡土文学整体风格的否定及其风格流变性的解释,既是其文学理论主张的一种表达,同时也深深地体现在其散文、小说创作当中。正如有学者所言,"孙犁的《芸斋小说》在结构与写法上才是真正散文式的。信马由缰,疏散自为,多借旧事、小事以写人,颇类于中国传统的记人或叙事散文。读这些小说,引人入胜的并非人物或情节,而只是从容写出的那些事实,那种叙事氛围,以及贯穿于语句中的作者的情绪,心态与感慨"[②]。进入到新时期以后,孙犁曾经有过一段时间的犹豫与彷徨,早年荷花淀时期形成的诗化小说风格,经过社会主义文化建设实践尤其是极"左"政治的摧残之后,重写小说的语体风格问题是摆在孙犁这些老作家面前的首要问题。对于特殊时期当中经历的和见到的那些人和事,孙犁显得十分犹疑,他认为:"假如我把这些感受写成小说,那将是另一种面貌,另一种风格。我不愿意改变我原来的风格,因此,我暂时决定不写小说。"[③] 结合《芸斋小说》的新笔记小说类型,我们可以看到,此种小说类型比较恰当地连接了其早期诗化小说规避坏人坏事保持审美纯度的风格,与《芸斋小说》真实表现

---

① 孙犁:《关于"乡土文学"》,《孙犁全集》(第六卷),人民文学出版社,2016年版,第46页。
② 杨鼎川:《由诗意写实到散文写实——孙犁〈芸斋小说〉研究之一》,《小说评论》1994年第2期。
③ 孙犁:《戏的梦》,《孙犁文集》(第三卷),百花文艺出版社,1992年版,第250页。

人物现实经历并给予真实准确的道德评价的风格，成为新时期文坛的一道独特风景。汪政曾评价："新笔记小说在当年之所以成为一道突出的风景与它在语言上向古典的回归分不开。它一改与西方现代派文学相呼应的实验小说语言风格，将自'五四'之后白话文写作睽隔已久的文言文的语体植入当代写作中，质朴、典雅、老辣、苍劲、沉稳，确实让人耳目一新。"① 语体风格的变化内在地反映了孙犁作为革命人叙事的内视角表征，或许我们可以用"受伤的伤痕文学"② 来指称《芸斋小说》的整体特征，革命的内视角让作家看到了许多局外人所无法经验到与感受到的诸多事件，对人物的道德实践及其评价，也顺应了新时期揭批的整体语境与人道主义话语的回归。但革命的内视角也限制了作家对过往历史与特殊时期经历的反思深度，内视角及其秉持的知识分子精英立场注定了这场反思将无法超越主流话语的引导与规训，也一定程度上延续了革命文艺对过往的刻意悬置，同时也阻碍了其对革命内在逻辑进行颠覆的可能。

二、汪曾祺小说：重返"中国式的人道主义"

与上一节所论作家孙犁相比，汪曾祺之于当代文学史的意义似乎已经得到了更加深入的论述。尤其是其小说和散文创作对传统文化与五四新文学传统的继承，对西方现代派手法的吸收与转化，对中国语言的发展及对传统文体文论的赓续探索等等，其文学创作的贡献以及在当代文学史中的地位几乎已经形成了少有争议的共识。然而，按照发表的先后顺序重新阅读汪曾祺的小说，并结合当前学界对汪曾祺的评论时，会发现一个重要的问题被研究者所遗漏，而对这个问题的遗漏或许正为我们重新解读和阐释汪曾祺留下了空间。在当前的研究中，无论是将汪曾祺1980年代的小说成就作为重点，还是拿1980年代与1940年代的作品作比较，都选择性地忽略掉了汪曾祺在1960—1970年代的编剧创作，而这个时间段在汪曾祺的个人经历当中却相对重要而又广为人知。这充分说明上述两种汪曾祺的论述方法，始终共享了一个将这段历史遗忘的话语前提。

本节的论述并不是要将汪曾祺在1960—1970年代的经历或遭遇纳入到作家的道德评判当中，而是希望通过系谱学的方式重建对整体的汪曾祺的解读方式。

---

① 汪政：《内心的诗的祈祷：孙犁的〈芸斋小说〉》，《名作欣赏》2011年第6期。
② 陶东风：《内外有别：文革书写的两种类型》，《上海文化》2018年第4、6期。

第六章 主体意识的审美自觉与道德自审——从孙犁、汪曾祺到贾平凹

汪曾祺1940年代的小说名篇如《复仇》《异秉》《鸡鸭名家》等，1960—1970年代的剧作如《沙家浜》，以及1980年代的《骑兵列传》《塞下人物记》《受戒》《大淖记事》等，是否有着人物塑造谱系（即使是反向的）的联系？越过中间的时间段直接建立其1940年代与1980年代的比较论述，显然是坚持了当代文学史断裂的认知视角；而将1980年代作为汪曾祺的主要成就时期，在获得某种文学史的事实判断的同时，也无法很好地解释汪曾祺之于文体、传统、民间以及现代派等的理解、选择与转化。所以，我们有必要在重建整体性阅读的视野下，从主体性的角度重新对其小说创作做内视角的剖析。

沟口雄三在《作为方法的中国》中论述"中国近代"的时候，提出了一个有趣的结论：

> 我们对中国近代的看法基本上是这样一种思路：中国把因为缺乏欧洲式的近代而造成的落后作为前提或条件，结果反而实现了日本所没有实现的自下而上的彻底的社会革命，即在政治上建立了反帝、反封建的共和主义体制，在思想上根本打倒了作为封建体制教学的儒教道统。①

同样，汪曾祺对自己在1960—1970年代的处境与文学的关系也作出过类似有趣的论述：

> 三十多年来，我和文学保持一个若即若离的关系，有时甚至完全隔绝，这也有好处。我可以比较贴近地观察生活，又从一个较远的距离外思索生活。我当时没有想写东西，不需要赶任务，虽然也受错误路线的制约，但总还是比较自在，比较轻松的。我当然也会受到占统治地位的带有庸俗社会学色彩的文艺思想的左右，但是并不'应时当令'，较易摆脱，可以少走一些痛苦的弯路。②

我们不必在意汪曾祺在作出这样论述的时候，隐含了为自己在特殊时期的经历进行淡化、辩护的意味，而是需要关注汪曾祺所说的"痛苦的弯路"具体指称是什么。这一论述是否是在沟口雄三论述的意义上，有意无意建立了其自身在1960—1970年代的编剧创作与1980年代文学创作之间的联系？因此，需要在人

---

① ［日］沟口雄三：《作为方法的中国》，孙军悦译，生活·读书·新知三联书店，2019年版，第23—24页。
② 汪曾祺：《门前流水尚能西——〈晚翠文谈〉自序》，《汪曾祺全集》（9 谈艺卷），人民文学出版社2019年版，第378页。

物谱系学的视域下，考察他在 1980 年代写作的《受戒》《大淖记事》等小人物的温情故事的历史经验与话语前提。

作为初入文坛的年轻学子，汪曾祺在 1940 年代西南联大的战时环境中，创作了一批颇有鲁迅、沈从文风格的"临摹式"短篇小说。《复仇》①即是其中比较有代表性的作品，它讲述了一个遗腹子生来就须担起为父复仇使命的故事。他作为旅行者住在山上寺庙的禅房里，意识流地随着思绪翻滚，梦见自己与寺庙里的和尚开起世俗性的玩笑，想到自己白发的母亲以及虚拟想象的妹妹的倩影。然而，梦的尽头却是无尽的黑暗和高墙，象征佛缘的黑暗不时幻化成莲花，他看不到光明也找不到出路。为了完成复仇的使命，他半生奔波在寻找仇人的路上，孤独、迷惘、疲乏而绝望，当他最后终于找到仇人即将完成使命的时候，发现仇人的手臂上也刺着父亲的名字，即自己的父亲也是别人的仇人，因仇家复仇而被杀死。旅行者最终在循环的命运悲剧面前彻底醒悟并放弃了复仇。这很容易让我们想到鲁迅的新历史小说名篇《眉间尺》，"结仇—复仇—寻仇"不断循环的故事正如俄狄浦斯王的命运悲剧一样，深刻揭示了现代人的存在困境及其突围努力。汪曾祺的独特之处在于，他没有让旅行者像眉间尺那样在领悟了悲剧的真实面目之后仍然完成使命，而是让旅行者最后领悟到悲剧的重复性并成功完成对命运的抗拒。不得不说，从思想的深刻性或生活的残酷性体认角度看，显然是鲁迅笔下的眉间尺更具有深度，即最大的悲剧在于明知悲剧的发生与循环往复却无法阻止。但汪曾祺将复仇者的冷酷描写得荒诞不经而又柔软美好，表达了希望民族的后代能够放下仇恨而重建正常人的生活。旅行者从眉间尺的精神深渊中走出，其实也就意味着复仇者从蒙昧迷惘的迷失状态中迎来了主体性的觉醒。从这个意义上来说，《复仇》是一篇沿着鲁迅《眉间尺》路径反向思考的哲理小说，旅行者最终放下执念与仇人一起开凿岩壁，去战胜无尽的黑暗。

由此我们可以看到，汪曾祺走上文学道路既受到了鲁迅、沈从文等"五四"新文学的影响，也接受了来自西方现代主义文学的影响。正如学者谢泳所言：

> 汪曾祺的文学道路是真正的文人的道路，就是说他是由有兴趣从事小说创作，而又适时地走入大学校园，从一开始就有相对宽阔的视野，这是他文学道路上非常重要的一个特点。当时西南联大虽然是三校联合，但清华的影响很重，清华又是美国化程度很高的地方，对英文的要

---

① 汪曾祺：《复仇——给一个孩子讲的故事》，《汪曾祺全集》（第 1 卷），人民文学出版社，2019 年版。

第六章 主体意识的审美自觉与道德自审——从孙犁、汪曾祺到贾平凹

求很严。汪曾祺在这样的环境里,在走上文学道路的时候,就是由读西方小说开始的,这使他的小说创作很早就有了多种文化的观照,他是较早意识到要把现代创作和传统文化结合起来的作家,而完成这个过程,又必须具备较好的中西文化教育背景。①

如果说鲁迅所发现的复仇使命是具有"五四"特征的宏大命运悲剧叙事,那么,汪曾祺的复仇者则在继承这一宏大叙事的基础上,实现了历史英雄形象向普通小人物形象的转化。对于汪曾祺来说,形成这一转化的原因或许是多重而复杂的,但结合汪曾祺的文学道路、阅读喜好以及文学创作追求,基本可以肯定其受到西方存在主义的深刻影响。《复仇》中的旅行者剥离了眉间尺所负载的历史重任,仅仅将为父复仇的使命当成母亲交代的理所当然的任务,而一旦其自身开始追寻复仇任务的合法性的时候,其实就从根本上解构了复仇本身所具有的正义感。复仇者对自身使命的解构必然意味着,复仇本身由英雄使命转化成为外在于个体生命降生的生命不可承受之重,带有浓厚的加缪式"局外人"意味。同样的人物塑造价值取向,在《异秉》②中得到了更加纯粹的体现,王二作为一个经营了几十年地摊小吃的小人物,经过长期的生存资本积累之后,终于可以租赁半间门面房,更新做生意的等次。但王二在内心欣喜之余表面上却显得十分拘谨,在摆酒席请客时表现得局促而没有自信。在街坊邻居陆先生讲古谈起古时发迹的都有异秉的笑话传说时,王二说出自己与别人的不同之处是"大小解分清",彻底解构了王二作为小人物尚存的一切高尚可能。显然,这里的王二已不再具有复仇者的英雄品性与使命意识,是一个近似于让人"含泪的笑"的多余人形象。

进入社会主义国家与社会主义文化建设时期的汪曾祺,很长一段时间几乎没有小说作品问世。他的1940年代的小说在继承"五四"文学精神并有所发展变化方面取得的成就,尤其是其对小人物的存在及其悲剧命运的探索,显然与同时期的另一个文学潮流延安文学有着很大差异。这或许是其在"十七年"时期少有作品问世的重要原因之一,在这个意义上,汪曾祺所延续的"五四"新文学传统及其精神在"十七年"时期是被隐匿与剔除的。虽然他在1957年的特殊语境下也遭受了一定程度的伤害,但总体上,他是有别于1940年代国统区、沦陷区的大部分作家的。相较胡风及其相关联的作家如路翎等而言,甚至可以说是十分幸

---

① 谢泳:《西南联大与中国现代知识分子》,湖南文艺出版社,1998年版,第83页。
② 此处是指1946年的作品。汪曾祺:《异秉》,《汪曾祺全集》(第1卷),人民文学出版社,2019年版。

运的。尽管如此,我们还是可以从其写于1962年的《羊舍一夕》(又名:四个孩子和一个夜晚)看出其人物塑造方面的承继与变化。这个短篇小说以四个农村孩子的不同性格及其不同经历连缀成篇。从作品的写法来看颇有笔记体小说的风格,不以主题、情节取胜而代之以人物生活经历的简练描述和性格塑造。如果我们不纠缠于小说的文体学特征与贡献,事实上这篇小说的散文化风格或者笔记小说特征已经被许多研究者所阐释,而是将小说的主人公四个孩子与上文所分析的复仇者、王二进行比较,会发现四个孩子的故事延续了1940年代小人物的生存叙事,具有谱系学意义上的一脉相承表征。但潜藏在作品叙事之后的孩子们乐观对待生活困境而向往明天的渴望,又具有比较典型的"十七年"时代特征,存在主义生命本体论意义上的小人物叙事,已悄然转变为社会主义现实主义的描写。需要注意的是,四个孩子身上所体现出来的乐观与理想,以及其中所潜藏的普通人英雄的内在气质,已经与鲁迅所代表的"五四"时期描写的英雄具有本质的区别,其中最重要的区别在于社会主义文化精神的书写及其意识形态的植入。小说写出后,得到了沈从文以及萧也牧等人的认可,萧也牧"读完后不禁脱口称赞:'这才是小说!'他及时将稿件编好送审,建议领导尽快与沙岭子农科所领导联系。在得到对方肯定的答复后,《人民文学》编辑部拍板决定采用。《羊舍一夕》后来发表在《人民文学》1962年第2期。郭小川读了十分兴奋地说:'汪曾祺变了。'"① 此时期的"汪曾祺之变",与其说是受到了非文学因素影响而发生的转变,不如说是接受了社会主义文化的影响而主动求变。有学者用士大夫②来指称汪曾祺,这是非常准确的。与葛兰西、萨义德或者福柯等所论的知识分子不同,中国的士人群体一个重要的特征就是以积极入世的态度发挥政治、文化和社会功能。"士人群体早在三千年前就已存在。正是士人群体的创造、传承与弘扬,才使我们这个文明古国能够巍然长存。……自从汉武帝独尊儒术后,中国的文人或士,都深受儒家文化的熏陶与涵养,尽管个人的性情与日常作风差异很大,其精英分子都遵循儒家的基本规范,担负起天下兴亡的责任,善尽对国家、民族、社会应尽的义务,即使到了近代,这一传统仍然延续和发扬。"③ 写作《羊舍一夕》时期的汪曾祺刚刚勉强摘掉"右派"的帽子,需面对日渐严寒的政治气候,

---

① 陆建华:《汪曾祺的春夏秋冬》,河南人民出版社,2005年版,第123页。
② 比如2017年《文艺争鸣》以"最后一个士大夫"为题发表了纪念汪曾祺逝世二十周年的系列评论文章。
③ 左成慈:《余纪忠办报思想与实践研究(1988—2001)》,南京大学出版社,2003年版,第45页。

第六章

主体意识的审美自觉与道德自审——从孙犁、汪曾祺到贾平凹

沈从文还写信鼓励他勇敢地接受人生的挑战,并为他未来的工作谋划提出一些建议。① 在写作上求变或者以写作求变的方式进行生活困境的突围,在"十七年"时期的作家那里并不少见。只不过,像汪曾祺这样求变并取得"成功"的作家毕竟少之又少。

汪曾祺在特殊时期作为样板戏《沙家浜》的主要改编者,所参与编剧的作品及其人物塑造已经不再具有作家个人创作的基本属性,"三突出"的文学创作原则也不仅仅是文学标准而是政治规训与惩戒的戒律。知识分子在生存自保与精神抵抗方面的辛酸,具有明显的时代共性,不宜以后来人的轻松以脱离具体政治文化语境的方式对其作出不当批判。尽管如此,我们仍需要从叙事学的角度考察阿庆嫂的形象塑造,以及探讨将阿庆嫂放在汪曾祺小说人物谱系中进行考察的可能。至于1960至1970年代中期的文学作品是否有研究的价值,以及作家在1960至1970年代中期期间的作品能否或者在多大程度上纳入作家的系统研究等的争论,其实更多的是一种来自苦难经历者共同体与其他社会、知识群体的争论。1960至1970年代期间,"文艺批评的尺度和话语跟着意识形态的变化而伸缩或转换"② 几乎是不争的事实,"在艺术舞台出现的'高、大、全'原则塑造的人物形象,已经完全变成了'时代精神单纯的传声筒'。例如在样板戏中,包括阿庆嫂、李玉和、江水英等形象都是没有配偶的无性人,可见当时用阶级性排斥一般人性的做法已经到了可笑的地步"。③ "但无论持有哪种观点,有一点是应当避免的,那就是"否定'文革'的思想常常使用'文革'的逻辑,可以说是'文革'后中国思想界犯得最多的错误。"④ 当我们将汪曾祺小说中上文所论的复仇者、王二形象与阿庆嫂进行比较分析,会发现复仇者具有鲁迅式的"小人物+命运英雄使命"的叙事模式,在王二身上转化为加缪式的"小人物+基本生存困境"的叙事模式,而剥离掉阿庆嫂身上负载的过于直白、粗暴的政治宣传因素,这两种叙事模式的某些表征仍然被转化到了阿庆嫂身上。阿庆嫂仍然是没有革命身份与职务位置的普通人物,但是却承担了超人般的革命同路人的重大政治革命使命,并且剥离了作为普通人应当具有的人情、人性因素,人物显得假大空而失去了文学形象应有的真实性。但是,阿庆嫂这种"小人物+宏大政治使命"的叙

---

① 徐强:《汪曾祺文学年谱(中)》,《东吴学术》2015年第5期。
② 陈顺馨:《1962:夹缝中的生存》,山东教育出版社,2002年版,第113页。
③ 陆贵山、周忠厚:《马克思主义文艺学概论》,中国人民大学出版社,2001年版,第486页。
④ 李扬:《50—70年代中国文学经典再解读》,山东教育出版社,2003年版,第214页。

事模式，也在一定程度上延续与修改了之前的叙事模式，只不过，命运英雄使命被以革命的名义替换成了宏大政治使命。

以这样的人物谱系视角再度阅读汪曾祺1980年代初的小说，或许会得出与惯常文学史描述不太一致的判断。当代文学史对汪曾祺的评价，大致来自其1980年代初期发表的《受戒》《大淖记事》《岁寒三友》《钓人的孩子》《陈小手》等等。如"在人生态度上，汪曾祺崇尚宽容、随便，厌恶生活中不必要的清规戒律。他充分肯定合理、正当、健康的世俗欲望，相信人生的意义就存在于此岸的日常生活中。这种人生态度反映在小说里，就是特别善于在凡俗生活中发现诗意。而另一方面，对超凡脱俗的东西，对不带人间烟火气的东西，汪曾祺往往无法亲近、敬而远之"①。但是，细察上述评论，我们可以看到汪曾祺的文学写作趣味与小说创作追求，既与1980年代初的整体反思氛围与思想解放语境有着很大差异，也与其之前的小说散文创作有着很大的差别。从文学史的叙述来说，这种差异与差别正是彰显其文学特质的重要表征，仅仅从小说文本来看，这样的描述与评价似乎也是比较贴切的。但是，任何一种文学都是在特定的时代文化语境中得以产生的，"所有的文本都是互文性的"②，我们需要进一步追问汪曾祺在1980年代初的小说写作，尤其是明海、十一子、小英子等形象与其之前的小说形象塑造之间的关联与变化，以便观照其文学主体性的追求。

在讨论明海、十一子、小英子与早期的复仇者、王二、小吕甚至阿庆嫂等人物形象的关联时，首先需要从其重写的小说《异秉（二）》说起，或者说1980年代初对1940年代小说的重写，成为我们再解读其小说整体性的重要入口。某种意义上说《异秉（二）》是我们理解其小说前后期变化的重要中介物。汪曾祺自己曾就这次重写作过解释："有一篇小说（《异秉》）我在一九四八年就写过一次，一九八〇年又重写了一次。前一篇是对生活的一声苦笑，揶揄的成分多，甚至有点玩世不恭。我自己找不到出路，也替我写的那些人找不到出路。后来的一篇则对下层的市民有了更深厚的同情。我想把生活中美好的东西、真实的东西、人的美、人的诗意告诉别人，使人们的心得到滋润，从而提高对生活的信念。如果我的世界观是混乱的，我自己对生活缺乏信心，我怎么能提高信心呢？我不从生活中感到快乐，就不能在我的作品中注入内在的欢乐。"③ 尽管在1980年代初的政

---

① 董健、丁帆、王彬彬：《中国当代文学史新稿》，人民文学出版社2005年版，第445页。
② 童明：《互文性》，《外国文学》2015年第3期。
③ 汪曾祺：《要有益于世道人心》，《人民文学》1982年第5期。

第六章
主体意识的审美自觉与道德自审——从孙犁、汪曾祺到贾平凹

治文化语境下,作家的内心所想与公开所言在很多时候是不相一致的,但结合汪曾祺的小说创作而言,这段评述仍然是真实可靠的。重写后的小人物王二虽然还是生活在底层的市民,但在心气与信心上,已经剔除了1940年代时期拘谨而自卑的心态,经济状况也由前期的略微改善而变成大张旗鼓的庆贺,也就是说,前后两个王二由"生活上的一声苦笑"转换成了"生活上的美好"。"从生活中感到快乐"是完成这一转换的潜在目的,而需要注意的是前后两个故事的背景仍是一致的,都是民国时期的城市底层市民生活场景。如果说40年代的《异秉》真实展现了那个时代生活的艰辛以及小人物的惶恐不安,那么重写后的《异秉》则明显注入了底层市民生活的乐趣与信心,这个可以从王二"异秉"的两种不同叙事功能看出。对于前者而言,是对王二生活苦楚与逼仄生活心态的揶揄;对于后者而言,则是王二"人间小暖"式生活中的乐趣,虽然生活艰辛但王二显得自足而闲适。从这个意义上来说,汪曾祺的小说仍然与1980年代初的时代语境保持内在的联系与贴合,"如果置身社会政治的大背景中考察,当汪曾祺将过去的传统嵌入汉语时,他实际上剥离了汉语中的政治和暴力,这是汪曾祺对现代汉语的一次修复","汪曾祺与政治的关系,是小说文本与现实语境的关系,而不是在文本中表现作为现实语境的政治"①。

在上述讨论的视角下再来重新阅读《受戒》《大淖记事》,显然会有不同的收获。《受戒》明显有别于1980年代初关注现实社会问题小说的故事特征和文体风格,这一点学术界已有很丰富的研究与阐释,此不赘述。需要关心的是,《受戒》与1940年代的诗化小说《庙与僧》②的关系,以及如何在时间的辩证法中对《受戒》进行再解读。汪曾祺说自己把它当成一个梦来写,小说表层故事是小男孩明海因为生存所需逐渐完成受戒,以及在完成受戒过程中逐渐与小英子建立起恋爱关系的故事。从故事营造的清纯、和谐的民俗风格来看,小明海聪明能干,小英子果敢大方,他们的爱情叙事并没有因为受戒的完成而遭遇阻隔,反而被处理成了两条线合一的文本叙事,从这个意义上看,以"受戒"为题具有显在的解构意味。从时间上看,《受戒》是对1946年发表的小说《庙与僧》的重写,而《庙与僧》则是叙述者记忆8年前的故事,在这个"镜中镜"式的时间套盒里,叙述者对自己小时候曾经寄居小寺庙的个人视角小事件的记忆,成为理解前后两篇小说以及两篇小说之间关联与差异的原点。在记忆原点的时间点上,是旧社会抗日战

---

① 王尧:《重读汪曾祺兼论当代文学相关问题》,《文艺争鸣》2017年第12期。
② 汪曾祺:《庙与僧》,《大公报》1946年10月14日。

争全面爆发的大历史时间，勉强存活在寺庙里的几个和尚，以及由和尚们的日常所展现出来的生活琐碎、苟且，体现着具有现代荒原意味的荒诞感与深层悲剧意蕴，这与汪曾祺以及整个1940年代的文化氛围及文人生存境况是紧密联系的。《受戒》对这一组"历史时间—记忆时间"进行了继承，但在叙事上却进行极大的改编与重组。故事的背景被虚化为旧社会的苏南民间场域，故事所呈现的意蕴也不再是荒诞、荒芜的破败人生，而是节奏明快、结构简单、充满乐观自由的奔放生活。对于这个重组，汪曾祺自己这样评论："是谁规定过，解放前的生活不能反映呢？既然历史小说都可以写，为什么写写旧社会就不行呢？今天的人，对于今天的生活所从来的那个旧的生活，就不需要再认识认识吗？旧社会的悲哀和苦趣，以及旧社会也不是没有的欢乐，不能给今天的人一点什么吗？这样，我就渐渐回忆起四十三年前的一些旧梦。"① 这里，汪曾祺所说的《庙与僧》的"悲哀与苦趣"，被转换为《受戒》中的"旧社会的欢乐"。而在时间的辩证法当中，《受戒》所复活的"旧社会的欢乐"正是作为1980年代可以复活的"新时期的欢乐"而被植入小说叙事当中的。那么，汪曾祺所说的"给今天的人一点什么"具体是指什么呢？那就是隐含在解构受戒本事背后的明海与小英子突破戒律清规而展现出来的纯真爱情、淳朴人性与理想生活，其中对作为个体的人的关注以及对美好人性的呼唤与向往，紧密联系了1980年代初期声势浩大的人道主义思潮，从这一角度来说，也就是重构了"中国式的人道主义"②。

虚化作为过去时态的历史时间作为故事的政治时代背景，也就是剔除小说叙事语言中的政治与暴力，从而实现在文化传承上接续废名、沈从文所开启的诗化小说流派，并以此在"时间的未来性"意义上重建了现代爱情原则与审美原则。正如黄子平所言，"汪曾祺的旧稿重写和旧梦重温，却把一个久被冷落的传统——40年代的新文学传统带到'新时期文学'的面前"③。延续诗化小说的叙事传统来讲述1980年代的"受戒"故事，仍需要借用1940年代就已经吸收和使用的现代叙事手法，如意识流的写法。汪曾祺指出："我的小说有一个时期明显地

---

① 汪曾祺：《关于〈受戒〉》，《小说选刊》1981年第二期。
② 汪曾祺曾自称是"一个中国式的人道主义者"。参见汪曾祺：《我是一个中国人——散步随想》，原载《北京师范学院学报：社哲版》1983年第3期，又载《当代作家评论》1997年第4期。初收《晚翠文谈》，浙江文艺出版社，1988年版；又收《汪曾祺全集》（9 谈艺卷），人民文学出版社，2019年版。
③ 黄子平：《汪曾祺的意义》，《作品与争鸣》1989年第5期。

第六章
主体意识的审美自觉与道德自审——从孙犁、汪曾祺到贾平凹

受了意识流方法的影响,如《小学校的钟声》《复仇》。"① 这样的讲故事方法,在《大淖记事》当中得到进一步的延续与深化。与《受戒》简单、明朗的故事情节相比,《大淖记事》在延续诗化小说叙事风格的同时,刻意增加了故事情节的戏剧性。作品围绕大淖所记述的风物风貌及其生活在其中的底层人的民风民俗,继续强化了小说的散文化、诗化风格。大淖所承载的民俗地理特征,撑开了《大淖记事》的民俗、民风的空间叙事结构。废弃船舶公司将锡匠与挑夫两类人群的生活空间分割左右,而地方商会的武装力量保安队则以水上建构起与轮船公司相对立的另类空间。巧云的爱情成长是建立在轮船公司所建立的生活空间之上,于是就有了炕房的老大、浆坊的老二、鲜活行的老三这些候选对象,十一子作为其中最有竞争力的候选人正是巧云所心仪的对象。只不过,十一子生于单亲家庭,需要供养母亲,巧云因为父亲的意外摔伤需要照顾父亲,这形成了他们爱情故事的现实难题,也是他们之间爱情没有直线变化升温的现实因素。需要注意的是,巧云与十一子双方家庭的矛盾仅仅是形式上的,如果不遭遇其他外力干扰,这一矛盾的化解反而会成就一段爱情加亲情故事合二为一的佳话。

《大淖记事》真正具有戏剧化的矛盾在于外力的入侵。如前所论,十一子与其他各家老大、老二们的竞争,以及他与巧云家庭的现实需求矛盾都是建立在同一生活空间中的非对立化矛盾,而保安队的刘号长作为水上武装这一异质空间的威胁与暴力,则是具有外来者性质的现代性入侵的力量。显然,在不同的文化空间视域下,刘号长所代表的政治武装暴力打破了大淖民俗文化本身所形成的民间伦理,刘号长强奸巧云并将其占为己有的行为,虽然叙述者极力强调这在大淖一带是经常发生的事情,但放在1980年代初的阅读语境下,这种无法抵抗的荒诞与暴力显然隐喻了特殊年代的重大历史事件。巧云所采取的大胆泼辣的抗争与解决策略,及十一子面对无法抵抗的强大暴力仍然誓死不低头的行为,为小人物的爱情故事增添了动人的曲折性与故事性。在老锡匠们三天游行、顶香请愿的坚决行动之下,刘号长被赶出大淖地区并永远不能回来,成全了巧云与十一子的爱情。这也说明,《大淖记事》同样也是一种与孙犁的笔记小说一样的道德实践叙事,只不过,这一叙事以旧时代底层人对强权暴力的抗争来隐喻个体生命对革命暴力的抵抗,从而巧妙地越过了新中国前三十年社会主义文化建设时期作家的个人创作实践,建立起个人叙事上的1940年代与1980年代的联系。"汪曾祺是40年代新文学成熟期崛起的青年小说家在80年代的少数幸存者之一。历史好像有

---

① 汪曾祺:《自报家门》,《语文学习》1995年第11期。

意要保藏他那份小说创作的才华，免遭多年来'写中心''赶任务'的污染，有意为80年代的小说界'储备'了一支由40年代文学传统培育出来的笔。显而易见的事实是，并非每一个活到了80年代的人都能将多年前的花结成果。"①虽然汪曾祺自己曾说《大淖记事》在精神气质与文体风格上与沈从文十分相似，强调其与沈从文之间的师承关系与诗化小说的传承，但《大淖记事》之于《边城》而言，在继承翠翠纯净而美好的精神气质以及近乎静态的边城唯美生活故事的同时，又加入了积极抗争并取得最后胜利的情节，从而从根本上解构了《边城》的人性"小庙"故事结构，重建了以"中国式的人道主义"为目的的当代人情、人性叙事。汪曾祺曾言："讲一点人道主义有什么不好呢？说老实话，不是十年'文化大革命'的惨痛教训，不是经过三中全会的拨乱反正，我是不会产生对于人道主义的追求，不会用充满温情的眼睛看人，去发掘普通人身上的美和诗意的。不会感觉到周围生活生意盎然，不会有碧绿透明的幽默感，不会有我近几年的作品。"②

另外，比较巧云与阿庆嫂之间的关联与差异，两人都是生活在社会底层的农家女子，具有淳朴善良而又大胆泼辣等相似的性格特征，但阿庆嫂身上被赋予的过于强悍而意识形态化的英雄气质与革命担当，虚化或弱化了人物贴近日常生活的形象。这些受到时代语境限制而强行植入的政治性与革命性，一旦时过境迁之后，人物就会显得生硬而失真。这些过于政治化的革命气质在巧云身上已消失殆尽，正如汪曾祺自己说的，"我写的小说里的人是普通的人。大都是我的熟人。个别小说里也写了英雄，但我把他作为一个普通人来写的。我想在普普通通的人的身上发现人的诗意，人的美"③。褪去革命的外在着色，巧云、十一子等小人物的命运再次被置于叙事的前台，这是其小说在1980年代无法抹杀的贡献。

回到本节引述的沟口雄三的论述上来，巧云与十一子在反抗暴力彰显人情人性之美的同时，其实也是通过悬置政治及其暴力的方式，有效规避掉了不能回避的伤痕记忆及其不应该如此快速遗忘的历史反思。这不能不说，汪曾祺在新时期的诗化小说创作实践仍然是另一种形式的伤痕叙事学，他以回避荒诞无序而充满暴力、反人性的历史现实的方式，极力抒写一种清新脱俗、回归自然风物的民间

---

① 黄子平:《汪曾祺的意义》,《作品与争鸣》1989年第5期。
② 汪曾祺:《我是一个中国人——散步随想》《北京师范学院学报（社会科学版）》1983年第3期。
③ 汪曾祺:《小传·有益于世道人心》《汪曾祺全集》(10 谈艺卷),人民文学出版社,2019年版,第24页。

风俗画卷，并以积极的生活乐趣以及美好的未来规划，刻意与历史记忆及其快速遗忘相对应。尤其是巧云、十一子、明海、小英子等所构建的乡村青年的爱情想象共同体，某种程度上展现了个人自我意识的觉醒与主体性的回归。然而，这种以遗忘重大历史事件尤其是无视历史的身体与心理的双重创伤，而努力追求纯净、明朗与美好未来的情节，不能不说是高度地与主流政治文化话语保持了某种程度的默契与一致，在时代文化、文学界整体控诉反思的语境下，这种乐趣叙事仍是值得怀疑与警惕的。因而，建立在这样遗忘基础上的主体性觉醒也就带有了较强的虚幻色彩。这也正是我们仍将汪曾祺的新时期创作视为过渡阶段产物的重要原因。

三、贾平凹小说：从"集体人"到"改革者"

在新时期的作家群落中，贾平凹与新时期的关系比较特别，他既没有五七族作家的历史原罪，也没有王蒙等"十七年"时期成长起来作家的少共情结。他崭露头角并广泛引起关注的作品是在1983至1984年发表的改革三部曲，但其实他还有着起始于1970年代早期的文学创作前史。有着1970年代创作前史并在1980年代开启文学生涯的作家并不止贾平凹一人，路遥、张抗抗、韩少功等均有着类似的创作历程。贾平凹的独特之处或许在于，虽然自嘲是回乡知青，但并没有显在区别于同时期其他人的受害经历，这使他自然地游离于对特殊时期的揭批与伤痕叙事潮流之外；从初登文坛就显示出文学叙述的天赋才情与巨大热情，尤其是小说作品的数量与风格变化，在1980年代的起始阶段就显现出大作家的潜质。在当代文学史的叙述中，贾平凹基本是以一手散文、一手小说，并以文化乡土与现代城市的对峙与关联思考独步于改革文学的四十年历程当中。贾平凹自己曾说："我喜欢诗，想以诗写小说，每一篇都想有个诗的意境。给人一种美。"① 虽然贾平凹的自我陈述真实可信，但我们并不能直接将其对"诗"的追求与现实主义理解，作为其对文学作为审美的诗意主张，并将其视为解读其小说的理论前提。事实上，结合贾平凹在1970年代发表的诗歌作品来看，其诗歌创作同样具有明显的革命政治抒情意味。如其早期作品中嵌入的诗歌："天大旱，人大干，／

---

① 贾平凹、丁帆1979年7月12日文学通信，于2014年正式刊发。贾平凹：《1979年贾平凹通信手札》，《扬子江评论》2014年第5期。

建设农业现代化，/你是啥贡献——/春天流出一滴汗，/夏天多产粮一担。"① 在这个意义上，与其将他对文化乡土及生活其中的风俗人情的描写，阐释为对审美的诗意追求，不如说贾平凹所追求的诗意与现实主义是流动的概念，在贾平凹不同的文学创作阶段，其诗意的真实内涵是有很大区别的。

或许正是因为贾平凹的小说创作游离于新时期的文学潮流，其1980年代的小说往往给人一种"去政治化"的追求纯粹文化乡土的审美特质，贾平凹自己也说："伤痕出来后，影响很大。我也曾经试着模仿写过。但失败了。我很苦恼。我个人缺乏那样的生活经历和生活感受。写出来，也不动人。后来，我下决心还是回到自己比较熟悉的生活领域中来。"② 作家的独立思考、探索与创造个性，确实能够使自身的文学作品脱离文学思潮的影响，从而实现文学个性的独特性实验与追求。但脱离文学思潮的影响并不能代表作家就不属于某个文学思潮，更不意味着作家的创作与所处的时代保持了距离或实现了超越。按照克里斯蒂娃提出的文本互文性概念，文学文本与其外部的各种因素具有复杂性的联系，"从横向看，文本的所指受到作者和读者的主观性决定；从纵向看，文本中字词的选择和意义的生产又总是同此前的、已先期存在的各种文本或者与它同时存在的各种文本材料相关联，即文本的生产建立在客观存在的历史和现实的其他文本材料基础之上"③。正如有学者指出的，"哪怕是像贾平凹这类被想象为一直坚持'创作个性'的作家，同样深陷于'历史'之中。在此意义上，值得我们在面对当代文学的同时，再思宰制着当代文学的'当代史'；或者说，社会历史语境如何进入'文本'的'内部'"④。贾平凹在初登文坛时期，其作品与改革时代语境、主流文学思潮的关系以及此时期作品人物的主体意识，或许是需要在文学史过渡阶段的视野中重新加以考察。

获得1978年全国第一届优秀中短篇小说奖的《满月儿》⑤，既因其区别于其他同时期揭批文学、伤痕文学的"反伤痕"叙事而获得当时政治话语的认同，也因其在小说的描写艺术上进行大胆的探索而获得当时文学评论的赞许。"《满月

---

① 贾平凹：《岩花——驻队杂记》，《贾平凹中短篇小说年编 短篇卷 荷花塘》，山东人民出版社，2013年版，第5-6页。
② 贾平凹：《山地笔记》，上海文艺出版社，1980年版，第2页。
③ 汪民安：《互文性》，《文化研究关键词》，江苏人民出版社，2007年版，第116页。
④ 黄平：《贾平凹与80年代"改革文学"：重读贾平凹"改革三部曲"》，《渤海大学学报(哲学社会科学版)》2010年第2期。
⑤ 贾平凹：《满月儿》，《上海文艺》1978年第3期。

第六章
主体意识的审美自觉与道德自审——从孙犁、汪曾祺到贾平凹

儿》之所以获得艺术上的成功,一个重要的原因就在于作者写活了两个年青姑娘不同的'姿'和'韵'。满儿并不只是以她的苗条、温柔、漂亮而获得读者宠爱的,更重要的是她用那种踏实勤奋的工作态度谱写了'悦耳的丰收的序歌'。月儿这个形象可以说是贾平凹所有作品中刻画的最成功的一个具有鲜明个性的人物。"[①] 小说以一位下乡的懂英语的男性知识分子"陆老师"为叙述者,展开满儿、月儿姊妹俩与叙述者交往的生活片段故事,小说在情节结构上,以月儿对姐姐与"我"交往的误会推动情节发展。月儿对"我"这个来自城市的知识分子颇有几分情愫,并以此眼光来观察姐姐满儿与"我"的交往并误以为是在恋爱,但实际上却是从事农业科研的姐姐主动接受"我"的帮助,专心学习外语。由此,这篇小说以误以为是谈恋爱的小视角来展现姐姐学习外语搞科研的大主题,凸显了其与时代政治主流的合拍与应和。抛开小说中作为叙事技巧的爱情故事,我们可以清晰地看到,无论是作为城市来客的懂英语的叙述者,还是作为扎根农村基层却坚持搞农业科研的满儿来说,二十多岁的年龄、乐观积极的生活态度、具有超出常人的毅力品质等等人物形象,让我们很容易想到其与1960至1970年代中期文学中所塑造的社会主义新人的相似与类同。这里的叙述者与满儿与其说是启蒙者与被启蒙者,不如说是主流意识形态的传播者与接受者,双方其实都属于主流意识形态规约下的革命"集体人"形象。

尽管如此,我们仍需注意到小说作为反抗极"左"政治话语、顺应思想解放话语的叙事中介,即建立起城市知识分子与扎根乡村科研人员思想解放联系的纽带——英语。首先,语言虽然一般被看作文化的载体,但在新时期过渡的语境下具有明显的国家意识形态性质。在《满月儿》这篇小说中,首先学习英语意味着国家意识形态对英语所连接的西方资本主义国家有限度的接纳,在冷战的思维下,英语曾在很长时间内与资本主义阵营直接联系。其次,对于扎根农村基层的满儿来说,他潜心从事科研的目的无疑是希望通过学习英语来阅读外文文献,在这个现代性意味十分明显的叙事中,英语成为进入满儿以科研为主的乡村生活的外来性力量,本身确实有着主动接受英语知识启蒙的意识。再次,英语作为连接知识分子我与农业科研人员满儿的桥梁,隐含着对叙述者"我"在过去的特殊时期阶段就懂英语历史的合法化确认,这在之前的特殊时期文学叙事当中,显然是知识分子的需要接受再教育的原罪,对叙述者的历史的确认,也就意味着对青年人需要重新学习知识的认可。这些隐含在小说文本背后的潜在价值认同与追寻,

---

[①] 丁帆:《谈贾平凹作品的描写艺术》,《文学评论》1980年第4期。

成为理解贾平凹后续小说文化乡土叙事与现代性叙事的重要前提。与此相联系，月儿的形象也就值得关注，她在上述分析的小说叙事话语中，既不是启蒙者的位置，也非被启蒙者的角色，从小说指认的故事性来看，她也不是叙述者潜在的爱恋对象。但这种表面上貌似模糊的人物角色事实上也承担了与满儿相对立统一的叙事功能，月儿以明显溢出主流话语的方式显示了其作为对现代性追求的反思性存在。纵观贾平凹的小说书写，虽然现代性的冲动与追求几乎无处不在，但其中始终保存着的对现代性的反思也让他显著地有别于其他作家。像月儿这样的反思现代性表征在贾平凹的后续小说当中往往与以商州为代表的文化乡土密切关联。如果说叙述者与满儿是意识形态化的集体人，那么，月儿已经具有了初步的文化乡土传统中文化人物的雏形。

在以满儿为故事中心建构起的乡村生活叙事中，满儿的历史是被悬置的或者说被故意隐藏的，一旦这些扎根乡村、潜心科研的年轻知识分子的真实历史被揭开，整个小说叙事的重心将会发生偏转。也就是说，如果将《满月儿》中年轻人的故事与1978年之前年轻人的整体经历联系，就会慢慢显露出这些年轻人的上山下乡的知青身份或返乡知识青年身份。发表于1981年的《二月杏》中的女主人公二月杏就是被补充了特殊时期下乡知青身份的女性。与《满月儿》中的叙述者不同，《二月杏》中的知识分子叙述者大亮是以特殊时期的忏悔者形象出场的。因为特殊期间大亮怕二月杏的身份连累自己，不顾双方看似牢固的私人感情而与二月杏划清界限，这可以视为二月杏的第一重人生悲剧。在这个悲剧当中，大亮显然是悲剧的道德上的亏欠者。二月杏由此被安排到商州的一个镇子上当上山下乡知青，插队的二月杏被大队书记强奸，她因此名誉扫地而不能招工回城，这是二月杏的第二重人生悲剧。在这重悲剧当中，大队书记以及镇子上的居民显然是这悲剧的共谋者。不仅如此，不能回城的二月杏只能跟着镇子上的老婆婆开酒馆过活，但在地质队来到这里之后，二月杏成为"有钱"的地质队员来喝酒的主要缘由，二月杏再次被地质队员们色情化，并将其延伸为这个镇子的一大特点，"闻传这本来男女关系混乱"，这是二月杏的第三重人生悲剧。在这重悲剧当中，地质队作为外来者的现代性力量，显然是二月杏性道德污名化的主要责任者。有意味的是，与其之前的伤痕小说相比，二月杏的故事并不是在控诉与回忆当中被叙述的，叙述者"大亮"是作为地质队员偶然来到这个镇子，并在偶遇当中再次见到了自己曾经伤害过的对象。

在这样相对复杂而间接的伤痕叙事中，忏悔者的忏悔与对被同情者的同情都显得犹疑而矛盾。对于叙述者大亮来说，他既是既往革命时代中的道德亏欠者，

第六章
主体意识的审美自觉与道德自审——从孙犁、汪曾祺到贾平凹

又是现实生活中商州小镇的外来力量,在忏悔与征服的双重叙事功能之下,他既失去了应有的征服能力,又无法在现实弥补的意义上完成对自己历史的忏悔。贾平凹曾描述对现实生活中地质队的记忆,"那半年里,地质队驻扎在丹江河滩钻井探石油,地质队的工人有钱就勾引村里的妇女"①。这种将地质队的现代性入侵者形象与特殊时期历史的伤害者形象融合到一起的设置,显示的正是贾平凹非典型的"返乡知青"伤痕叙事的特点。对于二月杏来说,即使她在过往的经历中不断遭遇恋人和身边人的伤害,但其知青身份及其经历显然具有着更为深层次的时代因素和地方恶俗文化拘囿,这也就注定了伤害者对其同情、忏悔与救赎的难以完成。这同样与贾平凹对插队知青的矛盾认知有关,一方面是对他们遭受时代悲剧的同情,一方面是对他们作为乡土的入侵者的拒绝。"他们(按:插队知青)穿西裤,脖子上挂口罩,有尼龙袜子和帆布裤带,见识多,口才又好,敢偷鸡摸狗,敢几个人围着打我们一个。更丧人志气的是他们吸引了村里漂亮的姑娘,姑娘们在首先选择了他们之后才能轮到来选择我们……他们在时代中落难,却来到乡下吃了我们的粮食、蔬菜和鸡,夺走了我们的爱情,使原本荒凉的农村越发荒凉了。"② 这也促使贾平凹对自己的身份与所处文化地理位置有了更加清晰的理解与认识:"我一直生活在西安,在西北,这里毕竟不是文化中心,属于外省人,而且没有形成一个文学圈子,基本上是单干式的。"③ 小说的结尾以二月杏的不辞而别与大亮的随队迁走结束,让伤痕叙事显得暧昧而不同寻常。有学者指出:"贾平凹不管是出于外省人的自尊,要加入到'伤痕文学'的主潮中去,和大腕们一较高下,还是打算提供一个'非典型性返乡知青'的别样故事,从而彰显出伤痕的多样性来。"④ 尽管从主体意识的角度来看,大亮与二月杏并没有超越自身与时代困境的深刻体悟,也就没有现代性意义上的主体意识觉醒,但他们作为另类伤痕叙事的价值在于对意识形态的集体人身份的怀疑与解构。与满儿相比,二月杏对自身的处境有着比较清醒的认识——在无法完成现实抗争的前提下,仍通过自己顺应式的对抗来求得自己的生存。尤其是在自身的道德意识上,无论是遭遇情人的背叛,还是遭遇大队书记的强奸,抑或是遭遇地质队的污名化调戏,她始终以自己桀骜不驯的无声抗议对他们形成道德叙事上的反讽。

---

① 贾平凹:《我是农民》,译林出版社 2012 年版,第 9 页。
② 贾平凹:《我是农民》,译林出版社 2012 年版,第 13-14 页。
③ 贾平凹、谢有顺:《贾平凹谢有顺对话录》,苏州大学出版社 2003 年版,第 68 页。
④ 谢尚发:《"外省人"的文学命运——重回〈二月杏〉创作前后兼及 1980 年代初的文学氛围》,《中国现代文学研究丛刊》2018 年第 8 期。

在当前的文学史描述中,改革文学的兴起时间大致为1981年至1983年,贾平凹处于其自己所称的"外省人"的文学地理空间位置,虽未能及时赶上文学潮流却也强烈地感受到了"改革"所带来的文学审美现代性的力量。现代性既是一种时间的标识,即马克斯·韦伯所说的传统与现代的分界,也是一种地理空间形态的改变,尤其是传统乡村与城市的关系被表述为传统与现代、落后与先进的进步论关系。贾平凹于1984年前后发表的《小月前本》《鸡窝洼的人家》《腊月·正月》也被学术界称为"改革三部曲",但是与主流的改革小说如《乔厂长上任记》《祸起萧墙》《黑娃照相》等有所不同,贾平凹的这三篇改革小说没有选择改革的中心场域如工厂、城市等叙事空间,而是以其熟悉的商州乡村为中心,展现了"边缘区域改革"的震荡。《小月前本》是其改革三部曲的第一篇,小说延续此前擅长的婚恋爱情写作路径,以女主人公小月的爱情选择作为推动故事情节发展的形式线索,老实木讷而踏实肯干活的才才与思想活络而敢闯敢试的门门成为小月择偶的两难纠结,被评论者认为是"传统与改革思想的对立,进而在人物形象上也出现了概念化的简单对照"[①],从整体情节与叙述者所倾注的情感偏向来说,这一判断大致是符合小说文本实际的,但细察小月的实际行为与情感变迁可以发现,叙述者将才才与门门视为传统与现代、落后与先进、保守与改革的"简单对照",并没有得到小月的完全认同,也就是说,通过细察小月的实际行为并由此透视其行为心理,可以看到叙述者与小月之间的分歧,至少小月在对待二人的感情上是相当纠结与矛盾的。在小月看来,才才踏实干活,一心想当好农民,对未来的老丈人与未婚妻十分尊重,不愿意冒险进行投资或者做生意;而门门却从不想认真做农活,始终积极关注改革的形势变化以及对自身所在乡村带来的机遇,对老一辈的劝诫毫不在意却对小月一往情深。概而言之,小月虽然对电动磨面机、电动抽水机等所象征的改革现代性力量,发自内心的认可与向往,但她并不因此而否定才才身上所具有的农民性格与其所秉持的乡村伦理。小月坦然地接受与才才的订婚,虽然符合故事情节推进逻辑与小月真实内心的感受,其实溢出了叙述者的原本预期。在这个意义上,可以说这篇小说的叙述者的讲述,是一种充满矛盾的不可靠叙事。究其原因,大概是贾平凹对时代主题从革命向改革的转换是十分认同的,但这并不意味着他能从心里接受改革作为现代性力量,所标示的农村与城市作为落后与先进的二元对立的区分。这样的矛盾纠结一直延续到

---

① 苏沙丽:《从改革的喜悦到现代性忧思——贾平凹农村题材小说总论》,《文艺评论》2019年第3期。

《浮躁》《废都》等小说创作当中。

如果说才才身上所具有的农民品格得到了小月这样的乡村女性的认同，那么在《鸡窝洼的人家》当中，贾平凹又进一步深化了对现代性带来的冲击、希望与乡村伦理滞后及其如何转化之间矛盾的思考，对山山这样的农民所具有的偏狭、保守的某些性格及其负载的乡村伦理的落后一面进行了思考与批判。小说以循环的方式编排了山山与烟峰、禾禾与麦绒之间富有意味的"换妻"故事，这一故事后来被改编为电影《野山》。小说发表后迅即引起当时文坛的注意与肯定，如许柏林指出，"一部作品若是能把农村新生产力的代表者在生活中所处的位置，以及由它的产生而产生的新的矛盾，新旧观念的抗争，生活的变化，各种人的心理及其流向，再现给我们，那已是很令人高兴的了"，"它和风细雨而又令人牵肠挂肚地讲述着一个古老而又全新的故事。而这个故事所描绘的恰恰是一幅当前我国农民社会心理的律动图"。[①] 和《小月前本》设置的才才与门门这一对比型的主人公一样，《鸡窝洼的人家》也设置山山与禾禾这一对比型的主人公。禾禾作为退伍军人回到鸡窝洼生活，不愿意按部就班地按照鸡窝洼农民一贯的方式过活，敞开心扉积极在改革的浪潮当中寻找致富商机却屡屡失败。这个故事的前提设置有两个地方值得关注：其一，禾禾作为退伍军人，他不是鸡窝洼里土生土长的农民，当兵的身份意味着他作为农民曾经有过外出见世面的经历。这就像曼海姆所说的，农民只有离开农村才能发现自身的乡土意识，禾禾的返乡既是他看清农民因循守旧、安贫乐道式循环生活方式的重要前提，也是其能够与改革所代表的现代性浪潮接轨的重要因素；第二，禾禾不能安分守己、当好农民的探索性折腾方式，导致了他与妻子麦绒的家庭纠葛，并最终离婚。在麦绒看来，禾禾不能吃苦做农活，也就无法养活自己和儿子，不仅如此，禾禾还因为瞎折腾赔了不少钱让家庭陷入困境。所以，禾禾和麦绒之间的矛盾主要不在于感情的纠葛，而在于对生活的态度以及与此相连接的道德伦理的分歧。禾禾离家出走住到山山与烟峰家之后，又成为这个原本稳定的农村家庭的外来者力量，同时他继续寻找致富路径所隐喻的改革探索又成为一种现代性的力量，对山山和烟峰家庭带来道德伦理与生活观念的冲击。一方面，作为鸡窝洼里落单的单身男性农民在生活上处于弱势位置，很容易引起乡村妇女的情感关怀与道德同情，这对于山山来说无疑是个潜在的威胁；另一方面，禾禾不安于做农民的现状而不断寻找致富之路，山山与烟

---

① 许柏林：《当前我国农民的社会心理——评贾平凹〈鸡窝洼的人家〉》，《当代作家评论》1985年第1期。

峰两人对其的看法恰好是相反的：在山山眼中的不安分却是烟峰眼中的敢闯敢拼。

事实上，上述两种问题确实引发了山山与烟峰之间的矛盾，并进而演化成对生活方式及其观念的分歧与婚姻现状的冲击。贾平凹以非常平和、舒缓的叙事节奏将两个家庭的矛盾并置并进行了有效关联，最终将其叙述成具有滑稽戏性质的换妻故事。小说中对具有现代性表征的通电与电动机做挂面表现出了深深的认可，说明改革所带来的经济上的变化改变了山里人的生活方式，尤其是对既有的乡村风俗观念、婚姻评价标准以及情感结构产生了影响。在禾禾寻找致富之路的过程中，县委书记所代表的政治权力也以正向支持的形态，介入到了鸡窝洼农民的生活世界。由此可知，贾平凹确实是以外省人的视角敏锐地觉察到了改革本身是一项整体性的政治经济与文化思想的革新，其中必然裹挟着政治权力、经济形态、文化生态与观念伦理的变迁。我们注意到，在这场改革波及的鸡窝洼山村震荡与重组事件当中，禾禾和烟峰被放置在改革的支持者、参与者的位置上，而山山和麦绒被放置在固守山村旧有传统的保守者位置。与《小月前本》中的人物比较可以发现，小月、才才等均在面对改革与爱情时展现了丰富而复杂的情感变化，尤其是小月溢出叙述者携带的支持改革的前置观念，成为文本丰富性与多义性的主要价值所在。在《鸡窝洼的人家》中，禾禾与烟峰的人物形象仍然十分鲜活，其心理感受、情感结构以及生活方式等方面的变化，也深刻体现了人物的主体性光芒。问题在于，山山在文本中作为思想观念落后、经济行为保守的形象，较之门门被进一步的提纯与固化，因而也就取消了人物性格的丰富性和人物形象的复杂性。尤其是其一直认为麦绒不能生育的情况翻转为自己不能生育的情节，成为否定这一人物形象的最后一击。这在当时也引起不小的争议，改革是不是就要换老婆的问题被提出来讨论。当时一些学者认为，这篇小说以及由此改编的电影《野山》并不是想告诉我们改革需要不需要"换老婆"的问题，"而是表现农村的经济体制的改革是怎样遇到了鸡窝洼传统习惯势力的阻挠，而它又怎样必然地冲击着这种狭隘、保守、自私、虚伪的传统习惯势力"[①]。但从社会学与个体主体性的视角来看，像鸡窝洼这样的山村应该以什么方式来迎接和呼应改革，以及在呼应过程中应当对即有的乡村伦理、生活方式做多大程度的改变，仍然是需要给予关注的问题。也就是说，鸡窝洼的农民如果像禾禾这样参与改革能否真的都能够获得成功？如果不能，是否会产生严重的生存危机？鸡窝洼的妇女如果都

---

① 王富仁：《也谈"改革，就得换老婆吗？"——影片〈野山〉观后》，《当代电影》1986年第2期。

第六章
主体意识的审美自觉与道德自审——从孙犁、汪曾祺到贾平凹

像烟峰这样以改革与否作为婚姻家庭存续与否的判断前提,是否会产生价值观念的混乱而陷入迷途?或者说,改革本身所携带的婚姻观念是否一定具有正义性、合理性与合法性?这一系列的问题或许正是我们重新阐释与研究改革文学的一个切口。

如果说《小月前本》是从年轻人的爱情观念变迁观察改革,《鸡窝洼的人家》从中年人的婚姻家庭观念变化靠近改革,那么《腊月·正月》则进一步在乡村文化与基层权力结构的变化上反映改革。首先从小说的题目命名上可以看出,腊月与正月所代表的新旧两个时间及其交替,隐藏了关于商州乡土慢节奏时间与改革的现代性快速变化的时间差异。体现在小说的主人公韩玄子身上,则是自己日益衰老与年轻人王才顺应改革发展不断富裕的对比,他不惜代价地与王才进行斗争首要的缘由就是时间给他带来的焦虑。西方现代以来的存在主义哲学认为,"是焦虑推动了人类生活向前发展,迫使人类实现自身的可能性"①。之于小说中的韩玄子而言,"人类对时间的焦虑,实质上,就是对生存的焦虑和对生命终结的恐惧。时间又是历史,从这个意义上说,人类对时间的焦虑,也是对历史的流失和建构表现出的焦虑和想象"②。韩玄子已经退休但仍兼任着乡镇文化事项,具有农民、干部、家族长等多重社会身份,但细读文本可以发现,他并不是时代政策的支持者与宣传者,而是一位固守乡土文化与基层权力关系的乡绅。一方面他明显感到在家庭成员中号召力日渐衰减,长子大贝在省城工作但基本拒绝支持其在家乡维持主导地位,小儿子二贝则阳奉阴违地暗地里支持着王才,小女儿叶子算是比较顺从地听从安排,嫁给了农民三娃;另一方面年轻人王才不断抓住改革的机遇发财,不仅使自己的钱袋子逐渐鼓起来,而且不断通过请工人、花钱做公事等扩大自己在村里的影响力。来自家庭和王才的双重压力,其实是韩玄子作为家庭长者与地方乡绅的一种十分主观的个体体验,折射的正是前面所述的韩玄子对改革的时代环境与自身退休以后的实际处境的焦虑。韩玄子面对王才的势力与家庭成员的逐步疏离,主动作为去尽力挽回颓败的局面。在与王才的争斗中,利用自己所处基层权力圈层与乡村有势力阶层的位置,不支持且不允许儿子支持王才,先是拿王才私自外包土地说事,后来又在买房的事情上多番周旋,不让其得到买房权,再后来是咬着牙自己拿钱鼓励村民办社火。故事的高潮就是在吃"送路"饭的喜事当天,韩玄子将全部的翻盘希望孤注一掷地寄托在请县书记到场的

---
① [瑞士]维雷娜·卡斯特:《克服焦虑》,陈瑛译,生活·读书·新知三联书店,2003年版。
② 王春荣:《第二意义上的文学》,辽宁大学出版社,2014年版,第83页。

事情上，故事的结果理所当然地发生了偏转——书记临时决定到王才的村办工厂去，这成为压倒韩玄子的最后一根稻草。

韩玄子的失败，既来自王才自身的壮大，也来自自己小儿子明修栈道暗度陈仓式的帮忙，这一切外围的大部分人都知道，只隐瞒了韩玄子一个人，最后巩德胜向他揭开谜底。王才作为一个新兴崛起的乡村势力，将改革的时代浪潮逐渐引向了商州这样的乡村，村民们不愿意办社火，主动到王才的厂里上班，表征的是社会秩序的改变与价值观念的变迁，"当人们纷纷偏离原来的生活位置，社会秩序就会开始变得动荡不定，反映在政治上，则要求这种经济关系得到法的承认，从而导致特权的消失。最终，当然会确立一种新的社会秩序、新的经济结构以及新的价值观念和伦理行为"①。但是，韩玄子显然是不愿意接受变化并极力试图维持与延续既有秩序的。韩玄子失败的另一个原因，是在省城工作的大贝不愿意拿钱支持他购置房产，对于大贝来说乡村原有的建房置地的传统，已经不再具有现实的必要性和合理性。两个儿子的双双背离其实深层地揭示了韩玄子的双重悲剧，他既面临单兵作战而必然失败，进而退出历史舞台的现实困局，也面临着自己的乡村士绅地位后继无人的精神困境。从这个意义上来看，可以将韩玄子视为"商州乡村里的最后一个乡绅"。而"最后一个"正是现代性时间焦虑的典型表征，它既意味着面向现实生存的悲剧性存在，也关联着面向过去历史的记忆与留恋，同时还指向着未来的残酷离席。这种主观而悲怆的现代性体认，使得贾平凹的小说文本超越了"改革文学"的思潮现象，进入到更为本质的文学审美现代性的领域。《腊月·正月》之后，后起的寻根文学作家陆续又写出了诸多有关"最后一个"的经典作品，如王安忆的《小鲍庄》、李杭育的《最后一个渔佬儿》、韩少功的《爸爸爸》，甚至包括1990年代的《长恨歌》《白鹿原》《尘埃落定》《最后一个匈奴》等新历史小说。仅从这个角度看，贾平凹虽然因为外省人的地理空间位置一直落后于改革时代的文学潮流，如《满月儿》滞后于伤痕文学、《二月杏》滞后于反思文学、"改革三部曲"滞后于改革文学。即伤痕文学思潮兴起的时候，他才写歌颂；改革文学思潮兴起的时候，他才写伤痕；寻根文学兴起的时候，他才写改革。但实际上在文学创新意识上又有着开启性的探索。其中重要原因之一，就是贾平凹寻找到了商州文化作为小说的中心视点，并始终坚持了下去。贾平凹这样表述自己的写作规划："以商州作为一个点，详细地考察它，研究它，而得出中国农村的历史演进和社会变迁以及这个大千世界里的人的生活、

---

① 蔡翔：《行为冲突与观念的演变　读贾平凹的〈腊月·正月〉》，《读书》1985年第4期。

情绪、心理结构变化的轨迹。"① 正是以商州乡土文化作为视点，贾平凹透视了主体性视域中的韩玄子作为基层权力主体的不断迷失，以及在改革的浪潮中未能完成文化主体、新型经济主体的自我重构，其退出历史舞台也就显得无法避免。

综上所述，贾平凹在新时期过渡阶段的小说创作，明显表现了对改革现代性的赞同与向往，又对现代性对乡村的冲击表现出了矛盾的态度，这使得他笔下的主体形象总是徘徊在欣喜与犹豫、接受与拒绝之间。但他的独特之处在于，他经过过渡性的写作尝试之后，找到了商州文化乡土作为小说中心的角度，也就使得他没有简单地顺应改革而失去辨识改革本身复杂性的能力。这一乡土意识的获得，使他经常出入于现代性与传统性之间，游走于农村乡土与城市现代之间，从而也一定程度上克服了关于现代性的某些焦虑。徐勇指出："他的文学主题始终固定在城市和乡土之间，抑或传统和现代两端。他的作品虽然不免折射出时代主题和精神的腾挪历变、全球化进程的高歌猛进以及作者心态的浮躁凌厉，但这些，并不构成或左右作者一以贯之的思考，也并不令贾平凹对自身的身份有不断的焦虑与怀疑。"② 因此，贾平凹无论是书写乡村文化、情感变迁，还是书写城市人的现代病，都保持了相对平和、舒缓的叙事节奏，从而明显区别于对现代性保持强烈关注并显得过于焦虑的作家，如王安忆、孙甘露、残雪等。同时，在书写乡村人应变改革时代发展的道德伦理变化时，贾平凹虽然也塑造了许多主动求变、主动应变的人物形象，但他对改革带来的变化也保持了一定程度的清醒，对乡村的既有思想文化也没有简单地进行否定。相反，正是因为坚持反复书写商州的文化与风土人情，以及与之相关的人的伦理意识、婚姻情爱观念以及性道德，他对小说人物无论是颂扬还是批判，都有着相当清醒的道德自审意味。这使贾平凹既融入了改革的时代文学潮流，又从文学气质上接续了古典文学、文化传统，特别是新文学以降形成的以废名、沈从文、汪曾祺、孙犁等为代表的现代抒情传统，"自 20 世纪 70 年代初初入文坛，迄今已逾四十年，贾平凹属为数不多的与中国当代文学共同成长的作家。其风格之流变，既属个人心性及审美偏好之自然选择，亦与时代文学之风云际会关联甚深"③。这或许是贾平凹改革四十年来的文学创作能够被新文学的小传统与中国文学的大传统同时接纳的重要原因。

---

① 贾平凹:《腊月·正月》后记,《贾平凹中短篇小说年编 中篇卷 冰炭》,山东人民出版社,2013年版,第 296-297 页。
② 徐勇:《新时期以来文学现代性的两极走向及症候——以王安忆和贾平凹为中心的考察》,《当代作家评论》2019 年第 4 期。
③ 杨辉:《贾平凹与"大文学史"》,《文艺争鸣》2017 年第 6 期。

第七章

知识主体的重构：从知识青年到知识分子

本章所指的知识主体重构主要指刘再复提出的"对象主体",以及由对象主体的分析兼及对创作主体的考察。主体重构与过渡状态紧密联系,前者是在后者当中生成与展开的,后者则为前者提供话语环境。"过渡状态"是王尧提出的一个当代文学史概念。王尧指出:"中国当代文学是由若干段'过渡状态'连接而成的历史,在政治与文学的关联中,政治运动积累的力量以及重大政治事件的发生,都造成了文学史的"'中断'和'转折',这中间留下了我称之为'过渡状态'的阶段和特征。"[①] 由此可以看到,在当代文学史的视域中,1970年代文学向新时期文学转换有"断裂说"和"延续说"两种文学史判断,而"转折"则是处于断裂与延续两种描述之间的一种判断,我们可以称之为文学史的第三种论述,即"转折说"。而过渡状态就是跟第三种文学史判断联系更紧密的形态。所以,在新时期文学史的过渡状态中,因为在过渡的前端继续革命阶段,"知识"所界定的社会群体与阶级话语密切关联,知识青年与知识分子被阶级话语赋予历史的原罪,并且随着革命形势的变化与革命话语提纯转换的需要,知识青年与知识分子又常常被放到敌人与人民之间的异己/属己摇摆状态,比如特殊时期的一个有趣称呼,即"可以教育好的子女"。因此知识青年与知识分子在新时期的文学叙事,就显得尤有文学价值和文化史、思想史及社会史的意义。

一、知青小说的身份追寻与主体重构

文学作为知识者的事务,是由创作主体完成的一种精神活动,没有知识(包括拥有知识所形成的世界观与方法论)也就没有创作主体;没有创作主体,文学创作及相关的文学活动也就无从谈起。如前所述,由于知识者阶级身份的划分使得知识分子失去了合法性,也就是失去了创作的基本权利,知识分子的现实写作被中断,并且生存权利遭遇危机,这势必也会造成写作传承与文化传统的中断。但返回到具体的历史语境中,这一形势的变化又是十分复杂、不断反复而又相当失衡的。其中既有强制中断与主动中断的作家选择,如穆旦、沈从文等;也有在继续革命话语下主动或被动应变转化路径的作家,如贺敬之、汪曾祺等;还有本身就是由继续革命话语体系生产的新作家,如无法计数的各地方工人作家。写作

---

① 王尧:《论中国当代文学史的"过渡状态":以1975—1983年为中心》,《文学评论》2013年第4期。

被中断的作家在革命时期遭受的身体摧残与心灵历程，以及在新时期如何归来暂且不论。对于主动或被动应变的作家而言，政治对文学的征用与对文学创造者异己性的划定，成为这些作家无法解决的生存困境，也是导致这些作家陷入被启用/弃用旋涡的根本原因。前两种类型作家的选择与变化，势必会导致存量作家数量的不断减少，从理论上讲，如果继续革命能够持续一定的时间长度，这两类作家群体的消亡是必然的。需要注意的是第三类作家群体，一方面，偶尔因为革命斗争需要进行即时性政治口号、政治图解的写作，基本无法形成我们惯常意义上的作家群体，尤其是那些无法计数的大字报、揭发文字的写作者，并不会形成长期从事写作而固化的作家身份。所以此时期产生了大量无名化、集体化的作品，写作者或执笔者大多已经无法查考，客观造成了对真的写作者与文学作品的颠覆。另一方面，在继续革命语境下被生产出来的新作家，无论其写作的内容、形式、载体与面向在主观上多么地靠近即时性的政治话语要求，其作为写作者的现实达到一定的时间长度之后，逐渐固化的作家身份将对其既有的革命者身份造成影响，一旦革命形势发生变化就必然会由革命的属己者变成革命的异己者。而"继续革命"本身蕴含的政治话语逻辑天然地包含了革命形势、革命方向、革命要求不断变化的内在性要求。从这个意义上来说，这类作家同样会陷入"写作—身份"无法统合的合法性困境。这也就意味着，理论上来说，这类作家的生产机制也不具有连续性，如果继续革命能够持续一定的时间长度，这类作家群体的消亡也是必然的。

因此，在1960至1970年代中期文学向新时期文学这样的"过渡状态"中，作家（主体）的"缺失"（断层）是摆在文学走向新时期面前的更大的现实性问题，也是当代文学主体性在"发生期"（或者从潜隐向彰显的过渡期）的基本现实状况。造成这种情况的大致历史语境是，在现代民族国家建立的初期，文学环境的变化，导致了作家群体身份的改变，以知识分子为主体的作家构成逐渐被符合社会主义民族国家想象的工农兵作家代替。其中既包含了应时而生的新作家，也包含了改造后老作家。可能是因为新中国成立初期工业并不发达，工农兵作家中又基本以"新式农民"为主。1976年之后，随着国家政策的调整和文学环境的改变，作家主体构成发生裂变，农民作家的身份已经不符合主流意识形态重构文化领域话语的需要，顺应政治话语叙事需求的相对多元化的作家群体也重新获得书写的基本权利。但特殊年代极端的文化虚无主义实践所带来的作家创作内生动力的严重消耗、文学创作传统延续性的断裂以及文学书写空间的极度狭窄化，决定了文学面向新时期的"拨乱反正"需要经历一个相当长度的过渡阶段。表现在作家群体的具体文学创作中，主要面临的问题大致可以分为三类情况：一是相当一部分老作家、"农民"作家仍然延续着"文学为政治呐喊和注脚"的1960至1970年代中期文学创作惯性；二是以白洋淀诗人群、《今天》诗人群为代表的"地下文学"如何取得合法身份而转为"地上"的问题；三是如何评价以红卫兵和少部分归来者为主体的作家在正式刊物上发表的文学作品。当然，1978年之后，《文学评论》《文艺报》《收获》《电影文学》等许多期刊复刊（《人民文学》复刊于1976年，但随即又遭遇挫折，1978年后才基本自主），尤其是《十月》《当代》等杂志的创刊，为当代文学复苏提供了基本的外部环境。这三种类型之间并没有截然的界限，有些作家有可以跨类归属的情况，为便于集中讨论，暂时搁置前两种情况在文学主体性"发生"过程中所具有的反向与正向的作用，而选择具有代表性的正式发表的几部作品为例进行分析。

红卫兵以及知识青年是1960至1970年代中期最有时代特点的称谓，这群"和共和国一同降生的一代青年，从小被灌输了似懂非懂的阶级斗争、路线斗争观念、理论。'文革'中，他们中很多人变得语言粗暴、行为乖张，丧失了正常思考能力。他们普遍缺乏个性，完全被极"左"话语包围和左右，成为被政治野心家们操纵的傀儡"[1]。他们中的"红卫兵文学"作者，如何经由文学进行特殊时期历史反思和自身经历评判，如何进行自我（主体）重认、伤痕疗救以及精神自省，是我们透视当代文学面向新时期主体性重构的重要窗口。如上所论，红卫兵—知青作者大多属于第三类群体，虽然也有被卷入身份危机的风险，但仍有一些作家在革命持续阶段进行创作的实践，他们的作品被描述为"文革"型知青文学作品，如张抗抗于1975年出版的长篇小说《分界线》[2]就是比较典型的代表。小说比较严格地遵循了"三突出"原则，这或许与张抗抗在中学时期就学习毛泽东讲话并接受文艺为工农兵大众服务宗旨有关[3]，以"两派四边"[4]的方式编排结构和故事情节。"两派"就是以知识青年耿常烔、薛川、杨兰娣为代表的主人公，他们是小说预设的无产阶级革命路线一派；以霍逦、尤发为代表的人物形象，则是小说预设的资产阶级反革命路线一派。"四边"就是以知识青年耿常烔具有纯粹、高尚思想觉悟的无产阶级革命者为一边，以薛川、杨兰娣等无产阶级

---

[1] 杨健：《1966—1976的地下文学》，中央党史出版社2013年版，引言第3页。
[2] 张抗抗：《分界线》，上海人民出版社，1975年版。
[3] 张抗抗：《从西子湖到北大荒（自传）》，《小说创作与艺术感觉》，百花文艺出版社1985年版，第162页。
[4] 姚新勇：《主体的塑造与变迁——中国知青文学新论（1977~1995年）》，暨南大学出版社2000年版，第12页。

革命者但思想觉悟仍不够高为一边；以霍迤具有严重资产阶级办厂路线的反革命者为一边；以及工作组组长的追随与同谋者尤发为一边。故事以东北平原的一个农场分场为中心展开，讲述了1973年的春耕季节遭遇涝灾洪水的事件，特别是东大洼遭受的灾情最为严重。原本具有鲜活生活日常性的事件，被革命话语转化为东大洼的保与扔的路线问题。小说注解阶级斗争、路线斗争的主题先行问题并不是我们讨论的重点，也不能因为小说最后完成扎根教育叙事的结果规定性，而忽略在无产阶级革命小将耿常炯的扎根、与薛川的返城之间，隐藏了丰富的革命时代整体社会环境及知青生活信息。耿常炯所承担的无产阶级革命者教育使命，既对自己的政治使命之外的生活状况形成遮蔽，也对被教育者希望返城的现实追求形成压制。有学者据此提出，"这显然不是'文革'时期知识青年思想状况的真实反映，无论思想如何在'扎根'与'返城'之间摇摆，但一旦真正面临'返城'的机会时，几乎所有的知青都会毫不犹豫地返城。张抗抗回避了知识青年思想的实际状况，按照'文革'主流话语的要求安排人物的命运，从而放逐了作家自身的主体意识"①。从主体意识的想象与现实真实性角度看，耿常炯等所代表的扎根派确实与当时的真实情况不符。但以此批评张抗抗放逐了作家的主体意识，似乎又有脱离具体历史语境勉为其难的意味，毕竟该作品创作、出版于1970年代，在特殊的历史语境下，作家不可能突破现实革命政治的规定性。

概而言之，文革型的知青小说所塑造的人物形象基本属于"服从"（或接受教育服从）的类型。这样的知青小说叙事一直延续到新时期的初期阶段，如叶文玲的《丹梅》②、张贤华的《高高的红石崖》③等等。在革命政治的现实规定性之下，"文革"型知青小说的知青叙事基本限定在文本内在的前置原则、二元模式与证明革命话语的逻辑关系当中，尚无法建立小说叙事与现实真实性之间的联系。这也成为之后知青小说的首要突破口，这在1979年前后的关注现实社会问题的知青小说中体现的最为明显。由于1979年前后公共领域的文学活动都处于重新起步的阶段，所以此时期的知青小说作品大多篇幅不长；又因为特殊时期带来的伤痛既广又深，所以此时的作品更注重情绪上的控诉与反思，而不太注重文学性，写作手法大多是写实的，内容上则多是讲述知青1960至1970年代中期的

---

① 张红秋：《努力跨过"分界线"：论张抗抗从"文革"到"新时期"的创作转折》，《当代文坛》2006年第6期。
② 叶文玲：《丹梅》，《人民文学》1977年第3期。
③ 张贤华：《高高的红石崖》，《人民文学》1977年第7期。

故事。

《在社会的档案里》^①就是其中较为突出的代表作品。剧本讲述了爱情故事包裹下的青年犯罪问题，叙事手法上运用"清官"翻案故事的模式，一步步揭开李丽芳如何从纯洁的少女被迫走向堕落最终死亡的悲剧。故事采用交错的双线叙事手法，不断展开发生于1971年林彪任军队统帅时期两个年轻人李丽芳、王海南的悲剧故事。故事的第一条线索是女主人公李丽芳的伤痕故事：李丽芳作为出身于工人家庭的女护士，在海滨疗养院被首长强奸、凌辱、殴打，她无论怎样挣扎与反抗都无任何现实作用。带着身心双重伤痕退伍后，又因为新婚丈夫发现其被强奸的过往而离婚，逐渐破罐子破摔沦为混迹于社会底层的女流氓。故事的第二条线索是男主人公王海南的伤痕故事：王海南是凌辱李丽芳的首长前妻的儿子，怀着格瓦拉式的革命理想私自越境参加国际共产主义革命，身体力行之后却发现所谓的革命理想竟是一种虚假的政治话语；出身高官家庭却发现首长父亲及其所代表的当权者，利用手中权力在疗养院享受特权生活，并看到父亲强奸自己身边的女医护服务人员；喜欢并以纯真的青年人方式暗恋护士，却亲眼见到她被父亲凌辱强奸，是一个比较彻底的追求崇高革命理想却全面幻灭的受伤者。故事的最后，竟是李丽芳无意中杀死了想要帮助自己的暗恋者王海南，使得整个故事充满了无奈与萨特式的命运悲剧氛围。

可能因为是电影文学剧本，该故事的叙述者并不是李丽芳也不是王海南，而是负责调查高干子弟被杀案的公安人员尚琪。与部队首长等体制内特权享受者不同，尚琪认真调查案件并逐渐追踪到事实真相，发现对王海南造成夺命伤害的竟是他自己的父亲，揭示真相也导致他被政治权力诬陷而被捕，这又是一个俄狄浦斯式的命运悲剧。在展示无处不在的命运悲剧的同时，故事还非常尖锐地反映了特权、官僚等制度性问题，部队首长一个电话就可以让儿子上军校或将私自越境的儿子解救。虽然故事的背景设置在1971年，但高官腐败、教育问题、传统伦理、世俗观念以及女流氓等问题，其实都是新时期初期也就是作品发表当时比较突出的社会问题，具有明显的控诉与反思的时代特征，既在当时引起了巨大争论，尤其是在创作座谈会、《时代的报告》、《文艺报》三方形成了繁复交错的论争^②，在文学/政治领域形成很大影响，也因为其明显的道德审判和伦理批判的

---

① 王靖：《在社会的档案里》，《电影文学》1979年第10期。
② 参见黄平：《重温1980年围绕〈在社会的档案里〉的论争》，《中国现代文学研究丛刊》，2016年2期。

第七章
知识主体的重构：从知识青年到知识分子

简单指向，成为其价值遭遇文学史主流叙述所忽略和遗漏的重要因素。然而，重读剧本后，我们可以感到，王海南复杂的精神世界和独特的行动方式应当得到研究者的重视。其部队高干子弟出身、老红卫兵身份，与其和家庭的决裂、对格瓦拉式革命精神的追寻之间的错位与矛盾，构成了剧本深刻的叙事张力和反思主题。同时，王海南的身份设置与作者王靖本人的真实情况有着过多的相似性，更加深了剧本反思特殊时期的深度。王海南对国际无产者革命精神的执着追求以及所付诸的行动，容易被误解为空洞的、愚蠢的、缺乏自主思想与思考能力的蒙昧从众行为，这也是红卫兵以及具有红卫兵身份的作家在当代遭到批判的重要出发点。也许我们不能否认红卫兵群体曾参与和制造过种种极端暴力事件，但是也不能因此彻底否定王海南们真实的格瓦拉式的革命理想，更不能忽略他们缓慢然而不乏深刻的觉醒意识，以及觉醒之后的幻灭感和迷惘痛苦的精神状态。从作者的角度看，如果从故事发生的背景时间算起，到剧本发表，这种觉醒、幻灭以及虚无的痛苦已经持续了近十年的时间，"我往哪走？跟谁走？"从这个意义上讲，《在社会的档案里》就是一部深刻的红卫兵经历的精神叙事。

与这种精神叙事相类似的代表性作品还有《晚霞消失的时候》。与王海南追求国际主义的革命行动不同，《晚霞消失的时候》的主人公李淮平是红卫兵运动的直接参与者与见证人，在现在/过去这样的立体时间叙事中，在重叙与回忆中展开自己亲身参与的红卫兵事件、与南珊错失的爱情经历以及各自身世经历的故事。叙述者李淮平和叙述中的李淮平（既"现在的我"和"过去的我"）之间有明显的距离，叙述者常常吃惊于文本中李淮平的简单革命话语和粗鲁武断行为，带有明显的自省意味。李淮平与南珊的重逢与对话，既是对青年期错失了的爱情的追忆，也是对自己曾经主导的暴力行为给南珊家庭带来伤害的忏悔。由此，我们可以看出，作品在作者礼平、现在的李淮平（叙述者）、过去的李淮平（故事中人）之间，搭建起了多重的对话性的复调叙述，这是文学主体逐渐清醒与自我启蒙的过程，它既是一次身体暴力叙事的历史重访，又是一次精神内伤的自我疗救。剧本结尾掺杂了大量的"晚霞"场景描写，富有浓厚的象征意味，充满激情而又不无蒙昧的红卫兵岁月无疑承载了红卫兵们的青春岁月，"消失"则意味着对特殊时期历史的历史化处理吁求，以及对即将展开的1980年代的展望——"是的，往事已经过去；从今天开始，我们的视野应该转向更加广阔的未来。"[①]
当然，小说并未对自省后李淮平如何重建生活的价值体系和未来的生活信仰给出

---

① 礼平：《晚霞消失的时候》，《十月》1981年第1期。

方向,这其实反映了 1960 至 1970 年代中期迷失的精神主体重新追寻自我的艰难。

关于如何在特殊时期的精神废墟上重建信仰的问题,或许我们可以从《公开的情书》的主人公真真身上找到些许答案。该小说初稿写于 1972 年,以手抄本的形式流传,"1980 年,当时颇有影响的文学期刊《十月》于第 1 期头条刊发了《公开的情书》,发表时将第一稿删去了一万多字"①。因为特殊时期的文学生存环境以及存在方式,小说的初稿内容以及衍生版本已经难以细考,作者发表时又作了许多修改,所以,更应该将其视为"过渡期"的作品,即以 1976 年之后修改并正式发表的作品作为讨论的文本。这样,主人公真真就具有了和李淮平类似的主体自省经历,发生在真真们身上的信仰重建痕迹,也可以与李淮平们形成对照和互文的关系。小说通过北京名校知青真真与三位男性(老久、老嘎、老邪门)之间的 43 封通信为我们搭建了立体的多重复调叙事空间:第一,真真与老嘎、老久之间的"三角"恋爱以及年轻人之间的思想交流、交锋;第二,真真与现任男友石田、精神流氓汝童之间的生活感情纠葛;第三,真真的父亲、邬叔叔与香玉之间的"三角恋"悲剧故事,以及真真与邬叔叔之间的矛盾。小说较为充分地展现了真真这样的知青,对特殊时代"禁欲主义"价值观的怀疑和批判,探寻爱情/人生、理想、事业/自然科学三个方面的主题,反映出精神主体依靠爱与科学来重建精神信仰的尝试。三条线索在思想的交锋中形成互相对话、矫正与重写的关系,推动着真真情感的升华。尤其是小说最后真真勇敢地突破世俗精神观念,翻转父辈因世俗观念而导致的爱情悲剧,以追求有深度的理性的爱为标准与老久成为恋人,体现了精神主体的自觉与自主。尤其是真真们富有理性精神的时代认知与对未来建设的参与意识,使小说明显区别文革时期的《九级浪》《少女之心》等手抄本言情、言性小说,正是在这样的意义上,有学者将其称为"那个时代里的精神奇迹和思想传奇"②,极力彰显其"思想性"表征及其文学史上的地位。王海南、李淮平与真真都是"和共和国一同降生"的人(作家王靖、礼平和靳凡也都是出生于解放战争胜利与新中国成立前后),他们从不同向度、不同层面进行的主体精神追寻,以及由此所构成的从蒙昧—觉醒—迷惘,到自省—反

---

① 李雪:《〈公开的情节〉的历史沉浮》,《历史与当下的对话:进入当代文学史的多种方法》,人民日报出版社,2015 年版,第 91 页。
② 何言宏:《正典结构的精神质询 重读靳凡〈公开的情书〉和礼平〈晚霞消失的时候〉》,《上海文化》,2009 年第 3 期。

思—重建的精神历程,为我们展现了新时期崭新文学主体生成的精神向度和可能。当然,我们也不能回避这些作品写作手法、表现方式、人物设置等方面存在的种种限制,以及这些力图从特殊年代的泥淖中获取新生的主体,在面对自我反思、政治认同与现实生存危机方面表现出的某些暧昧、妥协与无助的状态。从中我们也可以窥见当代文学主体性精神由潜隐走向张扬的起源性意义,以及这一阶段知青文学叙事中文学的主体性精神存在的局限。

按照阿尔都塞关于意识形态国家机器再生产理论对主体塑造的阐释,意识形态为主体提供镜像,每个个体通过对镜像主体的体认与修改发现自我,并通过对自我主体的内在化,将与这个主体同时存在的社会规范、价值标准与伦理道德内化为主体的规约,从而建立起自我和社会的想象性关系。① "文革"型知青小说中的主人公,由于在极"左"政治语境的意识形态话语下,个人的自主、自觉与自由的思想与行为均受到严格管制,导致个体的感觉镜像认同能力受到限制,致使作品中人物的思想与行为沦为服从型的政治话语注脚,作品描述的情况与现实真实严重脱节。在回归潮时期的政治拨乱反正语境下,知青文学得以在参与拨乱反正与思想解放政治话语建构中,重新正视历史经历的真实性问题,并建立起作品描述的情况与现实真实的关联,展现多重断裂下的知青运动与青春无悔的多重选择。问题型的知青小说虽然建立起了文本真实与现实真实之间的联系,但大多数仍是对伤痕的控诉、暴露以及表现愤懑、压抑的情绪,究其深层次的主体诉求,主要是寻求知青的政治合法性与表达自我的话语权。当然,与知青命运相连的不仅是政治合法性与表达话语权的问题,在挣脱扎根与回城的新时期知青困扰之后,知青回城的现实难度与生存压力又残酷地摆到了他们面前,《假如我是真的》《本次列车终点》就是这样的代表。与叶蔚林《蓝蓝的木兰溪》、贾平凹《二月杏》等非知青作家的知青文学叙事不同,王安忆的《本次列车终点》比较典型地将知青在扎根与回城前后的农村与城市建立起对比空间,又因为作家本人现实生活中熟悉大城市上海的缘故,作品中主人公陈信的内心矛盾、迷惘与挣扎的褶皱被真实地呈现出来。

陈信在公交车上被女乘客骂道"外地人挤车子就是笨",隐含丰富的身份信息、城市现实与个人适应性等内容,当知青被下放到农村,需要变更城市人身份为农民身份的时候,形成了诸多接受再教育从而确立扎根农村思想的文学叙事;

---

① 参见[法]阿尔都塞、陈越:《意识形态和意识形态国家机器(研究笔记)》,《哲学与政治:阿尔都塞读本》,吉林人民出版社,2003年版,第320-375页。

当这些虚假的扎根叙事被大批量的返城潮所揭穿时，他们已经成为城市的"外地人"，因此陈信的故事不单单是知青返城的叙事，而同时具有了城市现代性的意味。马歇尔·伯曼指出，"所谓现代性，就是发现我们自己身处一种环境之中，这种环境允许我们去历险，去获得权利、快乐和成长。……现代的环境和经验直接跨越了一切地理的和民族的、阶级的和国籍的、宗教的和意识形态的界限：在这个意义上，可以说现代性把全人类都统一到了一起"①。陈信对城市公共交通空间、居住空间的理解逐步由扎根农村时的经验转向城市人的生存见解，即使是小阁楼都需要和自己的哥哥一起分享，嫂子更是担心自己回来要与哥哥争着分房子。原本以为随着列车终点的到来，会结束已经被现实返城潮所否定的上山下乡运动及其农村生活，迎来崭新而幸福的人生之旅，但现实无疑是冷漠而残酷的：插队时到农村无疑是要与农民争夺生存的物质之需，现在回城又面临着与家人争夺居所，两头无所依靠的表象无疑是折射了知青游离于农村与城市之外的身份认同尴尬。"当知青们充满喜悦回归城市，希望开始新的人生旅程时，城市给予他们的是冷漠和深深的失望，他们因此又一次切身感受到命运的无情。对过去的无情否定，对现实的怀疑，对自身与未来世界的不可知，使他们陷入迷惘与孤独之中，陷入对世界、历史、人以及权威的深刻的悲观之中，由此引发了重新评估知青生活，寻找精神支柱、确立生活新坐标的迫切需要。"因此，我们又看到在城市中寻找身份认同而碰壁的知青，又开始留恋其插队时期的乡村风物与群众情感，但"这种'留恋'并不是对'上山下乡'运动的肯定，而是回城后的隔离感和挫折感的折射。"②

知青陈信的故事空间由插队农村转到现代都市，意味着知青故事由历史进入返城后的现实，经过前期略显简单化的控诉与暴露之后，面向现实的知青叙事力图摆脱现实政治话语的牵扯，将过往的知青生活虚化为模糊的故事背景，书写现实开始深入到主体的情感世界和精神世界，并进一步触发了对过往青春岁月的价值重估与重新肯定，尤其是激情岁月当中的经风雨、见世面对于个体精神成长的作用。这也说明，对过往插队生活尤其是与当地农民建立起来的淳朴情感，并非毫无价值与意义，对其否定其实深度折射了评价者的政治视角、城市视角及其话语霸权。正如孔捷生所言："我们老知青在那个非常年代里仍然作出了贡献，用

---

① [美]马歇尔·伯曼:《一切坚固的东西都烟消云散了——现代性体验》,徐大建、张辑译,商务印书馆,2003年版,第15页。
② 丁帆:《中国乡土小说史》,北京大学出版社,2007年版,第255、256页。

刀斧和锄头这些原始工具使千年荒山变成了胶园，一辈子的青春化为汗水滴在祖国大地。怎能因为我们的些微奉献远抵不上十年浩劫的空前损失，便觉得毫无价值呢？"①这在1982至1984年前后的知青小说中多有体现，如《南方的岸》《我的遥远的清平湾》《这是一片神奇的土地》等等。孔捷生的《大林莽》无疑是具有浓厚象征主义色彩的知青叙事，小说的主题基本围绕主人公简和平的那句"方向永远是对的，路永远是错的"而展开。五个年轻的知识青年各有各的个人经历，因上山下乡来到海南的垦荒兵团，接受勘探大林莽的地形任务为砍伐森林种植橡胶园做前期准备。大林莽强烈地象征了无法抗拒的革命政治与知青的现实生活，在面临永远无法认清的林莽环境与现实两难困境时，邱霆以自身一向的莽撞果断一个人继续向前而献身大林莽；简和平虽然保持高度理性和对现实的清醒认识，但仍旧无法找到走出林莽的办法，折射知识者在特殊政治环境下无力抗拒命运悲剧的宿命性存在；大陆仔的形象则显得复杂而生动，他的自私、偏狭的性格在经历大林莽的迷宫式考验当中逐步将自我向谢晴敞开。他们的性格基本都不同程度地呈现了从狂妄蒙昧到迷惘困惑再到意识逐渐觉醒的过程，可以说这篇小说是超越现实主义的象征主义作品，在揭露1960至1970年代中期被荒谬政治鼓动进行盲目垦荒的同时，也深刻揭示了知识青年的精神成长史。在大林莽的象征世界里，他们既要和恶劣的自然环境搏斗，也要和自身的饥饿、情感搏斗，还要和荒诞、盲从、愚昧进行斗争，在人与自然、历史、现实当中建立起多重思考的维度。他们五人当中有四人被大林莽所吞噬，象征了在病态的时代氛围下人们的真实处境，尤其是大陆仔在获得主体意识的觉醒之后，以自我毁灭的精神和勇气返回到大林莽当中，从精神成长与主体意识觉醒的角度看，确实超越了当时的知青小说创作。正如张奥列所言，"《大林莽》描述的是知青人物，反映的是知青生活，但作品的内涵已超越了知青题材的范畴。这场佳人落泪的悲剧，虽然是发生在几个迷路的知青身上，但并不是个人的失误。他们受着社会的非理性力量的驱使，压迫。这是时代的悲剧，民族的悲剧，人类的悲剧。人与自然的斗争，人与社会的斗争，是人类所面临的共同问题"②。

以往的评论往往会因为知青文学从自我辩护的角度，肯定插队生活而缺乏历史批判意识，进而否定文学叙事中的激情与理想主义，这本身恰恰就是缺乏历史意识的价值评判。时过境迁，上山下乡作为具有重要影响的历史事件，我们无法

---

① 孔捷生：《旧梦与新岸——并非谈创作的创作谈》，《十月》1982年第5期。
② 张奥列：《知青题材的超越——对孔捷生〈大林莽〉的思考》，《当代作家评论》1985年第6期。

因为对运动本身的否定而否定掉知青生活的全部。尤其是知青文学具有理想主义的整体特征，连接了新中国"十七年"时期的社会主义文化建构的理想主义，已经具有了某种超越时代限制的文学性价值，对当下中国的文学书写与文化建构或许仍有着重要的借鉴意义。正如贺仲明所说的，"受商业文化的影响，当今中国社会充斥着强烈的功利主义，精神、理想受到嘲笑，甚至可以说已经远离人们的生活。文学也是如此。性取代爱成为文学的主角，金钱取代精神肆虐于文学舞台，'只求一朝拥有，不求天长地久'的表现不只在感情领域，而是渗透到所有的文化领域。在这种情况下，理想主义显然有着特别的警醒意义"①。总而言之，这些故事中的叙述者不再是简单的受蒙蔽者、受害人形象，而是试图从知识青年的群体意识中挣脱出来，通过重述个体记忆中的垦荒、放牛和勘察等独特生活经历，及具有个人独特性的对爱情、对当地农民亲切情感等的真实表达，展现知青岁月中的坚定信念、理想激情和不服输的精神，以及在追寻理想、激情的历程中遭遇摧残与幻灭的历程，深刻蕴含了对知青生活的重新审视，对青春理想主义的追忆，以及对人的宿命性命运的追思，标识了个体主体意识的觉醒和文学主体性的初步确立。

二、知识分子叙事：在地的幻象与未完成的乌托邦

在新时期过渡阶段，描写知青生活的小说并不等同于书写知识分子的小说。知青虽然是知识青年的简称，但他们更多的是因为受到国家政治运动影响而形成的具有相似经历的一代人，以及与此经历相关的集体经验，因而故事中的"知青"有别于我们惯常意义上的知识分子。在新时期初期，以知识分子为主要书写内容的小说作家，既包括部分具有知青身份的作家，这些作家大约都出生于新中国建立前后，又被称为"与共和国一同降生的一代"，他们既延续了知青小说那种城乡之间双重漂泊与无根状态的反思，又试图重新建立有别于知识青年的知识分子身份，以便重构这些知识分子与土地母亲的紧密依存关系，同时又思考面向未来性生活想象的故事。这使他们在某种程度上抵达主体精神世界的深处，体察到主体身上道德感之外的文化表征；也包括在新中国成立之前有作品问世的作家，他们通常是来自左翼文学或延安文学的序列，在新中国建立之后能够主观上

---

① 贺仲明：《论新时期知青小说的创作形态与文学史价值》，《求是学刊》2011年第1期。

接受无产阶级政治信仰,并试图建立与主流意识形态相一致的文学思想,努力按照《在延安文艺座谈会上的讲话》的指引实践服务工农兵大众的文学观,但又内在地接受了苏联及经由"五四"新文化运动转换的西方现代文学精神,一旦新时期政治方面重启与西方国家的交往,这些作家们在这方面的精神品性又会被一定程度地激活。同时,我们又应当看到,另外两类以"缺席的在场"方式存在的作家:一类是与左翼文学或延安文学相区别的国统区、沦陷区作家,这些作家由于政治立场与精神气质等在社会主义文化时期遭到否定,使得写作的权力被中断,甚至基本的生存权利也不同程度地被剥夺,导致他们在新时期文学重启之后无法重启个人的文学创作,如胡风及相关的"胡风派"作家;另一类是1957年前后出生的"作家"[1],由于特殊的历史经历决定,他们大多数人没有接受完整的国民教育,在青少年时期就中断了正常意义上的基础教育,大多数以不同形式、不同路径获得与家庭政治成分对应的社会身份,如工人、"可以教育好的子女"等[2]。即使在1960至1970年代中期可能也会公开发表一些集体表态、集体阐释政治正确的所谓文学作品,但集体表态本身导致的"无名"使他们无法在1976年之后,迅速参与到文学重启"共名"新时期文化建设当中。

历史学研究者杨念群在讨论中国近现代知识分子与西方近现代知识分子的总体性区别时,提出:"与西方有所不同,中国知识分子由于缺乏西方市民社会和公共空间作为依托,所以很难保持较为纯粹的民间立场,中国近代思想史基本上走的是社会知识分子运动——国家设计——基层渗透的过程,知识分子的选择往往和国家行为紧密相关,甚至更多地直接转化为国家的对策性资源。当然,国家行为的改变不完全是知识分子行为直接造成的结果,而是外力催逼下达致的一种综合效应。"[3] 这个判断大致可以用来描述新时期文学中的知识分子叙事,与"五四"时期短暂但相对开放的知识分子公共空间背景、知识分子建构与复兴现代民族国家的诉求有所不同,新中国作为现代民族国家建构的完成时态,由终极目标的未来性想象力量转变为对知识分子主体性的压迫性力量,因此,新时期的

---

[1] 按照文学传统的延续,一般20—30岁左右的年轻作家会在文坛占据一定的比例。从新时期过渡阶段往前推算,1957年前后出生的青年应当在新时期初期的文坛占据一定的比例。但在当代文学的新时期这样的特殊历史时间点上,却鲜有这样的作家。因此对此处"缺席"的作家加引号。

[2] 徐庆全:《话说"可以教育好的子女"》,见"八十年代"公众号。

[3] 杨念群:《中层理论——东西方思想会通下的中国史研究》,江西教育出版社,2001年版,第71页。

知识分子叙事具有明显的主体觉醒意识。但觉醒的主体并不能跳脱中国当代的历史语境，建立起西方现代性意义上的知识分子形象，而是延续了杨念群先生描述的此种合法化路径。即重新获得民族国家与社会主义文化的认同，进而在博弈、背离与妥协当中完成知识者与国家行为的某种同一状态。仅仅从本节讨论的小说中的知识分子叙事来看，道德主体的建构是连接知识者与国家行为的中介，通过道德主体的建构与想象尤其是知青与归来作家共同涉及的"在地叙事"，表层故事上意图建立知识者与农村、农民（尤其是代表精神皈依的地母形象）的生活和精神联系，但一旦返城或官复原职的机会来临之时，这些知识者几乎都会毫不犹豫地选择离开大地，我们把这个现象称之为"在地的幻象"。对这种幻象的价值评判，与其说是这些知识者道德良知的匮乏，不如说是由其上述征引的知识分子的内在规定性决定的。因为，他们一方面在面对生存困境时会寻找栖身的避难所，从而短距离地观察到农村、农民的生存境况；但是另一方面他们要完成自身知识者身份的重构，又需要找到与国家行为建立同一性的现实条件。但是需要注意的是，这里讨论的找到与国家行为建立同一性现实条件的目的，仍然有一个前提，即他们中的大多数人原来都是生活在城市中的。这就必然会引出原本就生活在农村、经过短暂外出学习的知识者，面临自身知识分子身份建构的难题，这一类作品也占据着相当的篇幅。他们与来自城市的知青、旧有知识分子不同（对城市人来说，他们的离开主要背负着道义上的亏欠而不存在道德上的困境），在面对现实生活与重构自我的时候，往往面临道义与身份之间难以弥合的伤痛，陷入道德与知识者理性持守的双重危机。

　　王蒙在新时期复出后写的《蝴蝶》，比较真实地反映了上述讨论的旧有知识者的现实境况和思想矛盾。作为曾经的地委书记，主人公张思远有着小资产阶级情调的妻子海云，海云为他堕胎一次之后又不听他的要求生下儿子冬冬，离婚后又娶了年轻貌美的娇妻美兰。1957年政治运动时张思远成为受害者，又在"文革"时期成为批斗的对象，海云自缢身亡，美兰贴大字报并与他划清界限，原本不屈不挠的他，在儿子冬冬的三个巴掌之下晕倒过去。张思远就是以这样自己都难以置信的"白丁"身份来到山村接受农民进行再教育，在置身于山村日常体力劳动的生存境况下，结识同样因丈夫受难而迁居山村的乡村医生秋文。故事是以新时期到来后官复原职的张思远作为叙述者的，叙述者张思远首先以环境的类比建立起"在地"的叙事："该死的汽车，为什么要把他和地面，和那么富有，那么公平，那么纯洁而又那么抵抗不住任何些微的污染的新鲜空气隔离开来呢？然

第七章
知识主体的重构：从知识青年到知识分子

而坐在汽车上是舒服的。"① 叙述者以旧环境的熟悉与陌生建立起两个张思远的对比情境：作为曾经受难者的受难地，他熟悉山村的环境与风土人情，喜欢山村里纯洁、没有污染的空气，以及在过去生活时间力图建立的知识者身份，但作为已经重新官复原职的张思远，他已经完成了知识者与国家行为建立的同一性联系。因而，叙述者张思远的抱怨其实仅仅是表达离开乡村的亏欠，而不存在道德意义上的困境，反而以对汽车造成的区隔抱怨，重构了另一个张思远的正向"道德主体"。只不过，这个道德主体是以在地的知识者形象而存在的，也即强调了过去的那个张思远的知识者的显在身份，从而巧妙地掩藏了当时不合法的官员身份。但是，叙述者张思远又不动声色地从三个层面，对过去的那个张思远意图建立的"在地"知识者形象进行了解构：首先，叙述者张思远作为现时的官复原职者，对其重返乡村的瞬间感觉与情感矛盾形成解构，他不会因为汽车区隔新鲜空气而留在山村，这就意味着这次重访不可能是一种生活的重返、一种精神的皈依，而只能是一次颇具仪式感与现代性意味的告别。其次，张思远以自己客居山村时与农民对话的回溯，展开了山村农民对受难者张思远的真实看法，在农民看来，张思远自认为受苦受难，却拿着比农民收入还高的工资，这就注定张思远想成为农民的未完成与策略性，成为农民只可能是"受难者"张思远的权宜之计，而不会是其内在的精神追求。最后，能够观照到张思远内心深处情感结构的，是他此行想带走患难时期结识的女子秋文的目的。与自以为是的张思远相比，秋文有着清醒的现实认知能力，她以不想离开山村为由，拒绝了张思远许以部长夫人的邀请。这无疑是一种带有自嘲与反讽意味的知识者的自省。对于张思远来说，建构农民身份的失败，以及遭遇农民的拒绝，无疑在双重意义上消解了其建构"在地叙事"的企图。而叙述者张思远对此又是有所认识并有着反省意识的，正如有学者所言，"他既警惕地提防对纯粹的精神理念的沉迷，并质疑知识者的'精英'意识，而又流露出对成为'精神旗帜'的留恋。对于历史和自身的反省态度，使他的小说避免了普遍性的感伤，不过，思想信仰有时也会被抽离了具体的历史形态和实践内容，在他的小说中成为不可分析、怀疑的教条，转化为对人的压迫的力量：这一思想框架的封闭性，限制了思想境域的拓展"②。

韩少功的《西望茅草地》③虽然从表面上看更符合上一节知青小说的特征，

---

① 王蒙：《蝴蝶》，《王蒙文集》（第三卷），华艺出版社，1993 年版，第 71 页。
② 洪子诚：《中国当代文学史》，北京大学出版社，1999 年，第 262 页。
③ 韩少功：《西望茅草地》，《人民文学》1980 年第 10 期。

但细察其思考的主题却与其他伤痕小说有着较大区别。作家在小说获奖后发表的创作谈也提到,该小说虽然受到伤痕文学作品的影响,但其复杂性却已超出伤痕文学的范畴。① 这个复杂性在后来的研究者那里被阐释为启蒙思想,即知识分子以启蒙的眼光观照落后、封闭的农村,以及批判张种田等农民。② 但如果我们不仅仅将观照视角放在知青对农民张种田的审视与批判上(事实上这可能是伤痕文学必须在话语逻辑上与政治话语保持一致的需要),而是从知青小马的插队经历与情感结构来看,却会发现小说更加丰富的主题蕴含。小马作为城市知识青年,在国家宏大政治动员叙事的感召下,放弃去金属压延厂挣钱的小我生活方式,而是与父母谈判、吵架、绝食后,带着一支牙刷迈上上山下乡之路。小马初次到农场的感受是:"道路是神圣的,陌生而神奇的茅草地吸引着我们城市青年。拔地而起的巨石,扑扑飞的野鸡,耳环闪闪发亮的少数民族妇女。据说这里汉、壮、瑶杂居。历史上无数次民族械斗的结果,留下一片荒凉。荒凉有什么要紧?现在,我们要在这里建设起'共青团之城'!我们将在一位老革命战士的带领之下,在这里'把世界倾倒过来,像倾倒一只酒杯'!"支撑小马的革命理想有三个维度:建设共青团之城、推行科学精神和自由谈恋爱。但农场恶劣的自然条件和在场长张种田的保守思维指挥下,农场最终破产改组,这同时也意味着小马想要扎根农场、在农村建设共青团之城的革命理想的失败。也就是有学者提出的"沿着否定的方向,以忧愤深广的批判精神,努力挖掘出他们身上的负量因素,以引起疗救的注意"③。在农场的建设过程当中,小马以及其他知青试图通过搞种子实验、肥料实验来改变土地贫瘠的状况,但知青们抱以希望的科学精神,仅仅停留在思想认识层面而无法真正付诸实践,因为他们当中并没有具备开展科学实验知识储备的专业人士。从这个意义上来说,作家其实是不动声色地对知识青年身份进行了解构,而这里所设计的所谓科学精神也并非是科学本身的价值,而是以科学精神来实现对特殊时期的历史批判,科学精神更多的是一种揭批方法。同样比较复杂的还有小马与场长女儿小雨的爱情悲剧,表层故事结构上,是张种田的革命激进主义精神阻碍他们的爱情,但其实也不尽然,按照故事的设定,小马具有时代特征的反抗精神,单纯场长的阻挡并不能摧毁他们的爱情,真实情况是小马

---

① 韩少功:《留给"茅草地"的思索》,《小说选刊》1981年第6期。
② 陈东海:《从〈西望茅草地〉到〈飞过蓝天〉:韩少功小说对启蒙主义的关照》,《学理论》2009年第3期。
③ 栾梅健:《对新时期小说创作中"农民性"问题的思考》,《小说评论》,1987年第5期。

在改造农场的实践当中摔伤的脸,这才是这场悲剧的根本原因。小马摔伤脸部既是实写也是隐喻,意味着知识青年建构"在地"叙事的失败。

《西望茅草地》这篇小说明显有别于其他知青小说的地方,在于小说并没有简单地沿着对知青上山下乡"批判—否定"的惯常逻辑展开,小马所在的农场解散改组后,他们又继续转战去修铁路,再次踏上革命事业的建设道路。尤其是小马对附着在茅草地上的革命理想的反思,具有超越伤痕文学作品的价值。"茅草地的事业,只配用笑声来埋葬吗?幼稚的理想、带来了伤痛,但理想本身,崇高和追求本身,旗帜和马蹄,也应该从现实生活中狠狠地抹掉吗?"显然已经挣脱开了简单的肯定与否定的伤痕文学幼稚病,对叙述主题不进行简单肯定进而保持叙事批判性,"肯定往往闪烁不定,隐约其词,甚至彼此矛盾。它缺少一种正面的强烈之感",[①] 既成为韩少功后续文学创作始终坚守的思想意识,也使得韩少功较早地将特使时期反思的视角推及到民族文化层面。我们从小马身上可以看到,"因塑造自我的母体文化遭到了被抛弃的命运,因而自我认同受到质疑而产生的困惑。小说以第一人称叙述,将叙述者和人物相重合,泄露了作者在猝然而至的社会变革面前精神价值不得不转换的焦虑"[②]。主人公小马从革命理想高涨、到遭遇现实困境、再到遭受身体打击,折射的正是知青主体在革命理想实践中不断成熟的过程,也即主体性不断苏醒的过程,只不过这个主体是带着致命伤痕的"残缺的主体",从而成为几年后先锋小说"残缺的主体"[③] 叙事的先声。需要注意的是,小说所建构的"在地"叙事仍是另一种形式的幻象,小马的爱情故事与其说是特殊时期压抑之下的情感失落,不如说是知青以过来人的视角对插队时期农场生活的一种缅怀;与其说是对革命理想的再思与精神重返,不如说是对历史记忆的总结与对革命时代的告别;小马对革命的反思虽然超越了同时期的伤痕作品,但其建构的主体仍然是一种有别于革命集体的另一种知识者集体,也就注定了小说叙事在文学主体性意义上的过渡性质。同时,小马对农村、农民、土地的观察,是一种城市知识青年的他者视角,而未能理解农民以及土地之于农民的生存意义。正如学者赵园分析的那样,"农民不会像知识者那样,把土地看成史册,土地之于农民只是生长五谷杂粮的物质性意义;而知识分子对土地常常是情感特

---

① 南帆:《历史的警觉——读韩少功1985年之后作品》,《当代作家评论》1994年第6期。
② 于慧芬:《"革命"的哀歌——重读韩少功〈西望茅草地〉》,《创作与评论》2015年第24期。
③ CAI R. The Subject in Crisis in Contemporary Chinese Literature. Hawai'i: The Unitersity of Havai'i Press, 2004.

征的投射与侨寓城市形成的失落的原乡之诗意放逐的所在,倒象是两极化了的结构:一个极尽可能的强化对土地的迷恋;一个极尽可能的趋于功利考虑,而显出离土倾向,这是两种不同涵意的'地之子'"①。

上述所论的老干部张思远与知青小马在建构"在地"叙事上的失败,并未从根本上影响他们返城或转战他处的人生轨迹。尤其是他们建构"在地"叙事的目的,更多的是为了建立革命话语下与知识分子非法身份相对的"农民"这一合法身份。而"在地"幻象可能带来的伤害也随着时代语境的转换化险为夷,所谓的建立合法身份的诉求实现了有趣的翻转,即在革命语境下知识分子身份非法而农民身份合法,在改革语境下则是知识分子重返社会中心,而农民再次成为边缘性的落后者——启蒙对象。与知青小马相较,《人生》②中的高加林则处于城乡差序格局的更低端。高加林与刘巧珍、黄亚萍的爱情故事所承载的现代性道德叙事历来为学者所重视,也符合路遥进行小说创作的主观出发点。正如有学者所说,"如果将《人生》看成是一部戏,德顺老汉则既扮演着一个有着道德力量的老生角色,同时又扮演着豪爽仗义精明能干的武丑的角色,这两个角色同时统一于德顺老汉,使他成为了乡土文明的'守夜人'。在《人生》中,路遥也许是为了强调这种'守夜人'的重要性,不惜中断以高加林为中心的现代性叙事,插入了一段前现代的德顺老汉的故事"③。但高加林身上同样具有复杂性,"他在精神上是一个新的人物,但不是通常所说的'新人'"④,在高加林事业线与爱情线的双线发展与交织当中,反映的不仅不是"新人"对制度召唤的服从与呼应,而是带有强烈复仇意识的反抗与批判。高加林回乡当民办教师——被顶替后当回农民——走后门进县委——遭情敌母亲举报——再次返回农村当农民的事业发展轨迹,几乎一直纠缠着个人的爱情故事。当他被顶替回高家村时,爱上善良的农民巧珍;当他离开农村去县委工作时,他离开巧珍而选择黄亚萍;遭到情敌母亲举报后再次回乡时,巧珍已赌气嫁给别人,从而完成高加林的事业、爱情双重意义上的悲剧故事。从高加林错失巧珍这样金子般的农村姑娘这点来看,这确实可以说是道德训诫小说。但高加林是如何失去黄亚萍这个现代城市女性的,往往被研究者所忽略——与黄亚萍门当户对的前恋人张克南的母亲,正是抓住了高加林城

---

① 参加赵园:《地之子—乡村小说与农民文化》,北京十月文艺出版社,1993年版,第84-94页。
② 路遥:《人生》,北京十月文艺出版社,2012年版,第7页。
③ 杨庆祥:《路遥的多元美学谱系——以〈人生〉为原点》,《文学评论》2020年第5期。
④ 雷达:《简论高加林的悲剧》,《青年文学》1983年第2期。

市人身份的非法获取渠道而举报成功。所以，我们可以说高加林的故事更是一个关于知识、青年与身份建构的故事。

高加林高中毕业后选择当民办教师的深层次动因就是试图以知识（高中毕业生身份）为立足点，改变像父亲那样做土地的主人或奴隶的农民身份，从而建立乡村知识分子的身份；高加林同时开始想象，以这样的知识分子身份，可以通过转正的方式与国家权力建立起同一性。但基层乡村权力的傲慢与专横很快就给了高加林狠狠一击，这既明白无误地告诉高加林民办教师身份的不稳定性及其对基础乡村权力的从属性，也从根本上击碎了他试图与国家权力建立同一性的可能。同样，高加林想要通过复员后当局长的二爸，以私下调整招工指标的方式去县委做通信宣传工作，这是高加林在乡村知识分子身份建构失败后，重新找寻到的对城市人身份的建构努力。小说有趣的观察点在于，高加林能否以新建构的城市人身份为前提，参与到与城市人的竞争当中；其与黄亚萍的爱情故事与其说是双方一见钟情的故事，不如说是高加林意图固化城市人身份的努力，哪怕这种努力必须要背负起道德的谴责。张克南的母亲无疑是这次"加固"行动的评判者，她的举报与得逞再次深刻地揭示了高加林建构城市人身份的失败。高加林在面向乡村知识分子身份与城市知识分子身份建构的双重失败时，呈现出与知识青年不同的关于知识与身份思考的维度。知识青年仅仅是革命语境下原罪身份的命名方式，它在本质上基本与知识无关；而在改革时代新的语境下，有了知识的青年也无法轻而易举地获得知识分子的身份。如前所引学者杨念群的论述，在近现代中国的语境下，知识分子必须与国家权力建立起同一性才能完成知识分子身份的建构。因而，对于高加林来说，知识分子身份的建立，在知识、青年与同一性三者齐聚的情况下才能完成。所以，"与其说高加林恨高明楼，毋宁说恨高家村，恨他备感屈辱的农民身份"①。高加林面向乡村与城市虽然都以失败告终，但折射的社会背景原因却正好相反。他在当民办教师的时候，难以抵挡的是基层乡村权力的粗暴；而在县委当通讯员的时候，却又带着身份获得的非法性原罪。这才是高加林悲剧的深层意蕴："当高加林成为正剧的时候，环境却成为悲剧；而当环境力量成为正剧的时候，高加林又成为一个悲剧。"② 由此可以看出，高加林的悲剧

---

① 张高领：《"进城"的难题与"颠倒式误读"——从〈创业史〉到〈人生〉》，《文艺争鸣》2017 年第 6 期。
② 蔡翔：《高加林和刘巧珍——〈人生〉人物谈》，《一个理想主义者的精神漫游》，华东师范大学出版社，2014 年版，第 2 页。

故事，其实是农民意图通过知识重构身份进而改变命运的乌托邦想象，但从故事结局来看，这个乌托邦显然是未完成的。可以想见，高加林在后来的改革故事中，要么继续重走高明楼那样，做握有乡村权力的传统农民，要么在改革开放的浪潮中重新开启农民工进城的现代化路径。

高加林面向乡村与城市的双向知识分子身份建构具有比较典型的时代特征，且几乎可以说是革命性的。汉娜·阿伦特将革命理解为一种现代性的事物：革命者总是认为，"历史进程突然重新开始了，一个全新的故事，一个之前从不为人所知、为人所道的故事将要展开"①。但高加林的故事整体上还是关于改革时代道德主体建构的故事，知识在其身份的建构中仍是一个中介物质，因而从高加林文化主体建构的角度看，尤其是他从农村来、又回到农村去的经历路径，表征了其过渡的性质。高加林所开启的文化主体建构的努力，在同时期其他作家的创作中也有不同向度的涉及与探索。比如张承志的两篇被誉为确立在新时期文学独特地位的小说《黑骏马》与《北方的河》②，就是比较典型的代表。《黑骏马》中的白音宝力格与索米娅的现代爱情，以重复蒙古草原古老悲剧故事的形式，呈现了一个关于爱情、民族、传统与男性主体的悲剧故事。小说的名字来源于一首蒙古古歌，歌词讲述的是一个男子骑着一匹黑骏马去寻找已远嫁他乡的少女的故事。白音宝力格与索米娅之间的文化冲突，尤其是美好的理想与残忍的现实之间的冲突③，已经形成了相对稳定的解读方式，小说"突入历史深处而对中国的民间生存和民族性格进行文化学和人类学的思考"④。这里需要辨析清楚的是，白音宝力格与索米娅悲剧产生的重要条件，是两个空间变换而产生的时间缝隙。白音宝力格与索米娅的爱情悲剧的根源在于代表草原远古恶的力量象征的黄毛希拉，索米娅不幸被其强奸并怀孕。而黄毛希拉之所以有可乘之机，就是因为白音宝力格离开索米娅，外出去学兽医，这既是故事讲述的逻辑需要，也是一种时间和空间意义上的知识分子身份建构的现代性故事。外出才能完成由牧民向知识者的过渡，但外出又造成了蒙古草原与现代城镇之间的空间区隔，离开草原意味着对草原上男子守护/占有少女文化的脱序。这一点也可以从白音宝力格与索米娅、奶奶在对待生命上的不同态度上看出，尊重生命的原始草原生命观与现代爱情所秉

---

① ［美］汉娜·阿伦特：《论革命》，陈周旺译，译林出版社，2007年版，第17页。
② 洪子诚：《中国当代文学史》（修订版），北京大学出版社，2007年版，第277页。
③ 旷新年：《张承志：鲁迅之后的一位作家》，《读书》2006年第11期。
④ 丁帆、何言宏：《论二十年来小说潮流的演进》，《文学评论》1998年第5期。

持的道德伦理相冲突。蒙古草原的原生文化对白音宝力格造成了深层次的伤害，而他进行伤痕治愈的方式也是离开草原到城市里的畜牧站工作，从这个角度上看，其主体的建构仍然是处于道德主体向文化主体建构的过渡当中。需要追问的是，到城市工作的白音宝力格能够依靠兽医身份（知识）来完成文化主体的建构吗？

与白音宝力格具有同构性意义的是《北方的河》①中的叙述者"他"。"他"虽然来自现代中心城市北京，却以坚韧不拔的精神实地勘查北方的五条河流，展现知识青年青春无悔、不甘庸碌的青春理想与激情，"小说表现了对于大地、历史和人生的沉思，以及知青一代的奋斗、挫折、思索和选择"②。小说发表后，因其"折射改革的光芒"③的"时代精神"，诸如人民性、时代英雄、思想解放、理想主义等，以及由此蕴含的现代性想象、民族精神与未来性想象等，引起了当时文坛的广泛赞誉。主人公"他"甚至直接被命名为理想主义者，"在这个精神漫游者的身上蕴藏着的是坚韧，而不是迷惘；才能深切感受到这种骚动不安的情绪不是对现实的逃避，而是一种主动的进击"④。但小说在大河叙事之外的另一条叙事线索，即"他"参加考研的故事，历来为研究者批评或忽略。比如在小说发表之初，王蒙就对小说作了一唱三叹的肯定，但对考研的主线叙事给予了批评：

> 正因为他的河写得太好了，他的"他"以外的人物包括"她"就不能不令人觉得相形见绌。也许是我的偏见，我觉得他的徐华北与"她"甚至还没有顺手写到的湟水边上浇水种树的老汉有光彩，还不如红脸后生与唱歌的青海妇女更能给人以难忘的印象。颜林和他的父亲就更差些。张承志显然还没有从当今城市生活中感受到诗和力，象他从内蒙古草原，从北方的河流与土地上所感受到的那样。对结构全篇起着重要作用的"他"考研究生的故事，不仅写得匆匆忙忙，从整体来说，也写得缺乏深度和新意，更缺乏全篇作品所具有的那种杰出的气势和壮美。他这个故事没有选好，起点低了，与河及关于河的描写处于不同的精神高

---

① 张承志：《北方的河》，《十月》1984年第1期。
② 旷新年：《张承志：鲁迅之后的一位作家》，《读书》2006年第11期。
③ 张小文：《一首年轻热情的歌——简评中篇小说〈北方的河〉》，《理论月刊》1985年第7期。
④ 蔡翔：《一个理想主义者的精神漫游——读张承志的〈北方的河〉》，《读书》1984年第9期。

度上，因而也影响了和谐。①

但正是这个在当时引来批评的所谓主线叙事，为我们留下了重新理解和阐释主人公"他"，并且进行感觉重构进而希望借此进行文化主体重构的话语空间。王蒙在充分肯定小说依托河流展开抒情叙事的同时，也注意到"他"考研究生的故事对全篇起着重要作用。"他"与摄影记者的"她"在黄河边相遇，在"他"扑向黄河时双方产生情感共鸣，"他"还拍下了"她"最满意的照片。不过，他们之间情感共鸣的原因却是反向的："他"将"她"理解为融入黄河这一自然状态的自我镜像，而"她"却将"他"理解为具有理想主义精神的现代知识者。因此，他们所谓的情感共鸣只不过是这两种反向文化体认的一个偶然的焦点，这也预示了他们的爱情将以悲剧告终。小说展开回北京参加考研的故事时，是以具有意识流意味的叙述方式进行的。当"他"所乘列车要到北京时，"他"开始回忆在湟水边的情感体验与精神感受，到北京之后又梦见远方的黑龙江。这无疑与王安忆的小说《本次列车终点》有着某种精神上的联系，其中隐藏的对现代城市的恐惧与焦虑是显而易见的。与对大河的精神舒展、愉悦的体验不同，"他"在进入城市生活时几乎是处处遇到困难并不时碰壁的。因为照顾他回城才给他安排了一个计划生育宣传科的岗位，但"他"并不想借此完成自己的城市人身份建构，而是希望考取地理学的研究生，进而摆脱世俗化、庸常化的生活方式去追求自己的理想。但"她"却突然告诉"他"，如果大学毕业生不服从分配将被取消大学生资格，这是对"他"携带文化传统精神进入现代城市生活的一个寓言式的观照。在残酷的现实面前，"他"只有放弃通过追认黄河父亲所获得的文化主体精神，而采取欺骗的方式打电话给导师柳先生所在 A 委员会下属的研究院供职单位，当"他"拿着介绍信和有关材料送到研究生办公室的时候，结果却是"太迟了，明年再考吧"。这一貌似滑稽实则严肃的现实残酷性揭示，与"他"面向大河时获得的主体精神产生强烈对比，"想一想一个在大河边沉默而庄严的人，居然会在城里的破烂公用电话亭中模拟着新疆口音、伪装成新疆大学人事处向 A 委员会招生办打电话，而招生办却信以为真，这有多么不对味，显示了怎样的滑稽和可笑"②。

如果说报名资格危机及其化解是其文化身份或知识分子身份建构的隐喻，那么，"她"对黄河摄影作品发表与评论的期待，则揭示了大河流域与中心城市空

---

① 王蒙:《大地和青春的礼赞——〈北方的河〉读后》,《文艺报》1984 年第 5 期。
② 李书磊:《〈北方的河〉精神分析》,《文学自由谈》1988 年第 4 期。

第七章
知识主体的重构：从知识青年到知识分子

间转换下的文化转义，"他"以河流为中心倾心追寻的精神家园与诗意原乡，在"她"看来只不过是摄影寻找新奇与灵感的空间对象，也即遭到"她"面向现代城市文化现实的文化追求的解构。如上所述，在"他"面对黄河时产生的对"她"的感情，只是一种情感依托的文化投射，在"他"眼中，"她"与黄河一样被理解为精神征服的对象。从这点来说，其所建构的面向河流的文化精神是一种文化意义上的乌托邦想象，如果"他"不能够按照"她"理解的"他"那样，将自己转变为具有理想精神的现代知识分子，那么他们的爱情将以悲剧告终。果然，"她"的作品没有被采用，也就意味着"他"以黄河为中心建立的传统文化想象没有被现代城市文化所接纳。不仅如此，现实生活中的朋友徐华北是更符合"她"所追求的现代知识分子形象的，欣赏"她"的作品并为她写评论，随着"她"作品的发表以及徐华北评论的精彩，"她"顺利地进入了徐华北的"避风港"。尽管面对徐华北横刀夺爱的残酷现实，"他"仍不得不借助徐华北姑父的关系联系 A 委员会，对自己的理想做最后一搏。小说的结尾就在徐华北与"她"的婚礼、母亲生病陪护与准备考研冲刺的多重残酷现实的复调叙事中终止。以考研这一非正式的社会进阶形式来进行知识分子文化主体建构，较之高加林与白音宝力格的道德主体建构确实更进了一步。尤其是在考试前，"他"又梦见了向往已久的黑龙江，再次作恋父式的体认，但这无疑是另一种形式的乌托邦。不必说考试资格身份的危机化解或者是否能够如愿以偿已经存在诸多的现实难题，就算是考取了研究生，面向现代城市的文化主体建构也将存在诸多的难题。这些现实难题其实也折射了"他"作为文化主体在改革时代的尴尬处境，一方面，以返回河流文化中心的自然地理来建构文化主体，虽然有效地将人民性与英雄这些政治意识形态话语转向了民族历史文化，对于其后期建立族别意识和更为宏阔的国家立场具有先导性的意义，但这一面向历史、自然的乌托邦主体无法建立起与改革现实的关联。另一方面，以考研究生为目标建构的现代都市文化主体，虽然有效建立起了主体与时代精神的联系，但当代中国的改革语境所携带的特殊时期反思诉求仍然是文化主体建构的潜文本，考研本身所拘囿的体制规定性，致使这一文化主体仍然是具有政治规定性的、与时代精神紧密联系的集体性存在，也就决定了其过渡的性质与乌托邦的未完成性。

当然，我们从《北方的河》中也读出了主体性的反省意味，"他"在面向现实城市时面临的诸多困境，某种程度上也预示了其进行自我反省的可能，这也是张承志当时复杂的创作心态的深刻体现——"既有主动'边缘化'的审美冲动，又有向'中心'进发的勃勃野心；既有对边疆文化的痴心向往，又有对北京身份的敏感介意"①。在知识分子的民间理想与世俗认同之间存在如此明显的分歧,或许既是张承志小说文本充满张力与吸引力的主要原因,也使得他的小说因为文化的多义性、矛盾性建构与探索,引起广泛的争议与讨论。解决这一矛盾的路径要么是转向民间理想,要么是进行主体性的让渡而走向世俗认同,从张承志后续的创作如《金牧场》《心灵史》等看,他显然选择了后者。其中的重要原因或许是文化认同的选择,"文化认同在民族认同、国家认同的三者关系之中扮演着主导的角色,是所有问题最终解决的关键"②。学者刘康认为,主体性的反省这个语境的提出,首先是一个有意识的成果——重新定义知识分子自我为一个自律的、自我认定、自我调整和自由的主体。③ 像《北方的河》中的"他"这样具有集体存在性质的文化主体建构,依然带有革命时期的某种表征,"在某种官僚化的气氛下,将主体性的要求作为一个紧迫的政治问题刻意提出,这是革命传统中一段反复出现的插曲。……我们所谓的中心所具有的基本盲点,就是对其内部的所有集体和政治的急迫问题的压制。这些问题出现在不同的其他文化时,均被视为'民族主义'的表现"④。

---

① 成湘丽、王玉:《重释〈北方的河〉的边疆叙事动力兼及张承志文化身份的选择》,《江汉论坛》2012年第7期。
② 周建江:《民族认同·国家认同·文化认同——民族文学研究中有关作家研究的若干理论问题》,《民族文学研究》2003年第3期。
③ LIU K. Politics, ideology, and literary discourse in modern China: theoretical interventions and cultural critique[M]//Liu K. Subjectivity, marxism, and cultural theory in China. Durham: Duke University Press, 1993: 31-32.
④ [美]费雷德里克·詹姆逊、吴剑平译:《〈现代中国的政治、意识形态与文学语言〉序》,《外国文学》1994年第6期。

第八章

寻根文学的主体追寻与文化重建

知青小说对自我身份的追寻与主体重构,以及由此重启的知识分子叙事话语,在某种程度上,依然体现了在新时期的过渡阶段,政治与文学的互动关系及其话语权的争夺、博弈与转化。也就是说,以知青为主要作家的知青小说与知识分子叙事话语,某种程度上可以说带有作家以文学书写的方式重新寻求合法身份与政治认同的功利性目的。发生在此时期的诸多关于文学的批判活动,如对《假如我是真的》《苦恋》《在同一地平线上》等作品的批判,基本都缠绕了"黑八论"所涉及的关于文学的真实性、题材、人物、时代精神等等的论争。《人生》与《北方的河》中所建构的知识分子,虽然基本完成了由道德主体向知识主体的转换,但受到主体政治意识的限制,他们在追忆历史、追寻理想、投身现实改革生活的同时,展现的仍然是受到政治规定与引导的时代精神,高加林与"他"仍然是一种大写的"复数"人称。这既可视为知青小说的内在规定性或局限性,也可视为在新时期文学书写外部带有几分必然性的必要过渡。

在时间的序列上,我们无法列出伤痕文学、反思文学、改革文学转变的明确时间,但作为新时期文学复杂性的一个表征,文学书写的探索与实践,确实呈现了"向后看"与"向前看"两个观照角度。面向历史,归来的作家与知青作家如何看待自己的经历,如何以自身的经历反省革命时代的历史经验?面对现实,他们又如何展开新的改革语境下文学/文化主体的寻找与建构?尤其是与革命时期的自我封闭的文化观念不同,新时期在重启与欧美国家的交流,及大量欧美现代主义文学作品与理论译介进入中国的环境下,当代文学如何在比较的视野中重新走向世界,或者如何经由传统与现代、中国与西方的认知框架来反省当代文学的文化传统问题?同时,五四新文化运动所呈现的"反传统"与"西化"问题,对新时期的文学主体性重构有着怎样的借鉴与启示?本章我们将带着这些问题讨论新时期的寻根文学,并对其中具有经典性意义的作品作"症候式的阅读"。①

一、否定的辩证法:现代意识与文化寻根

寻根文学作为新时期文学/文化场域中的一个重要思潮,基本以共识的形式广泛见诸于当代文学史各种叙述当中,"它们或者是小说家的自觉行动,或者是

---

① 关于症候式阅读,参见孟登迎:《意识形态与主体建构:阿尔都塞意识形态理论》,中国社会科学出版社,2002年版,第65-75页。

批评家对于一种创作倾向的归纳"①,"1985 年文化寻根意识的崛起,却在政治和文化的多重关系下直接带动了文学上的实验,唤起作家艺术家对艺术本体的自觉关注"②。这既与改革时代的社会主义文化政策调整紧密联系,寻根文学和寻根电影、寻根画派等形成一股文化寻根热潮,又与知青文学对前此阶段塑造集体自我的反思超越密切相关。如上一章所论,知青作家建构在地叙事的现实目的,是要重建在革命话语下自我身份的合法性,但在革命话语完成向改革话语转换之后,这一努力逐渐显示出幻象本质以及荒谬性的特征。这又一次致使知青作家出现了文化认同的危机,学者王晓明当时就清醒地指出寻根派作家的知青身份和摆脱政治的意识:"韩少功也罢,郑义和阿城也罢,心灵上都不可避免地遍布着'知青'生活的创伤。"③ 如何将革命时期的自我经历与历史伤痛转化为化解自我文化认同危机的现实条件,基本是寻根作家们共同的潜在价值诉求。与知青小说时期将自我经历解释为革命理想与无悔奉献不同,在寻根文学当中,他们的知青经历尤其是深入农村对农民日常生活的体验,成为他们寻找与透视民间传统文化的通道。因而,面向传统文化的寻根就有着十分明显的面向现实的寻找文化认同的意图,"'寻根'是极富意味的现代文化症候"④。

虽然将杭州会议确定为寻根文学的起点存在诸多的疑义,⑤ 但杭州会议在寻根文学思潮当中作用却是明显的。尤其是会议对此前小说创作的总结讨论,以及对小说观念与文学批评观念的探讨,对寻根思潮兴起具有推波助澜的作用。而经由文学批评和文学史叙述的重构,许多当时会议的亲历者以不同形式参与对会议的回忆、分析甚至是反思,这些思考都进一步凝固了此次会议之于该思潮的影响。据会议的支持者与组织者周介人回忆,杭州"会议的议题是:'新时期文学:回顾与预测'。会议中,大家集中就小说观念与文学批评观念进行了探讨"⑥。从会议策划者确定的议题名称可以看出,总结当时创作新变的其中一个重要目的,就是要建立新的文学书写的现代意识,即有别于反思文学、改革文学承载的政治

---

① 洪子诚:《中国当代文学史》,北京大学出版社,1999 年版,第 321 页。
② 陈思和:《中国当代文学史教程》,复旦大学出版社,1999 年版,第 276 页。
③ 王晓明:《不相信的和不愿意相信的——关于三位"寻根"派作家的创作》,《文学评论》1988 年第 4 期。
④ 南帆:《寻根文学"的理论后缀》,《文艺争鸣》2014 年第 11 期。
⑤ 参见:谢尚发:《"杭州会议"开会记——"寻根文学起点说"疑议》,《中国现代文学研究丛刊》2017 年第 2 期。
⑥ 周介人:《文学探讨的当代意识背景》,《文学自由谈》1986 年第 1 期。

意识。会议上对寻根问题的探讨也是真实存在的,这尤其体现在会议的参与者鲁枢元的表述中:"那次会议原定的主题是'新时期文学:回顾与预测',不料,'寻根'却成了会议上的热点与高潮。"① 这一现代意识建立的前提当然是前期已有具有这种意识的小说作品发表,因而在之后评论家的论述当中,许多在此次会议之前就发表的小说作品如《最后一个渔佬儿》《棋王》等等,被事后指认为寻根文学作品;甚至一些非知青作家的带有文化意味的作品也被宽泛地指认为寻根文学的代表作,如汪曾祺的《大淖记事》《受戒》,陆文夫的《美食家》,以及邓友梅、冯骥才的一些作品;介于两可之间的作品,如《商州初录》《北方的河》,也被框定为寻根文学的代表作。对于一个文学思潮,重要的不是制定一个标准进而对作家作品进行贴标签,而是将其还原为一个疑问性的文本,打破作家以及当时的亲历者对文本意义所作的垄断性阐释,从而重估其文化认同追求及文学史价值。

多位杭州会议亲历者的回忆,都提到了陈思和在会议上交流后来整理发表的著名论文《中国文学发展中的现代主义——兼论现代意识与民族文化的融汇》。文章提到的中西文化交汇与现代精神,虽然是对"五四"新文化运动时期的总结阐释,但也可以理解为寻根文学在理论方面的一个重要追求面向:

> 二十世纪初东西方文化正处于大交流之中,双方都在抛弃传统,又都在向被对方所抛弃的传统靠拢。这种文化的对逆现象是历史上空前绝后的。中国人获得了西方科学精神与理性主义,促使他们从传统文化的虚玄中挣扎出来,在旧文化的废墟中以求新生。西方人获得了东方的神秘主义与物我合一的思想,有助于他们克服传统文化的局限,进一步推动现代科学的发展。中国人当时经过西方科学文化的洗礼是必需的,唯其如此,方能以现代精神来重新审定传统文化,使古老文化获得新生。②

如引文所述,如果我们悬置是否存在"东方/西方"以及如何定义"东方/西方"这样的文化人类学追问,仅仅在萨义德的东方学意义上来理解东西方文化的对逆现象,或许可以看到杭州会议期间作家、学者对追求国际化视野,以及如何使用新的国际化视角来审视我们的传统文化这两个方面形成的共谋与共识。陈思和对"五四"新文化运动时期东西方文化对逆现象的描述,既是一种面向"五

---

① 鲁枢元:《文学的文化之根与自然之根》,《文学教育》2015年第1期。
② 陈思和:《中国文学发展中的现代主义——兼论现代意识与民族文化的融汇》,《上海文学》1985年第7期。

四"新文化时期西方现代主义如何进入和影响新文学的重新阐释,也是一种面向"五四"新文化作为文学新传统的重新解读。其中隐藏的"关于'五四'新文学传统能在怎样的程度上成为当代文学的精神资源"的思考,几乎是论文研究的重要目的性所在,也就是这篇文章与杭州会议之间建立关联的重要因素所在。这一点陈思和先生在后来的回忆文章中也作了进一步解释:"总的说来,开了几天的会议好像也没有达成过什么共识。但是有一点是明显的,大家对现代派文学完全是肯定的,对当前小说创作的形式实验有了信心,对于过去不甚注意的民族传统,尤其是民间文化传统,开始有了关注的意愿。但这种关注,绝不是拒绝西方的现代主义影响倒回到传统里去,而是努力用西方现代意识来重新发现与诠释传统。"① 不过,需要注意的是,陈思和对"五四"新文化运动的重新阐释,不同于其他学者的"五四"新文化运动与传统文化之间"断裂"的观点,而是在文化赓续的意义上,将五四在吸收西方现代主义基础上所产生的现代精神,用来重新审定传统文化,从而试图重新激活传统文化。这与寻根文学作家所理解的"五四"新文化传统有着明显的甚至是相反的区别。

阿城可以说是寻根文学的代表作家之一,他既尝试了寻根文学的创作,也积极参与了寻根文学的相关讨论,他也是杭州会议的参加者与发言者。在被文学史描述为"寻根文学宣言"的五篇著名文章中,② 阿城的《文化制约着人类》从当时文艺界热烈讨论的文艺民主、创作自由谈起,将具有明显的政治/文学关系的时代论题转化为文学与文化传统的关系,他认为文学如果没有文化的限制,就会受到现实政治的社会学的限制。仔细体会阿城的这一观点,无疑能够感受到其对特殊时期虚无主义文化实践的反思,并进而将其归咎为"五四"新文化运动形成的文学新传统。他提出:"五四运动在社会变革中有着不容否定的进步意义,但它较全面地对民族文化的虚无主义态度,加上中国社会一直动荡不安,使民族文化的断裂,延续至今。"③ 阿城对"五四"文化的理解在寻根文学作家中并不是个例,另一位寻根文学代表作家郑义在《跨越文化断裂带》中也表达了相似或者说更加明确、激烈的观点:"'五四运动'曾给我们民族带来生机,这是事实。但同时否定得多,肯定得少,有隔断民族文化之嫌,恐怕也是事实?'打倒孔家

---

① 陈思和:《杭州会议和寻根文学》,《文艺争鸣》2014 年第 11 期。
② 具体为:韩少功《文学的"根"》,《作家》1985 年第 6 期;李杭育《理一理我们的"根"》,《作家》1985 年第 9 期;郑万隆《我的根》,《上海文学》1985 年第 5 期;阿城《文化制约着人类》,《文艺报》1985 年 7 月 6 日;郑义《跨越文化断裂带》,《文艺报》1985 年 7 月 13 日。
③ 阿城:《文化制约着人类》,《文艺报》1985 年 7 月 6 日。

店',作为民族文化之最丰厚积淀之一的孔孟之道被踏翻在地,不是批判,是摧毁;不是扬弃,是抛弃。痛快自是痛快,文化却从此切断。儒教尚且如此不分青红皂白地被扫荡一空,禅道二家更不待言。"① 阿城与郑义等对"五四"文化断裂的判断及其不满,意在跨过"五四"新文学传统,将反思与寻找的目光投向更为宽宏的古代文化传统,倡导作家对传统文化作广泛深厚的开掘,希望从中汲取到文学创作与文学批评的营养,借以对抗新时期文学的再次西化的文化焦虑,从而克服自身文学书写的浅薄,进而推动新时期文学走向世界。

从理论逻辑上看,韩少功、阿城、郑义等对"五四"新文化传统的理解,以及其中隐含的跨越断裂带、寻找深厚文化依靠的思路至少说是自成一体的,这既是反思特殊时期从而摆脱政治对文化/文学钳制的有效路径,也是从中国文化的内视角寻找理论支撑从而抵抗再次欧化的有效尝试。重新挖掘本土文化尤其是能够为新时期文学提供精神资源的优秀传统文化,是新时期文学逐渐脱离旧"二为"与新"二为"政治规定的主体性觉醒。不过,问题的关键之处却在于所谓的传统文化到底何指?是什么样的传统文化构成了中国文化的传统?这里无疑触及了文化的"大传统"与"小传统"问题。按照美国人类学家罗伯特·雷德菲尔德②的提法,大传统是一个社会里上层的士绅、知识分子所代表的精英文化;而小传统则是指一般的社会大众,尤其是乡民所代表的生活文化,用以说明复杂的文明之中所存在的两个不同层次但互相影响的文化传统。对于一个民族的文化是否存在两个传统的问题,不同的学者理解之间是有分歧的,如庞朴认为,"文化传统是全民族的,是民族之所以为该民族的气质、品格、精神、灵魂"③,两个传统在本质上是不可能出现的。但在寻根文学作家那里,传统文化存在两个层面的区分却是显而易见的,也就是所谓精英文化与大众文化、官方文化(或正统文化)与民间文化之分。韩少功在《文学的根》当中对自己所理解的传统文化以及由此形成的文化传统作了追问与思考:"我以前常常想一个问题:绚丽的楚文化到哪里去了?……文学有根,文学之根应深植于民族传统文化的土壤里,根不深,则叶难茂。……是一种对民族的重新认识,一种审美意识中潜在历史因素的苏醒,一种追求和把握人世无限感和永恒感的对象化表现。"④ 这里提到的楚文

---

① 郑义:《跨越文化断裂带》,《文艺报》1985年7月13日。
② 参见:REDFIELD R. Peasant society and culture: an anthropological approach to civilization [M]. Chicago: The University of Chicago Press, 1956.
③ 庞朴:《文化传统与传统文化》,《科学中国人》2003年第4期。
④ 韩少功:《文学的"根"》,《作家》1985年第6期。

化无疑是与以儒家正统文化为代表的官方文化相区别的，韩少功落户插队的湖南省汨罗县天井公社茶场①就属于楚文化的文化时空当中。李杭育则说的更加明确："我常想，假如中国文学不是沿《诗经》所体现的中原规范发展，而能以老庄的深邃，吴越的幽默，去糅合绚丽的楚文化。将歌舞剧形式的《离骚》《九歌》发扬光大，作为中国文学的主流发展到今天，将是个什么局面？恐怕是很不得了的呢！"② 跨越"五四"的文化断裂带，寻根作家们所理解和追寻的传统文化，又是摒弃了中原规范正统文化之外的民间传统文化。

需要辨明的是，韩少功、郑义、李杭育等人虽然倡导跨越"五四"文化的断裂带，但他们持有的对传统文化的大小传统区分方法与批判态度，却是继承了"五四"新文化运动以来形成的"反传统"的文化传统，其目的并不是要对中国文化传统开展文化人类学的探究，而是借此希望找到反思特殊时期深层动因的内在文化因素，并带动文学创作走出现实政治的规定性。正如洪子诚所说，寻根文学"在经历了80年代前期政治社会层面的批判之后，产生了将'反思'深入到属于事物'本原'意义的趋向，探索历史失误与民族文化心理'积淀'之间的关系"③。对传统文化中的正统文化的拒绝，与其说是倾心于对民间文化小传统的思考，不如说是建立了传统文化中的"大传统"与1980年代政治规范之间的同一性；对传统文化中"大传统"的拒绝，也就意味文学对现实政治的拒绝与疏离。循着寻根作家的宣言与思考理路，很容易让人对其民间文化立场产生忧虑，如李泽厚就持有与庞朴相似的观点，提出"真正的传统是已经积淀在人们的行为模式、思想方法、情感态度中的文化心理结构"④ 按照韩少功、李杭育等人的说法，"寻根会潜入僻远、原始、蛮荒的地域和生活形态，而忽略对现实社会人生问题和矛盾的揭示"⑤。汪晖也提出："文化的最深刻的体现仍然是在现实的、活生生的人的思维方式、行动方式、生活方式及人与人的关系之中；对文化的重视应是和对现实的重视完全一致的。"⑥ 也就是说，寻根作家们至少需要面对三个问题：如何有效区隔传统文化中的"大传统"？以什么样的方式进入小传统？应该如何从小传统中汲取营养来滋养自身的文学创作？文化传统作为一种心理结

---

① 廖述务：《韩少功文学年谱》，《东吴学术》2012年第4期。
② 李杭育：《理一理我们的"根"》，《作家》1985年第9期。
③ 洪子诚：《中国当代文学史》，北京大学出版社，1999年版，第323页。
④ 李泽厚：《启蒙与救亡的双重变奏》，《中国现代思想史论》，东方出版社，1987年版，第42页。
⑤ 李泽厚：《两点祝愿》，《文艺报》1985年7月27日。
⑥ 汪晖：《关于文学寻"根"问题的讨论·要作具体分析》，《文艺报》1985年8月31日。

构，在李泽厚、庞朴等学者看来是难以轻易区隔和变化的，文化传统的改变是一个十分复杂而缓慢的演进过程。也就意味着将特殊时期作为思想史的错误实践进行反思，进而试图找到传统文化与文化传统中的负向因素是不易完成的工作，但这又确实是1980年代思想文化界的几乎达成共识的追求。如甘阳就明确提出："我们必须首先瓦解、清除'过去'的心理结构（亦即法国人今日所谓的'deconstruction'），以便塑造我们自己的'现在'的心理结构。"[1] 寻根作家对传统民间文化的追寻可以被看作是重建文学主体性的一种表达方式，他们应对李泽厚等学者关于文学脱离现实生活的疑问的回答方式，主要是以明确的现代意识来弥合民间文化追寻与现实文学创作之间的缝隙，从而希望以去政治化的文化视角抵达事物本身。"新时期文学走向风格化之初，作家们首先获得了一种'寻找'意识。寻找新的艺术形式，也寻找自我。……寻找自我也意味着对文学的主体性的确认。尽管'寻根派'小说家大多从西方现代主义各流派那里获得过心智的启发，但他们并没有简单地袭用西方现代派作家的艺术思维方式，而是试图以注重主体超越的东方艺术精神去重新构建审美（表现的）逻辑关系，确立自己的艺术价值规范。在'寻根派'作家的一些代表作品中，可以说，艺术的价值主要不在于作家对客体世界所持有的认知方式，而是体现为主体境界的升华。"[2]

寻根作家经由寻找自我的方式，试图在民间文化传统当中重新寻找审美观照的路径，从而在文化传统再造中重构其自身的文化身份认同。寻找自我意味着对知青小说当中建构的具有集体意味的知青共同体的反思与解构，带有集体意味的文化主体建构逐渐转向强调个体独立价值与意义的主体建构，"诗人们开始旗帜鲜明地拆解历史赋予人的集体价值，拒绝任何社会性的文化担当，彰显个体存在的自足性和自在性"[3]。正如李杭育所说，"文学是向往个性、崇尚个性的。从来的文学都把个性看得极重，性命交关"[4]。在作家个体主体性的建构当中，体现了不同于过去时态的文化传统观念，而呈现出时间性的审美现代性维度。在庞朴、李泽厚等持有的过去时态的文化传统观念当中，文化传统作为一种长期积淀的文化心理结构具有极强的历史延续性特征，但寻根作家们对此不以为然，他们试图解构文化传统是"过去已经存在"的观念，将文化传统理解为流动于时间轴

---

[1] 甘阳：《八十年代文化讨论的几个问题》，《文化：中国与世界》（第一辑），生活·读书·新知三联书店1987年版，第27页。
[2] 李庆西：《寻根：回到事物本身》，《文学评论》1988年第4期。
[3] 洪治纲：《"人"的变迁——新时期文学四十年观察》，《文艺争鸣》2018年第12期。
[4] 李杭育：《"文化"的尴尬》，《文学评论》1986年第2期。

线上过去、现在与未来之间的过程之中,意图建立远古与现在的同构关系并进行传统再造,从而实现文学审美现代性视域中的自我文化身份认同。相对于韩少功的《文学的"根"》、李杭育《理一理我们的"根"》等寻根文学宣言文章而言,郑万隆的文学创作谈《我的根》容易被忽略。但在上述所论的审美现代性之"时间性"①维度下,会发现寻根作家对时间性的辩证法的理解与阐释——"我意识到自己的时代,那是因为我在时间中。我不仅是生活在'现在',而且是生活于'过去'的'现时';'过去'就在'现时'里,不是已经逝去了而是还在活着,还依然存在。"②郑万隆深感自己生存的黑龙江在文化的时间与空间当中所具有的文化价值,提出每一个作家都应该开凿自己脚下的文化岩层,从而面向文学的"未来",想象建构文学的丰富个性、主观性与具体性。

必须指出的是,寻根作家从不同的角度对文化寻根作出的宣言,虽然在不同层面上表达了对各种集体共同性的警惕以及对作家个体主体性的追求,意图以这样的现代意识支撑起文学主体性的重构,但他们宣言的相似性与共时性,又以某种诡异的形态呈现了知识分子共同体的建构,深层次地折射了寻根文学作家们的矛盾心态和身份焦虑。蔡翔在后来的回忆文章中就明确指出:"'杭州会议'表现出的是中国作家和评论家当时非常复杂的思想状态,一方面接受了西方现代主义的影响,同时又试图对抗'西方中心论';一方面强调文化乃至民族、地域文化的重要性,同时又拒绝任何的复古主义和保守主义。"③从寻根文学在1980年代中期的代表性作品可以看出,寻根既是对伤痕文学、反思文学拘泥于现实生活的再现,诸如住房问题、特权问题等社会现象,进而使文学创作陷入与现实政治纠缠不清的尴尬位置的反叛,也是对自身文学创作空间与时间的拓展与重构,"希望在立足现实的同时又对现实世界进行超越,去揭示一些决定民族发展和人类生存的迷"④,"重新发现各民族文化、地域文化的特有价值"⑤。问题在于,作家是否能够以文学创作的形式,去重新发现民间文化、地域文化的特有价值?退一步讲,即使这种方式是可以尝试的,就如寻根作家们的"宣言"所言,文学是具有主观性与具体性的想象性的精神活动,文学方式对民间文化所形成的价值判断,

---

① 此处采用的是伽达默尔的提法。参见[德]伽达默尔:《真理与方法——哲学解释学的基本特征》,王才勇译,辽宁人民出版社,1987年版。
② 郑万隆《我的根》,《上海文学》1985年第5期。
③ 蔡翔:《有关"杭州会议"的前后》,《当代作家评论》2000年第6期。
④ 韩少功:《文学的"根"》,《作家》1985年第4期。
⑤ 刘忠:《"寻根文学"的精神谱系与现代视野》,《河北学刊》2006年第3期。

与文化人类学研究得出的价值判断,又会有什么不同?寻根作家们主观上对自我个体主体性的追求,很难真正脱离现实生活的影响,事实上很多作家都是以自己插队落户或年轻时居住的乡村,展开具有地域文化特色的民间文化想象的。寻根作家们客观上对政治疏离,试图确立自身在文化小传统中的独特位置,进而重构知识分子的文化身份认同之间存在明显的矛盾与分歧,或许正是在新时期过渡阶段寻根文学理论内部悖论的集中体现。

二、文化的大小传统:民间再造与文化中国

寻根文学作为当代文学的一个文学思潮,在学界几乎没有异议,但至少在两个方面仍存在分歧:一个是该文学思潮到底是不是先有理论后有文学实践?另一个是哪些作家以及哪些作品应该纳入这一思潮?回答这两个问题,其本质在于回答如何定义"寻根派"文学的问题。对于前一个问题,目前学术界基本倾向于寻根文学是一个先有理论、后有实践的思潮,如程代熙曾转述韩少功在香港会议的发言,认为寻根文学是一个先有旗号、后有创作,先有理论、后有实践的有意为之的文学流派[①];程光炜主编的《寻根文学研究资料》[②]将"1984:杭州会议"与"1985:寻根宣言"作为资料编选主要体例,而没有收入1984年之前作家、评论家谈文化传统的文章,这也隐含了寻根文学理论在先的判断。但也有杭州会议的亲历者不同意这一说法,并作过多次的解释与回应。如李庆西认为,虽然寻根文学代表作家在1985年先后发表了多篇宣言文章,就寻根的相关理论问题进行了多种层面的讨论,但"这并不是说'寻根派'是先有理论后有实践。实践的情况是,那次对话之前,'寻根派'的一些代表人物已经迈出了自己的步履"[③]。季红真提出,"'寻根文学'的序曲可以追溯到八十年代初"[④],并以汪曾祺和贾平凹为例进行阐释。由此看来,将寻根文学视为先有理论、后有实践的思潮,并不符合该思潮发生的实际情况。产生这一错觉的原因主要有两个方面:一方面是韩少功的影响。对于韩少功个人来讲,确实是先发表了理论宣言文章,而后创作

---

① 程代熙主编:《新时期文艺新潮评析》,河南大学出版社,1997年版,第36页。
② 谢尚发编:《寻根文学研究资料》,百花洲文艺出版社,2018年版。
③ 李庆西:《寻根:回到事物本身》,《文学评论》1988年第4期。
④ 季红真:《历史的命题与时代抉择中的艺术嬗变——论"寻根文学"的发生与意义》,《当代作家评论》1989年第1期。

发表了《爸爸爸》《女女女》《归去来》等寻根文学作品，给学界造成错觉。另一方面在于寻根作家为了推动寻根思潮而作出的策略性解释。有学者以阿城的《棋王》为例，考察了该作品的文学史归类阐释与阿城本人根据寻根文学采访要求做出的策略性调整，给学界造成误导。学者陈思和对此作了相对客观的评述："最初的寻根文学作品，是一批知青作家并不自觉的独立创作，当然也没有自觉的文学主张，倒是有一批敏感的文学编辑、作家和批评家意识到这些作品内涵的新意，要加以理论的概括和提升，才有了'寻根'一说。"[①]

这样，寻根文学大致是先由一批作家的创作出新的质素，经由文学场域中的期刊、批评家与作家的讨论，最终形成创作理论自觉与主动实践探索的思潮，这与其它文学思潮的产生并无本质上的区别。问题在于，既然寻根文学是经过 1984 年的杭州会议和 1985 年的理论探讨才真正形成自觉实践的，那么，对 1984 年之前具有新的质素的作品的确认，就具有了"事后追认"的属性[②]。这或许是造成寻根文学作品向前不断追认甚至泛化的主要原因，"在诸多文学研究者那里，'文化寻根'成为文学考察的巨大容器，强行纳入了许多'寻根'概念无法涵盖的作家作品，'文化寻根'小说也成为一个庞杂的家族"[③]。实际上，对 1984 年以前的寻根文学作品进行追认本身是合乎情理的，也是思潮研究的需要，但被追认的作品至少需要把握其两个方面的特征：一个是作品是否具有现代意识，尤其是寻根的现代性视野与中国文学走向世界的诉求；另一个是对待传统文化的姿态，这与是否具有现代意识密切相关。前一点在上一节中已做过详细论述，这里主要讨论对待传统文化的姿态，以及与此相联的对文化传统的阐释与思考。首先需要明确的是，并不是说新时期以来，所有涉及传统文化或地方文化书写的作品都可以被追认为寻根文学作品，因为寻根文学作为一场"文化启蒙"[④]实践，对待传统文化有着自己非常鲜明而独特的理解。如上节所引寻根文学的五篇宣言文章，寻根作家们对待传统的态度可以说大同小异，基本持有雷德菲尔德意义上的文化小传统追寻意识。既用以反思和疏离以儒家文化为主要代表的文化大传统，其中隐含的潜在含义大概是将"文化大革命"的部分原因归咎于了正统的传统文化影响，又希望从这样的反传统意识与行为当中，建立当代文学书写的现代性视野，

---

① 陈思和：《杭州会议和寻根文学》，《文艺争鸣》2014 年第 11 期。
② 杨宸：《"寻根"的"歧路"：论寻根文学对知青经验的转化——以〈棋王〉〈北方的河〉为例》，《中国现代文学研究丛刊》2019 年第 11 期。
③ 董健、丁帆、王彬彬：《中国当代文学史新稿》，人民文学出版社，2005 年版，第 430 页。
④ 孟繁华：《启蒙角色再定位——重读"寻根文学"》，《天津社会科学》1996 年第 1 期。

并以此推动文学走向世界。也就是说,"寻根派"文学作为一个文学流派,是1980年代文化寻根思潮的重要组成部分,我们既要看到文化寻根思潮的总体性表征,又应当注意寻根文学在其中的位置与独有特征,不宜将文化寻根思潮的特征误识为寻根文学的特征,两者的联系与区别都是比较明显的。

基于上述认识,我们以汪曾祺发表于1983年的两篇同题创作谈《回到现实主义,回到民族传统》为例,讨论寻根文学作品如何追认,以及追认中存在的问题。发表于《北京文学》的创作谈,主要围绕评论家与作家的关系、主流与非主流的问题、西方文学概念的问题、现实主义的问题,文中提到的季红真认为其小说中塑造的知识分子具有传统的道家思想,汪曾祺语焉不详地将其转变为中国传统的文化思想:"一个真正有中国色彩的人物,与中国的传统文化是不能分开的。"① 谈及外国文学,作家也承认受到过影响,包括意识流的作品的影响,但总体来说还是要重新建立能够容纳各种流派的现实主义,及对外来文化的精华兼收并蓄的民族传统。发表于《新疆文学》的创作谈,似乎是在上一篇的基础上作了丰富与细化,围绕生活与创作的关系、美学感情的需要和社会效果、现实主义和民族传统三个问题,详细描述自己的文学创作观与批评观。第一个问题是对自己小说为什么写1940年代作出说明,与之相关的是当时文坛对创作自由的争论。第二个问题是分析自己小说的美学特征与社会功能,这是值得注意与细读的文学观点,作家说"我有一个很朴素的、古典的说法,就是写一个作品总要有益于世道人心,不管从哪方面说,你总不能让人读了你的作品之后产生消极、悲观、颓废、灰暗的情绪"②,提出文艺具有认识作用、美感作用、娱乐作用、教育作用四大功能,强调历史题材的作品也能够以引导人们精神向上而为"四化"服务。第三个问题是分析自己对西方文学比如意识流手法的部分吸收,主张立足本民族的东西以能够吸收东方和西方影响的民族传统,重新建构新现实主义。由此可知,汪曾祺在创作谈中明确提到吸收外国文学的部分影响,从文学理论的角度看,其现代意识是明显的,但对于传统文化的态度和姿态则需要进一步分析。作家提到文学作品的四大社会功能即认识作用、美感作用、娱乐作用、教育作用,明显是继承了以儒家文化为代表的中国传统文化,四大功能很容易让人想到这是儒家兴、观、群、怨文学观的现代改版,而主张以中化西重建现实主义的看法,显然也是继承了近代学者们中体西用的文学观,这与寻根文学作家的主张显然是

---

① 汪曾祺:《回到现实主义,回到民族传统》,《北京文学》1983年第2期。
② 汪曾祺:《回到现实主义,回到民族传统》,《新疆文学》1983年第2期。

第八章 寻根文学的主体追寻与文化重建

有着很大区别的。由此，不宜将汪曾祺的这两篇创作谈视为寻根文学的序曲，与此相联系的《受戒》《大淖记事》所蕴含或体现的传统文化观，也与寻根作家拒绝文化社会学意义上的大传统、试图挖掘民间文化为代表的小传统有着明显区别。

一个作家的文学探索与理论主张是否属于某个思潮流派，并不是其文学价值与理论高低的评判标准。与其说汪曾祺的传统文化观不属于典型的寻根派文学主张，不如说汪曾祺的传统文学观与寻根文学形成了不同向度的思考与对照，甚至可以说，寻根文学及其鲜明的反传统（主要是针对儒家文化代表的大传统）主张，蕴含了强烈的反叛现实政治将文学工具化的目的，从而在某种程度上使得其文学创作带有现实功利性和情绪性，体现了新时期文学在主体性建构过程中的过渡性质。以此反观汪曾祺的文学创作，因为其在1980年代的社会主义文化及文学话语重构与中国文学的新、旧传统之间找到了有效的衔接方法，从而被当代文学史接纳并逐步经典化。正如王尧所言："汪曾祺的意义，首先在以自己的方式衔接了文学的'旧传统'和'新传统'，于'断裂'之处'联系'了'文学遗产'；汪曾祺在语言、文体等方面的建树，与现实语境、文学潮流形成了一定的反差，从而和其他当代作家相区别；汪曾祺保留了已经离我们远去的'士大夫'特质，其个人生活方式对创作亦产生重要影响；汪曾祺对传统的理解、选择和转换，对如何建立当代文学的'文化自信'仍然具有启示性。"[①] 虽然不宜将《受戒》《大淖记事》追认为寻根文学的代表作品，但小说中对明显有别于革命乡村叙事的民间风俗人情的描写，对具有传统文化意味的乡村生活方式的追求，对健康、纯洁、优美的现代情爱原则的建构，或多或少对寻根文学作家产生了影响，与其共同构成1980年代对中国传统文化的整体反思。

如果我们借用叶舒宪关于文化大传统、小传统的新提法，从文化人类学的视角，把由汉字编码的文化传统叫作小传统，将前文字时代的文化传统视为大传统，"大传统铸塑而成的文化基因和模式，成为小传统发生的母胎，对小传统必然形成巨大和深远的影响。反过来讲，小传统之于大传统，除了有继承和拓展的关系，同时也兼有取代、遮蔽与被取代、被遮蔽的关系"[②]，可能更有助于我们理解寻根派文学对民间文化传统的追寻与重构的价值和意义。与汪曾祺试图恢复乡村正统文化传统来建构现代爱情观念的方式不同，寻根作家们则致力于有别于正统文化传统的乡村再造，来虚构与想象去政治化的文化中国，从而完成文学主

---

① 王尧：《重读汪曾祺兼论当代文学相关问题》，《文艺争鸣》2017年第12期。
② 叶舒宪：《中国文化的大传统与小传统》，《光明日报》2012年8月30日。

体性的建构。在1985年寻根宣言发表和1984年杭州会议召开之前的寻根文学作品中，可以郑义的《远村》和郑万隆的《我的光》为代表。郑义的《远村》[①]从开始被六次退稿，到在《当代》发表并获得全国优秀中篇小说奖，再到后来被推为寻根小说的代表作，[②]折射了新时期文学复杂而艰难的场域生成过程。小说以太行山乡村为背景，讲述了一对青梅竹马的苦涩爱情与生活苦难，男主人公杨万牛有着"老革命"的光荣过去，"解放战争，抗美援朝，当兵吃粮，扛枪打仗。一仗接一仗"，"带着一大捧解放战争和入朝作战的纪念章，带着一双老寒腿和美国炸弹留下的伤疤"。但革命英雄在现实生活中却过着给人拉边套的苦情生活，当着最传统也是最辛苦的牧羊人，为昔日的恋人养活四个孩子，这既是一种山村生活绵延不绝的绝望中的忍耐，也是一种贫穷之下违背乡村伦理的妥协与无奈。女主人公叶叶放弃等待当兵的牛哥，嫁给张四奎，并不是违背乡村道德伦理的背信弃义，而是出于对豆腐"换亲"这一婚姻的屈从认命，拥有四个孩子的张四奎无法养活家庭，只能由两个男人来共同供给维持。叶叶无奈的现实婚姻与无奈的艰难生活构成的横向空间，和杨万牛历史的革命英雄与现实的懦弱小农构成的纵向时间，共同撑开了小说巨大的边际文化叙事时空。尤其是牧羊犬黑虎的勇猛忠诚与英雄气质，既展现了太行山这样的边际文化视域中的天人和谐自然观，也对杨万牛这位昔日英雄无力反抗现实苦难构成深刻的隐喻与反讽。

小说构设了一个貌似紧密关联现实生活实际上却与现代生活隔绝的"远村"，与现代都市完全不同的乡村婚姻习俗、近乎静态与封闭的乡村生活描写，很容易让人想到新文学的乡土文学传统，但叙述者并不是外来的知识者更没有持批判与启蒙的叙事视角，而是一种突入主人公生活实际与精神深处的共鸣者，既描写山里乡村牧民的质朴与纯粹，又着力彰显他们源远流长的生活苦难，标识着与乡土文学的明显距离。故事背景从抗美援朝一直持续到改革开放，横跨了当代文学的"前三十年"，尤其是篇幅不多却时有涉及的革命叙事，很容易让人想到新时期主流的伤痕、反思文学。但革命的暴力对杨庄的波及仅仅是一种背景，并不是造成主人公生活悲剧的主要原因，尤其是支书杨二旦并没有被塑造成乡村革命者与擅权者，相反，他还与杨万牛一起承担批斗并成功保住了他们的羊群，从而显示了与伤痕叙事的明显区别。在新时期过渡阶段的视野中重读《远村》，可以体会到

---

① 郑义：《远村》，《当代》1983年第4期。
② 陈晓明：《主体的确认：新时期的历史建构》，《表意的焦虑：历史祛魅与当代文学变革》，中央编译出版社，2003年版，第65页。

小说题名本身蕴含的象征意味，主人公作为生活在乡村民间边际文化中的羊户，已经完全剥离了知青文学故事中作家、叙述者与主人公的身份重叠，小说从而转向文化人类学意义上的文化小传统之外的大传统，试图发掘残存在现代生活之外的历史性苦难，突入民间现实生活深处寻找民族生存之根，进而建构起一种面向文化大传统的审美观照情境。尤其是"作者把这种人对自身的希冀和要求寄托在'黑虎'身上，它同杨万牛构成一个强烈的反差，更准确地说，它是杨万牛另一半心灵的外化。作者把人分成了两半：人在现实中受到命运、环境以及自身的限制；人在想象中，则任意地安排自己的生活，一种仅仅属于人自己的生活"①。在远离城市化进程之外的山村发生的爱情悲剧，以及由此所构成的边际民间文化结构，并不会因为主人公杨万牛显耀的历史身份或现实反抗而轻易改变。"在对于不幸习以为常的环境里也就无人帮助他去争取摆脱这种不幸"②，杨万牛私下拉边套的行为也曾被叶叶的丈夫张四奎撞破，叶叶也曾下决心离婚以摆脱这样的道德困境，但悲剧的本质恰恰在于，叶叶、张四奎、杨万牛等局中人越是反抗，越更加无法摆脱基本生存构设的存在困境。假如离婚，张四奎可能再也娶不起媳妇、养不起孩子，叶叶哥哥的换亲婚姻会随之破裂而成为叶叶难以承受的精神重负，杨万牛也会陷入搞婚外情并破坏别人婚姻的乡村伦理困境。事实情况是经过一场风波之后，杨万牛拉边套的隐情被公开化并被乡村伦理所接纳，所有的悲剧局中人进一步默认了无法抗拒的悲情现实。杨万牛持守的苦涩爱情与牧民生活，解构了改革时代建构的城乡二元对立中的城市中心主义，以改变传统文化的内部结构方式试图重建多元化的中国当代文化，反传统的精神品性呈现为以边缘反中心的民间文化叙事，因而也就使与世隔绝的山村牧民故事具有强烈的现代意识。在这个意义上，将《远村》追认为寻根文学的代表作是准确的。

小说中另一个下夜羊户杨番成也值得一提，他作为杨万牛的叔伯侄子，与杨万牛构成了山村生存习俗延续上的代际接替序列，也是二十几岁没钱结婚的单身青年，但杨番成并不想像叔叔杨万牛一样一辈子被困在山村当羊户，也不想像叔叔那样过拉边套的悲苦生活。从叙事功能来看，杨番成对杨万牛所标识的山村传统型羊户形象构成了对话、质疑与解构，尤其是小说结尾所寄寓的乐观未来性想象，隐含了杨番成所标识的民间文化主体的个人反抗意识，也使得杨万牛成为了

---

① 蔡翔：《悲剧·叛逆·诗情——评郑义〈远村〉、〈老井〉》，《一个理想主义者的精神漫游》，华东师范大学出版社，2014年版，第139页。
② 顾言（秦兆阳）：《读〈远村〉》，《当代》1985年第1期。

远村最后的一个牧羊人。这与寻根派其他作家代表作中塑造的人物,共同构成了具有相似特征的"最后一个"人物形象群体,如李杭育笔下的最后一个渔佬儿福奎(《最后一个渔佬儿》)、最后一个画屋者耀鑫(《沙灶遗风》),韩少功笔下远古山寨的最后一个痴呆儿丙崽(《爸爸爸》),王安忆笔下小村庄的最后一个仁义之子捞渣(《小鲍庄》)等等"最后一个"在寻找挖掘民间文化传统的同时,也以历史缅怀的视角展现了坚守者的英雄诗意。

在这些"最后一个"的人物群体中,郑万隆的代表作《我的光》[①]中的库巴图是比较特别的一个。小说以大兴安岭的五马架山开发旅游勘探为故事线索,展开山区边际民间文化的精神追思,挖掘具有中国厚重文化传统的民间生存的历史边场,重释东北地域山村农民古朴的自然生命观与价值观,并以此来完成对现代性启蒙思想入侵的反思与抵抗,由此开辟出属于寻根派作家郑万隆自己的文学地理学版图。

小说以纪教授为代表的勘探团队与以库巴图为代表的山地原住民双方的合作与冲突为故事的表层结构,以纪教授与库巴图之间展开的启蒙与反启蒙角力为故事的深层结构。纪渊平带着现代科技团队前往五马架山和天阶湖进行旅游开发的前期勘探工作,包含了对大兴安岭地区的现代开发与带动现有山区村民脱贫致富的双重目的。纪教授在旅程的开始阶段多次主动与鄂伦春族老人库巴图说话,希望向库巴图表达勘探工作真实的目的与真诚的善意。在第三人称的叙述者的描述中我们可以感觉到,纪教授试图向库巴图了解山区地形地貌与解释旅游开发的理由,这实际上形成了一种中心对边缘的文化启蒙动机。但库巴图并不与纪教授展开对话,而是一面帮着纪教授背东西、制作背架、寻找夜晚睡觉的地方,一面身体力行地表达对山水草石的尊重、敬仰之情。库巴图对纪教授语言对话、阐释的拒绝,也就是对其启蒙行为的拒绝,更是对山神的敬仰与对现代文化入侵的抗拒,就如他训斥儿子库特阿丹时所说的:"你这个贱骨头,五马架山上盖了大楼,你让'白那恰'(山神)住到哪儿?让那些野物住到哪儿?"叙述者基本上是以纪教授的视角来观照库巴图的,形式上库巴图以及他所秉持、敬仰的文化是"他者",但实际上,纪教授在不断前行、勘探的过程中逐渐了解到山野文化的深广和宽阔,对这个未知的地理世界的探索,也就是对其文化逐步体认的过程。纪教授对山村文化的体认主要在自我与他者两个方面展开:一方面他作为知识分子的外来者,在这场文化寻根与精神体认的启蒙叙事中,逐渐意识到自己作为文化个体,并不是山村文化的"自我",而是"他者";另一方面作为山野文明的探索

---

① 郑万隆:《我的光》,《生命的图腾》,中国文联出版公司,1986年版,第173-219页。

者，逐渐开始理解鄂伦春族老人行为的文化意义，在这场山村文化仪式的观礼中，逐渐意识到库巴图作为文化个体才是五马架山民间文化的代表，"他所不理解的并非是老人的心理，而是一个非常深广的世界"。这样，就使得故事开始时展开的现代文明启蒙叙事的"自我"和"他者"发生了有趣的颠倒，纪教授在库巴图与库特阿丹的祭神仪式中坠下山崖，是故事的高潮同时也极具象征意义——既意味着知识分子对民间文化启蒙的失败，成为民间文化救赎的牺牲者，也意味着山民文化对纪教授所代表的现代文化反向启蒙的成功。

不仅如此，库巴图从开始对纪教授的拒绝，到纪教授死后对其山里人身份的确认与追认，向我们展示了更加主动的山野文化意识以及对纪教授反向启蒙的意图。在库巴图与库特阿丹父子看到山神之光时，张有城等人几乎看不到任何景象也没有任何反映，而纪教授却因拍照而跌落山崖。但库巴图将其解释为天阶湖山神白那恰的召唤，使纪教授成为永远的山里人。纪教授的丧生同时也获得了山民库巴图的认同，并且在张有城要通知国家旅游局来将他抬到镇上时，库巴图予以阻止并以山里人的习俗对待这个新确认的山里人："我告你说，他死在这儿就是我们山里人，就是我的事了。路上，他也对我说过，他死了以后就埋在这山上。我得把他先葬在这儿，过了'三'，三天以后，三个月以后，三年以后，你们再把他运回去土葬，那我就不管了。他总得和家里人见见面，哭他几声。"小说的题名"我的光"在此得到深刻的诠释，"我的"是一种山野文化体认的自我认同，"光"是一种山野神话的寓言，蕴含了山村人的生死哲学观念与精神信仰。这种生死与信仰与郑万隆在寻根宣言中对大自然原始崇拜及民间文化的追寻遥相呼应，"那里有独特的生活方式、价值观念和心理意识，蕴藏着丰富的文学资源。但我并不是认真地写实。我小说中的世界，只是我的理想世界和经验世界的投影。"① 但我们并不能由此得出郑万隆持有复古主义的文化态度，小说对同样属于白那恰山神文化的库特阿丹和雅乌尔的描写，恰恰隐含了作家对边际山野文化的忧虑。雅乌尔在政治革命文化侵入时去镇上告密的行为，显然不符合山神文化的基本精神，而库特阿丹对五马架山旅游开发的向往与积极配合，无疑也深刻展现了城市中心文化作为现代性入侵力量的强大。这也客观上隐喻了像库巴图这样坚守山村文化的行为或将后继无人，从而体现了库巴图作为山神文化最后一个坚守者的悲剧意蕴。

寻根作家们对待传统文化的心态是十分复杂的，一方面，因为寻根的理论触发点固然是世界文学潮流中的现代主义精神，尤其是美国黑人作家亚历克斯·哈

---

① 郑万隆:《我的根》,《上海文学》1985 年第 5 期。

利创作的长篇家史小说《根：三个美国家族的历史》,① 于1979年翻译为中文版并在中国流传,以家族史的发掘对抗和批判黑人奴隶制度,对非暴力和以家族为中心的个人奋斗,对中国作家多少产生了影响。文学创作需要扎根在本民族的厚重文化土壤里,寻根作家有着清醒的理论自觉并创造实践探索,希望在文化寻根之旅之中找到可以借重的文化资源。另一方面,文学寻根的现实动因却是,借助对特殊时期的历史反思,重建当代文学的主体性,进而实现文学对政治规约的反抗与疏离,"'文化寻根'的思潮,使不少作家借助人类学的'文化'概念,完成了对由先验的政治意识形态所规范的反映论的扬弃"②,这就使得为极"左"政治的暴力实践寻找到深层文化原因,成为寻根文学不得不面对和解决的理论困境。《我的光》中库特阿丹等年轻一代,表现出对现代性力量的无法抗拒,可以视为寻根作家寻根的一个结论;而韩少功的《爸爸爸》对远古山寨的民间文化发掘,则展现了寻根的另一个结论。《爸爸爸》讲述的是生活在鸡形山区的鸡头寨、鸡尾寨两个村寨争斗的故事,鸡形山寨本身就是明显的中国地理版图造型的有效影射,而鸡头寨和鸡尾寨则是这一古老民族文化的两个代表。鸡头寨的村民相对比较愚昧、落后且善于争斗,鸡尾寨则相对比较富足,出过一些读书人和做官的,头尾相斗某种意义上也是近现代中国内战的影射。故事以鸡头寨遭遇收成问题危机及其寻求解决方法展开叙述,这与寻根文学本身携带的"问题意识"几乎是同构的,鸡头寨里有个长不大的痴呆儿丙崽,他是故事的主人公之一。小说围绕鸡头寨拿丙崽祭祀谷神、拿丙崽进行吉凶占卜等古老山寨的求生叙述,深刻体现了山寨古老文化的闭塞、愚昧与迷信,最终村寨也因为愚昧而付出了极大代价,不仅因为几次械斗减少了不少青壮年人口,而且最后也按照古训毒死了寨子里的老弱病残,只留下青壮年人迁徙他处。而丙崽则神奇地存活了下来,仍然用很年轻的声音喊着"爸爸爸"。"作家从现代意识的角度出发,在对鸡头寨的原始生存方式的审视中,发掘出其文化构成的巨大缺陷,这就是在其'文化之根'中缺少着理性的自觉,并且这一缺陷延伸至今天的生活现实。"③

丙崽作为一个文化象征符号蕴含了韩少功对中国传统文化的深刻批判,其批判意义不仅在于丙崽出身身份的非法性(丙崽娘是从山外来的,他传说中的爹德

---

① [美]阿历克斯·哈利:《根:三个美国家族的历史》,陈尧光、李淼、谢榕津等译,生活·读书·新知三联书店,1979年版。
② 季红真:《文化"寻根"与当代文学》,《文艺研究》1989年第2期。
③ 陈思和主编:《中国当代文学史教程》(第2版),复旦大学出版社,2006年版,第282页。

龙也抛妻弃子到山外去了），也不仅仅在于其自身的痴呆特征，作为一个痴呆儿只会说爸爸爸与×妈妈；还在于寨子中人听信巫师的所谓指点，拿丙崽进行占卜而将其神化，丙崽因而成为寨子中人文化心理的一个镜像，其中折射出来的丑陋、残忍、愚昧的形象，无疑是令人悲痛又发人深省的。与丙崽形式上形成对照的是裁缝的儿子仁宝，这是个见过世面、常到山外去的人，面上懂得许多寨子里的人不知道的东西。但这一貌似正统、理性的人物形象却被丙崽娘彻底解构，她曾经看到仁宝对着母牛研究过性器官。仁宝见过世面本来可以成为寨子里的救星，但实际上却并没有能力去改变寨子中人的愚昧行为，最终与寨子一起遭遇灾难性的打击。山村风俗的古怪与村民的残忍愚昧并不是与现实生活区隔开来的历史死现场，而是一直绵延至今仍在乡村源远流长的活现实。《爸爸爸》的姊妹篇《女女女》就以幺姑的悲惨一生反映了这一残酷真实。幺姑小的时候因为大病一场而变成聋子，因无法保住孩子而耻辱地离开家乡，但生活场域的变更都不能使其摆脱被耻笑、压迫的状况，幺姑虽懦弱无能无法去勇敢面对、反击别人的压迫，但她任劳任怨、勤劳善良，并且一直坚守着勤俭节约的农民生活方式。她收养的干女儿生活在城市，受城市文化影响显得虚荣势利，与幺姑形成鲜明的城乡妇女形象对比。幺姑回农村后依然是一个祥林嫂式的人物，死了之后也不被人真正重视。如果我们将《爸爸爸》中呈现的偏狭、逼仄的愚昧风气延展到《女女女》当中，可以看到某种延续至今的灰色生活现实，以及在此种悲惨生活现实下生活着的悲惨人们与群体的扭曲心理。

仁宝本身的命名也是极具象征意味的，因为仁作为儒家文化的核心要义，以之为宝却也并不能改变寨子的愚昧本质。从这个角度来说，韩少功较之郑万隆等寻根作家，对传统文化的嘲笑、质疑与批判表现得更为极端与明确。不仅如此，这种愚昧似乎以某种精神传承的方式延续到了幺姑生活的现代城乡当中，体现了作家对世代轮回的悲剧的重复与循环的反思，既追问历史的负面精神特质，又拷问现代生活的负向精神传承。但客观地说，韩少功的文学寻根之旅只能陷入全盘否定的虚无主义境地。因而小说发表后在得到广泛赞誉的同时，也不断遭到研究者的批评。尤其是其中隐含的为寻根理论作注解的味道，更是成为批判者所诟病的原因之一。韩少功本人也很快就意识到了这一问题，并于小说发表的次年对文学寻根的做法进行解释："去年，因为写一篇《文学的'根'》，我被商榷多次了。没料到有这些反响与效果。当时用了'根'这个词，觉得不大合适，同几位朋友商量过，一时又没找到更合适的词。'寻根'很容易同移民作家和流亡作家的'寻根'混同起来。现在其实是各说各的,七嘴八舌,谁也听不清楚。"[1] 当时的年轻学者吴亮对此进行过准确的表述,他在《文学中的文化和文化中的文学》一文中提出:"文化和寻根是一个创造性的想象过程,文化一直处于现代精神的照耀之下,外在于人的'根'也早已不复存在,是人把它接续起来的,文化和'根'只生存于人的自由精神里。"[2] 学者毛时安也在《文化的价值和文学的寻根》一文中提出:"文学的民族文化特权正是它赖以区别于其他民族文学和世界文学的独特性,唯有民族的才有可能成为世界的。"[3] 只是寻根作家从文化寻根之旅中得出的文化劣根与人作为主体的失落,除了能给特殊时期带来的创伤进行叙事治疗,对文学的自我革新与主体性重建似乎也提供不了更多的精神资源与理论支撑。但正如诗人杨炼所说:"传统,一个永远的现在时,忽视它就等于忽视我们自己;发掘其'内在因素'并使之融合于我们的诗,以我们的创造来丰富传统,从而让诗本身体现出诗的感情和威力;这应成为我们创作和批评的出发点。我们占有得越多,对自身创新的使命认识得越清晰,争夺的'历史空间'也越大。"[4]

也许我们应当乐观地认为,寻根作家作为文化人类学意义上文化大传统的发现者、继承者以及代言人,被书写、歌颂、寻根甚至是揭示、反思、批判,其实他们也是这些边际文化所代表的大传统的遮蔽者、取代者与终结者。寻根文学创作的过程就是乡村再认与乡土意识再造的过程,同时也是知识分子自我启蒙、寻找与重构文化主体的过程。寻根作家各自凭借与挖掘的地域文化特色小说,共同构成了文化中国的文学地理学版图,这些具有中国特色的文学地理特征,隐含了深刻的身份寻找与文化认同。如学者刘忠指出的那样,"寻根文学在20世纪80年代中期兴起并迅速走红,绝非偶然。作为一种文化身份认同思潮,其初始动机可以概括如下:在后殖民语境下,重新审视长久以来在西方话语霸权左右下被边缘化、卑微化的事物之真相,重新发现各民族文化、地域文化的特有价值"[5],因而也就增加了当代文学现代性进程中的文化祛魅表征,从而进一步展现了寻根文学思潮带动文学独立、独特、自信走向世界的目的。

---

[1] 韩少功:《寻找东方文化的思维和审美优势》,《夜行者梦语——韩少功随笔》,知识出版社,1994年版,第22页。
[2] 吴亮:《"文学寻根"五人谈:文学中的文化和文化中的文学》,《作家》1986年第4期。
[3] 毛时安:《"文学寻根"五人谈:文化的价值和文学的寻根》,《作家》1986年第4期。
[4] 杨炼:《传统与我们》,《鬼话·智力的空间 杨炼作品1982—1997(散文·文论卷)》,上海文艺出版社,1998年版,第155页。
[5] 刘忠:《"寻根文学"的精神谱系与现代视野》,《河北学刊》2006年第3期。

结　语

主体性的黄昏与主体性的幽灵

在中国当代文学/文化的研究视域中,说1980年代在当代文学文化场域中居于中心位置似乎不会引起多少争论,但这并不意味着1980年代的文学文化取得了超过其他历史中时段断代的成就,也不仅仅是因为1980年代连接了革命与改革两种话语所具有的节点性意义,甚至也不仅仅是出于对1980年代的文学文化史研究价值的指认。更大的可能,是1980年代在当代人的精神记忆中处于核心位置。其中,1980年代的人们在意识形态、思想认识、文化观念、生活态度等多方面的交锋、碰撞,尤其是启蒙意识的复现与主体性的高扬,成为1980年代独特的文化表征与精神记忆。至少在为数众多的"80后""90后"的年轻学者眼中,当代文学研究所建构的文学断代,如"十七年"文学、"70年代文学"、新时期文学、"80年代文学"、"90年代文学"、新世纪文学等等,并不是并列的平行结构,而是具有逻格斯中心主义意味的以1980年代为中心的偏正结构。特别是涉及范围广、关注学者多的关于重返80年代的文学文化思潮,深刻体现了建构以1980年代为当代文学文化主体位置的价值取向。尽管这一文学文化现象并不是那么的显在,也未必会得到所有学者的认同,但至少于我而言,它确实是一种真实感受。

对现象的发现往往会成为反思与质疑的起点。本书的选题就是源于笔者对1980年代中心位置的体认与相关文学文化的持续兴趣,以及对李泽厚、刘再复、周扬等学者的阅读关注。文学的主体性问题在新时期文学的过渡性场域中,无疑具有理论与实践的双重意义,它既契合了政治话语从革命向改革转换的时代要求,也参与了此时期关于人、人性、人道主义等人本价值观的重构。文学理论家刘再复以宏阔的视野、深厚的学养与巨大的勇气,提出了文学的主体性问题,仅就其文学理论与引起的学术争议而言,在迄今为止的当代文学文化场域中可以说是空前的。但是,学界对文学主体性作为文学理论关注得多,对作为文学话语的生产关注得少却是不争的事实。而考察文学话语的生产也即文学主体性的生成就必须注意到话语生产所处的特定政治文化场域与具体历史文化语境,本研究的展开,就是建立在对新时期过渡状态中文学主体性的生成这一核心问题上。从哲学话语的来源看,主体性可以说是西方启蒙时期的哲学思想,康德、黑格尔、马克思等都强调与关注主体性。其重要的原因在于,主体性是针对特定的政治历史文化环境中居于中心、霸权位置的另外一种或多种思想(如神学思想)的反叛。主体性与当代中国的新时期相遇,无疑也需要找到相似的居于中心、霸权位置的他者思想,如极"左"思想。对于新时期的文学主体性话语生产而言,主体性话语隐含了将受到极"左"思想影响与异化了的革命话语想象成他者。将研究的题目

结　语
主体性的黄昏与主体性的幽灵

确定为文学主体性的生成，也就隐含了对这种二元思维想象的"发现"，并在流动性、整体性的层面认同主体性在过渡阶段完成所生成的"结果"。

对结果的发现并不意味着结果本身的澄明、清晰、完整，也不必然意味着对主体性话语生产所采取的思想观念与逻辑方式毫无辨识的认可。相反，通过对新时期文学主体性生成的过渡性场域的考察，以及对某些具有代表性的文学对创作对象主体的想象与实践的爬梳、分析与阐释，可以发现新时期文学建构个体主体性的目的是以复杂、矛盾甚至是碎片化的面貌呈现的。在不同的话语、不同的作家作品之间，存在着头绪众多、纷乱繁杂的对峙与对话关系，所以在具体的研究阐释中，并未沿用文学主体性理论所建构的话语基础，即不将革命话语视为主体性话语的客体，并以对其暗含批判与解构的方式进行主体性话语建构的考察。而是站在历史已经拉开距离的视点上，将革命话语及其在新时期延续的话语新形态都视为主体，只不过，在文学的主体性话语的研究视域下，这是一个他者自我或他者主体。这样，就在认同主体性话语二元思维的基础上，又克服了主体/客体设定的主体对客体的一种认识、批判关系，从而建立起两者之间的对话、理解与融通的关系。

文学主体性的生成作为一个"短暂性的结果"与新时期文学的过渡状态紧密关联，话语生产的过程连接了当代中国前现代、现代与后现代交错的共时/历时状态。1980年代事实上重新面向欧美的开放时代背景，大量哲学文化文学书籍的互译、作家学者的互访交流，以及内外各种话语冲突、对话，构成了1980年代丰富、交杂、矛盾、冲突的文化景观。文学主体性的确立也意味着新的话语霸权的形成。新时期文学过渡状态终结之后，随着现代社会现代性的重启，其片面性、绝对性的弊病也就逐步显现出来，尤其是主体性话语赖以存在的革命话语退隐之后，主体性的生成也就意味着话语生产的完结。这里所谓的生成仍然是相对于新时期的过渡状态而言，如果从文学理论建构与文学话语实践上看，文学的主体性话语实际上是一种未完成的状态。

所以，1990年代伴随着消费主义时代语境而逐步盛行的后现代主义，将主体性哲学话语与文学的主体性问题视为质疑与批判的对象。尤其是美国学者多迈尔的著作《主体性的黄昏》于1992年译介到中国后，"主体性的黄昏"几乎被不加辨识地用于指称新时期文学主体性的"归宿"，并隐含了某种否定、终结与批判的意味。其实，阅读该著作的前言，即可知道多迈尔一再辩称，"主体性的黄昏"并不是对主体性哲学的否定，而是一种反思性的发展，即针对主体性生成所形成的新的意识形态与话语霸权进行的反叛。如果说有否定，也只是对主体性话语在被视为某种场域、语境中的存在形态以及话语形成整体性意识等等的警惕。如果这样的情况属实，那么，本研究也就有了拓展的价值与可能。

首先，纵观文学的主体性之于当代文学史的意义，经过几十年的发展积累，当代文学史包括以多种形式呈现的断代史著作已经相当丰富而驳杂，但整体上看，其既延续了现代文学学科集体治史的方法，也呈现了以学者个人著史的独特特征。这本身就是批评家主体性的体现。在阅读他们的文学史著作时，我们可以明显感受到学者的独特视角和独特个性，尤其是他们选择的角度及其在叙述中对角度的把握，深刻体现了建构"文学"史的意识。文学主体性作为新时期的一种新的文学话语，可以为我们阅读、分析当前的文学史著作提供一个视角。文学史的叙述由于角度的选择，总是会或多或少地对某些文学现象、作家作品产生盲视或误读，从主体性建构的角度上看，我们会在当前文学史叙述的基础上生成反思性、批判性的阅读能力。比如，在诸多当代文学史叙述中，新时期过渡阶段出现的历史小说续篇的那些作品，要不被忽视，要不被当作陪衬、批判的"客体"来对待。其实，在一个时段的文学场域中，往往存在着多种话语交杂、对话、冲突、矛盾的共生状态。忽视新时期初期的历史小说续篇而进行的文学研究，易形成某种误读与强制阐释。

其次，文学的主体性话语并不局限在新时期的过渡状态之中，我们可以将其视为观照文学的一个视角甚至是一种研究方法，这个视角或方法同样可以用来观察"十七年文学"、"70年代文学"、"80年代文学"甚至"90年代文学"及新世纪文学。尤其是当代文学短时段文学史分段研究的连接阶段，现实社会思潮和文学文化话语语境的变化，会深刻影响文学创作变化与思潮的更迭，当代人的思想状况及其精神危机也会被深刻的呈现与揭示出来。诸如消费主义、新型资本、技术控制等多重因素叠加合谋形成的外部环境，势必会对人的生存境况、情感结构与精神状况产生影响，其中关于人在新环境中出现的异化与危机等主题又会成为文学主体性话语关注的问题。事实上，从近几年学者们尤其是年轻学者发表的学术文章或出版的著作中，我们可以看到，以主体性作为视角与方法的研究占据了相当的篇幅。虽然，以"主体""主体性"的关键词贯穿全篇的学术文章或学术著作，未必就是关于文学主体性话语的研究，但这一现象仍然比较有力地证明了文学主体性话语的潜在影响。

最后，新时期过渡阶段中生成的以个体主体性为基本内核的文学主体性，其预设了革命文学的潜在质疑对象，决定其与现实政治话语保持了暧昧而复杂的关系，在话语方向上与思想解放、启蒙话语等的同向，为其提供了话语展开的现实

结　语
主体性的黄昏与主体性的幽灵

语境，但主体性话语所确立的个体及其主体性大多限定在文学审美范畴，而没有相应的现实基础，尤其是制度性的保障。所以，当时代的语境转换之后，比如1990年代的消费主义语境，以及作为创作对象的主体遭遇现实的打击之后，主体性碎片化、脆弱性的一面就会呈现出来，从而走向主体性的黄昏。也就是说，文学的主体性也可以成为反观1990年代及之后文学的一个视角。

无论对文学的主体性持有认同还是批判的态度，新时期文学对主体性话语的追寻与建构，都是研究新时期文学与"80年代文学"文化不容忽视的视角。同时，虽然作为文学话语的主体性注定会迎来黄昏，与特定语境关联的审美主体在时代语境转换之后也必然会导致主体的弥散，但新时期的文学主体性对作家自在自为的自由状态的呼吁，对创作对象的主体地位的呼唤，以及对研究者建立主体性的呼喊，及其在主体性话语生产过程中确立的以人为中心、肯定启蒙主义的价值观等等，可以说已经内化为了当代文学场域中作家与批评家的基本精神气质与审美原则，类似"文学具有主体地位"这样的价值观甚至已经固化为"知识"，成为了当代学人的基本常识。主体性话语本身是一种建构，自然会产生某种意识形态意味甚至以话语霸权的形式固化，但它同时又会成为其他话语的解构性力量。当文学及主体在新的语境中遭遇压抑、异化时，即新的语境生成了新的主体性话语前提时，那将是主体性话语复归的时刻。从这个角度上讲，主体永远无法被终结，这正是文学的主体性的"幽灵学"价值所在。

参考文献

[1] 福柯. 主体性与真相 [M]. 张亘, 译. 上海：上海人民出版社, 2018.

[2] 阿尔都塞. 保卫马克思 [M]. 顾良, 译. 北京：商务印书馆, 2010.

[3] 伊格尔顿. 文学事件 [M]. 阴志科, 译. 郑州：河南大学出版社, 2017.

[4] 福柯, 江民安. 什么是批判：福柯文选Ⅱ [M]. 北京：北京大学出版社, 2016.

[5] 朗西埃. 文学的政治 [M]. 张新木, 译. 南京：南京大学出版社, 2014.

[6] 朗西埃. 历史的形象 [M]. 蓝江, 译. 南京：南京大学出版社, 2018.

[7] 阿甘本. 无目的的手段：政治学笔记 [M]. 赵文, 译. 郑州：河南大学出版社, 2015.

[8] 沙鸥. 欲望伦理：拉康思想引论 [M]. 郑天喆, 等译. 桂林：漓江出版社, 2013.

[9] 尚邦, 欧文, 爱泼斯坦. 话语、权力和主体性：福柯与社会工作的对话 [M]. 郭伟和, 等译. 北京：中国人民大学出版社, 2016.

[10] 沟口雄三. 作为方法的中国 [M]. 孙军悦, 译. 北京：生活·读书·新知三联书店, 2011.

[11] 韦勒克, 沃伦. 文学理论 [M]. 刘象愚, 等译. 杭州：浙江人民出版社, 2017.

[12] 古德纳. 知识分子的未来和新阶级的兴起 [M]. 顾晓辉, 蔡嵘, 译. 南京：江苏人民出版社, 2002.

[13] 普实克. 普实克中国现代文学论文集 [C]. 李燕乔, 等译. 长沙：湖南文艺出版社, 1987.

[14] 布尔迪厄. 区分：判断力的社会批判 [M]. 刘晖, 译. 北京：商务印书馆, 2015.

[15] 凯里. 知识分子与大众：文学知识界的傲慢与偏见, 1880—1939 [M]. 吴庆宏, 译. 南京：译林出版社, 2008.

[16] 布尔迪厄. 艺术的法则：文学场的生成与结构 [M]. 刘晖, 译. 北京：中央编译出版社, 2011.

[17] 怀特. 话语的转义：文化批评文集 [M]. 董立河, 译. 郑州：大象出版

社，2011.

[18] 福柯. 词与物：人文科学的考古学 [M]. 莫伟民，译. 上海：上海三联书店，2016.

[19] 安敏成. 现实主义的限制：革命时代的中国小说 [M]. 姜涛，译. 南京：江苏人民出版社，2011.

[20] 萨特. 什么是主体性？[M]. 吴子枫，译. 上海：上海人民出版社，2017.

[21] 柄谷行人. 日本现代文学的起源 [M]. 2版. 赵京华，译. 北京：中央编译出版社，2017.

[22] 米塞斯. 官僚体制·反资本主义的心态 [M]. 冯克利，姚中秋，译. 北京：新星出版社，2007.

[23] 威廉斯. 马克思主义与文学 [M]. 王尔勃，周莉，译. 开封：河南大学出版社，2008.

[24] 威廉斯. 乡村与城市 [M]. 韩子满，刘戈，徐珊珊，译. 北京：商务印书馆，2013.

[25] 卢卡奇. 历史与阶级意识：关于马克思主义辩证的研究 [M]. 杜章智，任立，燕宏远，译. 北京：商务印书馆，1992.

[26] 梅. 权力与无知：寻求暴力的根源 [M]. 郭本禹，方红，译. 北京：中国人民大学出版社，2013.

[27] 韦伯. 新教伦理与资本主义精神 [M]. 李修建，张云江，译. 北京：中国社会科学出版社，2009.

[28] 伽达默尔. 真理与方法：哲学解释学的基本特征 [M]. 王才勇，译. 沈阳：辽宁人民出版社，1987.

[29] 特里尔. 毛泽东传：名著珍藏版（插图本）[M]. 何宇光，刘加英，译. 北京：中国人民大学出版社，2010.

[30] 哈贝马斯. 现代性的哲学话语 [M]. 曹卫东，译. 南京：译林出版社，2011.

[31] 布朗肖. 文学空间 [M]. 顾嘉琛，译. 北京：商务印书馆，2003.

[32] 亨廷顿. 文明的冲突与世界秩序的重建 [M]. 周琪，等译. 北京：新华出版社，2010.

[33] 罗萨. 加速：现代社会中时间结构的改变 [M]. 董璐，译. 北京：北京大学出版社，2015.

[34] 阿罕默德. 在理论内部：阶级、民族与文学 [M]. 易晖，译. 北京：北京大学出版社，2014.

[35] 郭颖颐. 中国现代思想中的唯科学主义（1900—1950）[M]. 雷颐，译. 南京：

江苏人民出版社，1990.

[36] 梅维恒. 哥伦比亚中国文学史：全2卷［M］. 马小悟，张治，刘文楠，译. 北京：新星出版社，2016.

[37] 葛浩文. 论中国文学［M］. 闫怡恂，译. 北京：现代出版社，2014.

[38] 普林斯. 叙事学：叙事的形式与功能［M］. 徐强，译. 北京：中国人民大学出版社，2013.

[39] 莫斯科维奇. 群氓的时代［M］. 许列民，薛丹云，李继红，译. 南京：江苏人民出版社，2003.

[40] 卡西尔. 人论［M］. 甘阳，译. 上海：上海译文出版社，2003.

[41] 吉登斯. 现代性的后果［M］. 田禾，译. 南京：译林出版社，2000.

[42] 克罗齐. 作为思想和行动的历史［M］. 田时纲，译. 北京：商务印书馆，2012.

[43] 安德森. 想象的共同体：民族主义的起源与散布（增订版）［M］. 吴叡人，译. 上海：上海人民出版社，2011.

[44] 沙拉汉. 个人主义的谱系［M］. 储智勇，译. 长春：吉林出版集团有限责任公司，2009.

[45] 霍普. 个人主义时代之共同体重建［M］. 沈毅，译. 杭州：浙江大学出版社，2010.

[46] 福柯. 规训与惩罚：监狱的诞生［M］. 刘北成，杨远婴，译. 北京：生活·读书·新知三联书店，1999.

[47] 萨义德. 知识分子论［M］. 单德兴，译. 北京：生活·读书·新知三联书店，2002.

[48] 齐泽克. 敏感的主体：政治本体论的缺席中心［M］. 应奇等，译. 南京：江苏人民出版社，2005.

[49] 维尔诺. 诸众的语法：当代生活方式的分析［M］. 董必成，译. 北京：商务印书馆，2017.

[50] 芒福德. 城市文化［M］. 宋俊岭，李翔宁，周鸣浩，译. 北京：中国建筑工业出版社，2009.

[51] 索维尔. 知识分子与社会［M］. 张亚月，梁兴国，译. 北京：中信出版社，2013.

[52] 多迈尔. 主体性的黄昏［M］. 万俊人，译. 桂林：广西师范大学出版社，2013.

[53] 潘鸣啸. 失落的一代：中国的上山下乡运动［M］. 欧阳因，译. 2版. 北京：

中国大百科全书出版社，2013.

[54] 赫拉利. 今日简史：人类命运大议题 [M]. 林俊宏，译. 北京：中信出版社，2018.

[55] 阿多诺. 否定的辩证法 [M]. 张峰，译. 上海：上海人民出版社，2020.

[56] 伊格尔顿. 理论之后 [M]. 商正，译. 北京：商务印书馆，2021.

[57] 布罗代尔. 论历史 [M]. 刘北成，周立红，译. 北京：北京大学出版社，2008.

[58] 德里达. 马克思的幽灵：债务国家、哀悼活动和新国际 [M]. 何一，译. 北京：中国人民大学出版社，2016.

[59] 阿甘本. 例外状态 [M]. 薛熙平，译. 西安：西北大学出版社，2015.

[60] 桑塔格. 疾病的隐喻 [M]. 程巍，译. 上海：上海译文出版社，2003.

[61] 福柯. 临床医学的诞生 [M]. 刘北成，译. 南京：译林出版社，2001.

[62] 哈贝马斯. 合法化危机 [M]. 刘北成，曹卫东，译. 上海：上海人民出版社，2009.

[63] 伯曼. 一切坚固的东西都烟消云散了：现代性体验 [M]. 徐大建，张辑，译. 北京：商务印书馆，2003.

[64] 阿伦特. 论革命 [M]. 陈周旺，译. 南京：译林出版社，2007.

[65] 哈利. 根：一个美国家族的历史 [M]. 陈尧光，李淼，谢榕津，等译. 北京：生活·读书·新知三联书店，1979.

[66] 王尧. 作为问题的八十年代 [M]. 北京：生活·读书·新知三联书店，2013.

[67] 王尧. "新时期文学"口述史 [M]. 北京：生活·读书·新知三联书店，2024.

[68] CAI R. The subject in crisis in contemporary Chinese literature [M]. Hawaii：The University of Hawaii Press，2004.

[69] 李陀. 昨天的故事：关于重写文学史 [M]. 北京：生活·读书·新知三联书店，2011.

[70] 王达敏. 中国当代人道主义文学思潮史 [M]. 上海：上海人民出版社，2013.

[71] 谢保杰. 主体、想象与表达：1949—1966年工农兵写作的历史考察 [M]. 北京：北京大学出版社，2015.

[72] 蔡翔. 一个理想主义者的精神漫游 [M]. 上海：华东师范大学出版社，2014.

[73] 丁帆，等. 中国乡土小说史 [M]. 北京：北京大学出版社，2007.

[74] 谢尚发. 寻根文学研究资料 [M]. 南昌：百花洲文艺出版社，2018.

[75] 王晓平. 主体性的生成与危机：现代中国文学生产的文化政治 [M]. 厦门：厦门大学出版社，2016.

[76] 杨健. 1966—1976 的地下文学 [M]. 北京：中共党史出版社，2013.

[77] 洪子诚. 文学与历史叙述 [M]. 开封：河南大学出版社，2005.

[78] 刘福春. 中国当代新诗编年史：1966—1976 [M]. 开封：河南大学出版社，2005.

[79] 祝克懿. 语言学视野中的"样板戏" [M]. 开封：河南大学出版社，2004.

[80] 刘复生. 历史的浮桥：世纪之交"主旋律"小说研究 [M]. 开封：河南大学出版社，2005.

[81] 徐庆全. 风雨送春归：新时期文坛思想解放运动记事 [M]. 开封：河南大学出版社，2005.

[82] 王家平. 文化大革命时期诗歌研究 [M]. 开封：河南大学出版社，2004.

[83] 段景礼. 户县农民画沉浮录 [M]. 开封：河南大学出版社，2005.

[84] 支克坚. 周扬论 [M]. 郑州：河南大学出版社，2004.

[85] 黄子平. 沉思的老树的精灵 [M]. 上海：华东师范大学出版社，2014.

[86] 黄仁宇. 中国大历史 [M]. 2版. 北京：生活·读书·新知三联书店，2007.

[87] 王德威. 抒情传统与中国现代性：在北大的八堂课 [M]. 北京：生活·读书·新知三联书店，2010.

[88] 汪民安. 文化研究关键词 [M]. 南京：江苏人民出版社，2007.

[89] 黄子平. 灰阑中的叙述 [M]. 增订本. 北京：北京大学出版社，2020.

[90] 甘阳. 文化：中国与世界（第一辑）[M]. 北京：生活·读书·新知三联书店，1987.

[91] 孟登迎. 意识形态与主体建构：阿尔都塞意识形态理论 [M]. 北京：中国社会科学出版社，2002.

[92] 黄玲. 文学人类学研究的理论与实践：全2册 [M]. 北京：光明日报出版社，2019.

[93] 杨念群. 中层理论：东西方思想会通下的中国史研究 [M]. 南昌：江西教育出版社，2001.

[94] 吴亮. 文学的选择 [M]. 上海：华东师范大学出版社，2014.

[95] 陈思和. 批评与想象 [M]. 上海：华东师范大学出版社，2014.

[96] 殷国明. 艺术形式不仅仅是形式 [M]. 上海：华东师范大学出版社，2014.

[97] 刘小枫. 沉重的肉身 [M]. 6版. 北京：华夏出版社，2012.

[98] 高晓声文学研究会. 高晓声研究：评论卷 [M]. 南京：江苏文艺出版社，2014.

[99] 徐岱. 小说叙事学 [M]. 北京：商务印书馆，2010.

[100] 徐采石. 文学的探求 [M]. 南京：南京出版社，1993.

[101] 陈顺馨. 社会主义现实主义理论在中国的接受与转换 [M]. 合肥：安徽教育出版社，2000.

[102] 旷新年. 新文学的镜像 [M]. 广州：广东人民出版社，2014.

[103] 徐晓. 半生为人 [M]. 北京：同心出版社，2005.

[104] 王中. 现代小说语言：在权势与自由之间 [M]. 芜湖：安徽师范大学出版社，2014.

[105] 范伯群. 中国现代通俗文学史：插图本 [M]. 北京：北京大学出版社，2007.

[106] 陶东风. 文学理论基本问题 [M]. 2版. 北京：北京大学出版社，2012.

[107] 石天强. 文学·文本·文化：80年代中篇小说个案研究 [M]. 北京：北京大学出版社，2012.

[108] 赵一凡，张中载，李德恩. 西方文论关键词：第一卷 [M]. 北京：外语教学与研究出版社，2017.

[109] 谢泳. 西南联大与中国现代知识分子 [M]. 福州：福建教育出版社，2009.

[110] 程光炜. 七十年代小说研究 [M]. 北京：中国社会科学出版社，2014.

[111] 顾准. 顾准日记 [M]. 北京：经济日报出版社，1997.

[112] 王晓明. 所罗门的瓶子 [M]. 上海：华东师范大学出版社，2014.

[113] 张中晓，路莘. 苦难中的孤独灵魂：无梦楼随笔 [M]. 2版. 上海：上海远东出版社，2004.

[114] 贺仲明. 重建我们的文学信仰 [M]. 广州：广东人民出版社，2014.

[115] 王汎森. 思想是生活的一种方式：中国近代思想史的再思考 [M]. 北京：北京大学出版社，2018.

[116] 初清华. 新时期文学场域研究 [M]. 北京：人民出版社，2010.

[117] 梁漱溟. 中国文化要义 [M]. 上海：上海人民出版社，2018.

[118] 张世英. 觉醒的历程：中华精神现象学大纲 [M]. 北京：中华书局，2013.

[119] 张典. 尼采和主体性哲学 [M]. 北京：中国社会出版社，2009.

[120] 孟繁华. 新世纪文学论稿：文学思潮 [M]. 北京：现代出版社，2015.

[121] 季进. 季进文学评论选 [M]. 南京：江苏凤凰文艺出版社，2017.

[122] 李欧梵. 现代性的追求 [M]. 北京：人民文学出版社，2010.

[123] 洪子诚. 作家姿态与自我意识 [M]. 北京：北京大学出版社，2010.

[124] 查建英. 八十年代：访谈录 [M]. 北京：生活·读书·新知三联书店，2006.

[125] 张江. 作者能不能死：当代西方文论考辨 [M]. 北京：中国社会科学出版社，2017.

[126] 洪子诚. 1956：百花时代 [M]. 北京：北京大学出版社，2010.

[127] 舒晋瑜. 深度对话茅奖作家 [M]. 北京：人民文学出版社，2018.

[128] 郭双林. 80年代以来的文化论争 [M]. 南昌：百花洲文艺出版社，2004.

[129] 贺桂梅. "新启蒙"知识档案：80年代中国文化研究 [M]. 北京：北京大学出版社，2010.

[130] 程光炜. 文学想像与文学国家：中国当代文学研究（1949—1976）[M]. 开封：河南大学出版社，2005.

[131] 刘再复. 文学的反思 [M]. 北京：人民文学出版社，1986.

[132] 本书编选组. 知青档案 [M]. 成都：四川文艺出版社，1992.

[133] 贺仲明. 理想与激情之梦 1976—1992 [M]. 广州：广东教育出版社，2009.

[134] 郑鹏. 中国当代文学的主体性 [M]. 郑州：河南大学出版社，2011.

[135] 陈晓明. 中国当代文学主潮 [M]. 2版. 北京：北京大学出版社，2013.

[136] 许子东. 许子东讲稿：第1卷 重读"文革" [M]. 北京：人民文学出版社，2011.

[137] 陈晓明. 表意的焦虑：历史祛魅与当代文学变革：当代中国文学的变革流向 [M]. 北京：中央编译出版社，2002.

[138] 杨庆祥，程光炜，等. 文学史的多重面孔：八十年代文学事件再讨论 [M]. 北京：北京大学出版社，2009.

[139] 程光炜. 文学讲稿："八十年代"作为方法 [M]. 北京：北京大学出版社，2009.

[140] 贺桂梅. 思想中国：批判的当代视野 [M]. 广州：广东人民出版社，2014.

[141] 贺桂梅. 人文学的想象力：当代中国思想文化与文学问题 [M]. 开封：河南大学出版社，2005.

[142] 李扬. 50～70年代中国文学经典再解读 [M]. 济南：山东教育出版社，2003.

[143] 程代熙. 新时期文艺新潮评析 [M]. 开封：河南大学出版社，1997.

[144] 白烨. 文学论争二十年 [M]. 武汉：华中师范大学出版社，1998.

[145] 中国戏剧家协会研究室. 剧本创作座谈会文集 [M]. 成都：四川人民出版社，1981.

[146] 中国社会科学院哲学研究所. 论康德黑格尔哲学 纪念文集 [M]. 上海：上海人民出版社，1981.

[147] "论'文学是人学'"批判集：第一集 [M]. 上海：新文艺出版社，1958.

[148] 潘旭澜. 新中国文学词典 [M]. 南京：江苏文艺出版社，1993.

[149] 李世涛. 知识分子立场：自由主义之争与中国思想界的分化［M］. 长春：时代文艺出版社，2000.

[150] 李世涛. 知识分子立场：民族主义与转型期中国的命运［M］. 长春：时代文艺出版社，2000.

[151] 李世涛. 知识分子立场：激进与保守之间的动荡［M］. 长春：时代文艺出版社，2000.

[152] 洪治纲. 守望先锋：兼论中国当代先锋文学的发展［M］. 桂林：广西师范大学出版社，2005.

[153] 南帆. 后革命的转移［M］. 北京：北京大学出版社，2005.

[154] 何言宏. 知识人的精神事务［M］. 北京：昆仑出版社，2013.

[155] 何言宏. 介入与超越［M］. 北京：中国书籍出版社，2014.

[156] 秦晖. 传统十论［M］. 北京：东方出版社，2014.

[157] 陈平原. 小说史：理论与实践［M］. 北京：北京大学出版社，2010.

[158] 王德威. 想像中国的方法：历史·小说·叙事［M］. 北京：生活·读书·新知三联书店，1998.

[159] 费振钟. 江南士风与江苏文学［M］. 长沙：湖南教育出版社，1997.

[160] 夏杏珍. 1975：文坛风暴纪实［M］. 北京：中共党史出版社，1995.

[161] 房伟. 风景的诱惑［M］. 北京：北京大学出版社，2013.

[162] 李礼. 古今之变：历史学家访谈录［M］. 太原：书海出版社，2024.

[163] 国务院知青办. 知青工作文件选编［G］. 北京：国务院知青办，1981.

[164] 张婧磊. 新时期文学中的创伤叙事研究［M］. 北京：中国社会科学出版社，2017.

[165] 李辉. 绝响：八十年代亲历记［M］. 北京：生活·读书·新知三联书店，2013.

[166] 张一兵. 无调式的辩证想象：阿多诺《否定的辩证法》的文本学解读［M］. 北京：生活·读书·新知三联书店，2001.

[167] 蔡翔. 1980年代：小说六记［M］. 北京：生活·读书·新知三联书店，2024.

[168] 赵园. 地之子［M］. 北京：北京大学出版社，2007.

[169] 张丽军. 乡土中国文化重建与新农民想象［M］. 北京：中华书局，2022.

[170] 童娣. 20世纪90年代以来小说的"80年代叙事"［M］. 北京：中国社会科学出版社，2016.

[171] 栾梅健. 二十世纪中国文学发生论［M］. 桂林：广西师范大学出版社，2006.

[172] 温儒敏. 中国现代文学批评史［M］. 北京：北京大学出版社，1993.

［173］王宇．性别表述与现代认同：索解 20 世纪后半叶中国的叙事文本［M］．上海：上海三联书店，2006．

［174］杨念群．中层理论：东西方思想会通下的中国史研究［M］．南昌：江西教育出版社，2001．

［175］陈晓明．中国当代文学批评史［M］．北京：北京大学出版社，2022．

［176］蔡翔．革命/叙述：中国社会主义文化——文化想象（1949—1966）［M］．北京：北京大学出版社，2010．

［177］罗岗．人民至上：从"人民当家作主"到"社会共同富裕"［M］．上海：上海人民出版社，2012．

［178］许纪霖．帝国、都市与现代性［M］．南京：江苏人民出版社，2006．

［179］许纪霖．二十世纪中国思想史论［M］．上海：东方出版中心，2000．

［180］姚新勇．主体的塑造与变迁：中国知青文学新论（1977～1995 年）［M］．广州：暨南大学出版社，2000．

［181］李祖德．"农民"与主体性和历史的生产［M］．沈阳：辽宁教育出版社，2012．

［182］徐庆全．文坛拨乱反正实录［M］．杭州：浙江人民出版社，2004．

［183］刘锡诚．在文坛边缘上：编辑手记［M］．开封：河南大学出版社，2004．

［184］张光年．文坛回春纪实［M］．深圳：海天出版社，1998．

［185］孟繁华．1978：激情岁月［M］．济南：山东教育出版社，1998．

［186］尹昌龙．1985：延伸与转折［M］．济南：山东教育出版社，1998．

［187］钱中文．钱中文文集［Z］．哈尔滨：黑龙江教育出版社，2007．

［188］黄琳．现代性视阈中的农民主体性［M］．昆明：云南大学出版社，2010．

［189］钱理群．毛泽东时代和后毛泽东时代（1949—2009）［M］．台北：台湾联经出版事业股份有限公司，2012．

［190］李杨．抗争宿命之路："社会主义现实主义"（1942—1976）研究［M］．长春：时代文艺出版社，1993．

［191］夏中义．新潮学案：新时期文论重估［M］．上海：上海三联书店，1996．

［192］阎国忠．走出古典：中国当代美学论争述评［M］．合肥：安徽教育出版社，1996．

［193］温儒敏，陈晓明，等．现代文学新传统及其当代阐释［M］．北京：北京大学出版社，2010．

［194］洪子诚．中国当代文学史［M］．北京：北京大学出版社，1999．

［195］洪子诚．问题与方法：中国当代文学史研究讲稿［M］．北京：北京大学出版社，2010．

[196] 刘禾. 语际书写：现代思想史写作批判纲要［M］. 上海：上海三联书店，1999.

[197] 张光芒. 中国当代启蒙文学思潮论［M］. 上海：上海三联书店，2006.

[198] 温铁军，等. 八次危机：中国的真实经验 1949—2009［M］. 北京：东方出版社，2013.

[199] 葛兆光. 中国思想史 导论：思想史的写法［M］. 上海：复旦大学出版社，2009.

[200] 李泽厚. 中国近代思想史论［M］. 北京：人民出版社，1979.

[201] 陆建华. 汪曾祺的春夏秋冬［M］. 郑州：河南人民出版社，2005.

[202] 陈顺馨. 1962：夹缝中的生存［M］. 济南：山东教育出版社，2002.

后 记

本书是在我博士学位论文的基础上修改补充而成的,也是我近些年来阅读思考的文本呈现。选择"新时期文学主体性话语生成"作为研究对象,最初源于我对中国思想文化界 80 年代文化热的关注与反思,尤其是对 80 年代在当代人精神记忆中核心位置的体认,支撑了我漫长的研读、思考与书写过程。

由于研究涉及的时间处于两个时代的过渡与转换阶段,系统阅读当时的重要期刊就成为研究必修课,而许多重要的期刊文献并未完全电子化,所以我和宇林师弟经常往返于独墅湖和天赐庄两个校区之间。记得初次去本部图书馆过刊室找管理员老师时,她满脸惊诧转而激动的神情让人印象深刻。自从文学院搬迁到独墅湖校区后,确实很久没有师生来查阅过刊了。管理员老师是位年轻的女士,她总是认真主动地戴上一次性手套,一边帮着查找过刊,一边不停地介绍过刊翻阅要求。其周到、专业又热情的服务,让人十分感激与感慨。感慨之余,我也能明显感觉到那个时代正离我们远去,彼时立体、鲜活的文学现场已逐渐凝固成平面的历史文本,那些年的诸多人和事也将在历史的长河中慢慢消失。过刊库里那些期刊合订本虽微微泛黄,却总给人历久弥新之感,师弟总会幽默地调侃说"期刊是旧的,内容是新的"。循着期刊栏目将历时性的各期文章编排成共时性的研究文本,当代文学人的沧海文心和思想嬗变轨迹便会慢慢显现出来,文学的魔力或许就在于它能给人穿透时空的力量,去唤醒被历史尘封的文化记忆。

在研读文学理论、批评专著与学术论文之余,我习惯在夜深人静时仔细阅读一本书的序言和后记,将其作为睡前的精神滋养与心灵慰藉。如果还要区分的话,我更喜欢阅读年长学者写的序言,欣赏年轻学者写的后记。尤其对于年轻学者而言,在看似程式化的后记中,往往能捕捉到掩藏在文字背后的一些辛酸与持守,而正是这些在艰难坚持中体现坚韧的潜文本,激励着我努力去完成自己的求学目标。同理,在对待研究涉及的作家作品时,我常会索解作家的现实处境,捕捉文学作品创作的弦外之音。当然,就像我不会把一本书的序言和后记作为文本解读的唯一依据一样,我也不会把现实处境与弦外之音当作确凿的作者意图来阐释文本的意义价值。正如伽达默尔所认为的，作者的意图永远无法囊括一部文本的全部意义。在这个意义上，我个人认为，在阅读整理文本资料阶段，应尽量遵循传统阐释学的方法，尽可能多地掌握资料以重返历史现场；而在研究写作阶段，则尽量遵循新批评、诠释学等的批评理路，运用文本细读、对齐法等方法达至对文本意义及其价值的阐释。从实际情况来看，我的研究写作得出的结论或观点往往与最初的研究预设存在不小的偏离，这就是典型的"种瓜得豆"效果。尽管如此，我仍然会时时提醒自己，必须紧紧围绕文学史过渡状态、新时期文学、文学的主体性、生成等几个核心的关键词展开论述，或许这也可以看作是我写作这本专著时的所谓文本意图。正如孔帕尼翁所言，任何文学批评都不会放弃关于作者意图的最起码的假设，因为这些意图提供了文本的一致性。

这本书基本上是在夜晚写成的，在我写作的时候，独墅湖校区的337与问渔湖畔的402，将我有效地区隔在世俗时间之外。回望来时路，已分辨不清这是一种永恒的苦役，还是一次幸福的云游。夜深人静时，我总是抗拒着身体的疲惫，在暗夜中追寻灵感的光芒。如果说阅读给了我克服现实艰难的力量，那么写作则让文学成为我的精神信仰。

在本书即将付梓之际，我首先要感谢我的博士生导师王尧教授，是先生不弃浅陋，让天资平平的我得以忝列尧门。从论文的选题到研究框架的确定，从论文的撰写到部分章节的修改发表，从论文的答辩到专著的修改补充，王老师都给予了悉心指导与帮助。先生厚重博大的文学情怀，深邃敏锐的学术思想与宽容和蔼的大师风范，深刻影响了我对文学与生活的理解，使我更加相信，唯有文学能让我们躁动不安的灵魂安静下来。先生说有几篇像样的文章和对年轻人好一些是最重要的两件事情，这也必将成为我的人生信条和生活指引。

衷心感谢李建军教授、刘祥安教授、季进教授、丁晓原教授、陈霖教授、徐国源教授、房伟教授、张蕾教授，他们在我论文开题、预答辩、答辩过程中提出了许多宝贵意见和建议，帮助我顺利完成论文修改并通过答辩。感谢同门的各位同学，素未谋面但在我考博时给我很多帮助的陈林师兄，潘莉、张雪蕊师姐；宇林、牛煜、子奇、林楠及吕洁、思远、奚倩、云飞、赵晨、崔嘉桁等师弟师妹，在我回连工作与专著修改写作期间给予了诸多帮助，免去了我不少往返奔波之苦。感谢东南大学出版社刘坚先生和诸位编辑，他们高效、专业而又严谨的审校，是本书能够快速出版的坚强保障，在此一并表达谢忱。

最后，特别要感谢我的爱人与我的岳父岳母，他们的支持与守护是我能圆满完成博士学业以及修改出版本书的关键。十多年前在我脱产读硕期间，长女思逸顺利开启了幸福的人生之旅，为我们的小家庭增添了无限乐趣；在我脱产读博期间，爱女添逸又如约到来，这样的巧合让我感到这是上天给予的恩赐。

依稀记得姑苏城五月写作后记的那个不眠之夜，正是车前子抽穗的时节。如今，三月的海州城，问渔湖畔的矢车菊已经开始发芽了。

2025 年 3 月